ダッシュエックス文庫

学園騎士のレベルアップ!
レベル1000超えの転生者、落ちこぼれクラスに入学。そして、

三上康明

プロローグ 入学式は華やかに

『ここはクラッテンベルク王国最高の学び舎にして、世界一の学び舎である。最高の教官、最高の教師がいる。難問中の難問にして多くの入学希望者をふるいにかける、あの入学試験を突破してきた君たちもまた、最高の新入生だ。才に敬意を、胸に誇りを、剣に忠誠を』

魔法を利用した道具によって、声は朗々と大きく響いている。

ここは円形の学生講堂だ。2階席、3階席、4階席まですべて生徒たちで埋まっている――色とりどりの制服に身を包んだ生徒たち。

「才に敬意を！」

ドンドンと足踏みする多くの生徒――2階席より上にいる、2年生以上の在校生たち。

「胸に誇りを！」

トントンと胸を叩く。

「剣に忠誠を！」

腰に吊った剣――武器を叩く、ジャッジャッという音が響く。

「うおぉ……すげぇ」

1階にいるのは「新入生」――つまり、俺ことソーンマルクス＝レックがいる。

やっべぇ……なんかめっちゃ感動してる。

こっちの世界に転生してからかれこれ13年。今さら日本のように学校に通うとは転生当初全然思わなかったし、まさか、入学式で感動するとも思わなかった。

初めて聞いた生の「敬意・誇り・忠誠」。これは学園の名物らしい。

正式名称は「騎士学園三拍子」といって、学園のイベントでは必ずやる――とそばで新入生が話していた。

ステージを照らすきらびやかな光が、演説する生徒を包み込む。

『君たちはこれから多くの困難に遭い、仲間の助けを必要とするだろう』

男の俺だって目を離せないくらい、顔立ちの整った生徒だ。

この国、俺の生まれ育った国、クラッテンベルク王国の第3王子。

プラチナブロンドの髪の毛とか、どうやったらあんなにきんきらきんになるんだ？　この世界にキューティクルとかそういう概念はなかったはずなんだが。

「ふぁー……」

俺の後ろ辺りから女の子の声が聞こえる。うっとりしてる新入生女子がいっぱいだ。新入生に限らず在校生にもうっとり勢はいるのだが。

『私は学園に入学し、仲間を得た。その多くが白騎の仲間たちだけれど――』

すると2階席の在校生たちがワァッと声を上げた。正確に言えば白のブレザーを着た一部の生徒が。歓声に演説が中断され、第3王子は苦笑しながらも右手を挙げる。

ホワイト、とはクラス名のことで、この学園には6つのクラスがある。

第3王子など王族を含む、貴族だけで構成される「白騎クラス」。

完全実力主義にして貴族平民関係ない「蒼竜クラス」。

女の子だけが所属でき、他のクラスでは絶対に教えてくれない秘密任務の訓練もするという「緋剣クラス」。

見た目で選んでいることを公言している美男美女の集まる「黄槍クラス」。

質実剛健と言えば聞こえはいいけれども、パッとしないが問題も起こさない多数派の「碧盾クラス」。

で……問題あるヤツだけが入れられるとウワサの「黒鋼クラス」。

一番重要なのは、どのクラスでも卒業さえできれば「騎士」になれることである。

安定堅実安全確実高収入の騎士！

これ。今生を生きる俺の最終到達点。

謙虚堅実をモットーに……じゃなかった。波風立てずにリスクなく生きる。これですよ。

『みんな知っていると思うが、私たちは王国騎士団の直下にあると言える。私の白騎クラスは白騎獣騎士団の傘下にあり、4年時から騎士団任務もカリキュラムに組み込まれる。そこでは君たちの個性や才能が輝く場面がきっとある。君たちが君たち自身を知るために、これから天稟判定とスキルレベル測定、その結果によるクラス分けが行われる。だけれど……これは忘れないで欲しい』

ステージ上の第3王子は、これ以上なくキリッとした顔をした。

あちこちでバタンバタンと音がするのは第3王子を見て失神した女子生徒たちだろう。係員が走ってくると手慣れた様子で医務室へと連れていく。いいのか、手慣れてて。

『大陸の覇者(はしゃ)たる我らがクラッテンベルク王国は、白騎獣騎士団(ホワイトライダーズ)、蒼竜撃騎士団(ブルードラグーン)、緋剣姫騎士団(プリンセススカーレット)、黄槍華騎士団(ブルームイエロー)、碧盾樹騎士団(エメラルドイージス)、黒鋼士騎士団(ブラックソルジャー)の六大騎士団によって成り立っている。——その、どのひとつも欠けてはならないのだ』

第3王子の言葉にどんな思いが隠されているのかはわからないが——王子の言葉を額面通り受け取った新入生はいないだろうね。誰がどう見たって、飛竜に乗って最前線で戦う蒼竜撃騎士団はカッコイイし、黄槍の女子はめちゃくちゃ可愛(かわい)い。

（それに引き替え、黒鋼士騎士団は……）

第3王子は白騎の総代(デリゲート)。

王子の後ろにいる5人は蒼竜、緋剣、黄槍、碧盾、黒鋼クラスのそれぞれ総代である。

黒のパーカーのフードをかぶっている、男子生徒。眠そうな目の下にはべっとりとクマがあり、唇に金の3連ピアスがある。貫禄(かんろく)の黒鋼総代(ブラック・デリゲート)だ。

やっべぇ、としか言えない。なんかもう、やっべぇ。

『君たちの入学を、心から歓迎する。白騎総代(ホワイト・デリゲート)、ジェエルザード＝クラッテンベルク』

第3王子がそう締めくくると割れんばかりの拍手が起きた——。

クラッテンベルク王国の王都にあるのが、「王立学園騎士養成校」――通称「ロイヤルスクール」だ。５年制で全寮制の学校である。王族も通うから「ロイヤル（王家の）」という。

この大陸の７割を手中にしているクラッテンベルク王国のモットーは、「人が国を作る」である。「優れた人材を集める」ためにこのロイヤルスクールができた。

王都から移動に１ケ月掛かるような場所に住んでいる田舎（いなか）の13歳児――つまり俺、ソーンマルクス＝レック、人呼んでソーマ――にも入学のチャンスは等しく与えられた。まあ１ケ月って言っても、この世界には魔法があるものの、基本の移動手段は馬車だからな。

（思えば長かった……）

入学式が終わり、クラス分けが行われる直前――俺はもよおしてしまって、ひとりトイレにやってきた。

州内15ブロックに分かれた予備試験。州都に集まって行われる1次本試験。

優秀者を選抜して行われる２次本試験。最後は王都にやってきて行われる最終試験。

試験試験試験である。

（ま、内容自体は楽勝だったけどね）

他の人間にはほとんど――両親にすら言っていないのだが、俺には前世の知識がある。23歳で死んだ相馬直樹（そうまなおき）という日本人の記憶が。

日本での常識が頭によみがえったとき、俺は驚いた――この世界って、俺が小さいころ思い描いてた「理想」にかなり近いんじゃないか、って。

まず竜が空を飛ぶ（友好的とは限らない）。

冒険者もいる（なりたいとは言っていない）。

あと、スキルレベルと魔法がある（魔法はほとんどの人間が使えない）。

ただ科学が未発達なので、俺の知識はいろいろと役に立った。主に金儲け的な面で。おかげで、現在13歳にしてこっそり蓄財できている。

知識のおかげで騎士試験は楽勝だった。簡単な算数や中学数学、それに理科の知識があれば解けるような学術試験だったからな。後は、武技試験だが――これは持ち前の天稟のおかげでいともたやすく乗り切れた。

あー……両親にこのことを話さなかったのには理由がある。

いや、うちって8人兄弟なのよ。家は村で唯一の宿を経営してるんだけど、そこを継げるのは長男のトルッタだけで、他の7人は家を出てかなくちゃいけないわけ。

そうなると、必然的に親ってのはトルッタ兄ちゃんだけをしっかり教育するよな。まあ、老後を快適に過ごせるかどうかはトルッタ兄ちゃん次第だし、それはしょうがない。

俺は8人兄弟のいちばん下だから、兄や姉に可愛がられながらも割と放っておかれた。

重要なのはこの先どうする？　ってことであり、食い扶持どうする？　ってことであり、前世の記憶があることでどーのこーのという悩みじゃなかった。

ただ、前世のせいなのか、見た目に影響を及ぼしてきたのには驚いた。俺の髪の毛はもともとと父譲りの赤茶色だったんだけど、だんだん濃くなって、黒ずんで、終いには黒髪になり、母譲りの琥珀色の目もだんだん黒くなっていった。

――ソーマが化けた。

としばらく会ってなかった親戚が言うほどに変わった。

「そんじゃ行くか」

手を洗って意気揚々とトイレを出たときだった。

「――あんなことを言って大丈夫なんですか」

「――ああ、問題ないさ。それにあれは本心だよ」

ん？　この声って……「問題ない」って言ったほう、さっきの第3王子じゃないか？

トイレの横、廊下を曲がったところで誰かが話しているようだ。

でも、聞き耳を立てるのはよくないよな。相手が第3王子だったら、なおさら……。

と思いつつも、俺は足を止めて聞いてしまう。いやいや聞いちゃうでしょう。ここは聞くべきところでしょう。相手の声が女の子っぽいからなおさらな！

「――騎士は力を合わせなければいけないんだ。せめて学園の中にいるとき、貴族も平民も垣根を越えて対等に過ごすべきだ。それに気づくのに、私は遅すぎた……」

マジかー、王子様、さっきのこと、割りと本気で言ってたのか。でも聞いてる人たちは真に受けてなかったと思うよ？

だって王子様は王子様で、貴族は貴族で、平民は平民でしょ。

「──それを言っているのはお兄様だけではありませんか。たったひとりで、どうしてそこまで……周囲からはよく見られないこともご存じでしょう」

たったひとり……。

その言葉は俺の胸にズン、と落ちてきた。

日本で……俺はひとりだったんだよね……誰も頼れなくてさ……。

「──わかっているよ。でも誰かがやらなければいけないんだ。それが私である必要はないかもしれないし、確かに私のやっていることは貧乏くじを引くことにほかならない。それでも、『正しい』とわかっていることを放り捨てることなんてできない」

第3王子……。俺なんかとは全然違う立場だろうけど、なんか共感してしまったのは……俺の前世のせいだろうな。

「新入生の皆さん、私は今年の1年生を担当する学年主任のトーガンです。ご存じとは思いますがこの学園に入れば貴族も平民も関係なく我ら教員の庇護下に入ります。私が貴族なのか、平民なのかは気にする必要がありません」

第3王子の話を立ち聞きしてしまってから、10分後。

別室の大広間に集められた俺たち新入生は、ちょびひげにうっすら禿げた男──教員のトーガン先生の言葉をありがたく聞いていた。

「貴族か平民かは関係ないぜ」とか言いながら上着の袖ボタンに貴族家の紋章を使っているあ

たりがモヤッとするところである。建前（たてまえ）と本音が違うのは、世界を越えても共通だ。

「これから皆さんの天稟判定を行い、その後、スキルレベルの累計測定をし、『公正の天秤（てんびん）』によってクラス分けが行われます」

　クラス分け。来た。これで、この学園での5年間が決まる。

　貴族も平民も関係ないことは建前上は事実だったが、当然、関係ある。王家やそれに連なる高位貴族はほぼ確実に「白騎クラス」になるらしいしな。

　問題は、残り5クラスのどこになるか……。うん。碧盾クラスがいちばんいいよな。碧盾クラスからほぼ持ち上がりで碧盾樹騎士団に入団が決まる。

　なんの個性もなく、いちばん人数が多く、比較的安全な勤務地が約束されている。

　しかも碧盾樹騎士団は年功序列。飛び出た杭（くい）みたいなことをしなければ給料は増える。

　一番人気は蒼竜撃騎士団なんだけどな。この国でも最高峰（さいこうほう）の武力だし、飛竜を駆って魔物の襲撃から住民を守り、攻め込んでくる敵国を倒す――まあカッコいいよね。

　でもそれって危険と隣合わせなんでしょう？

　ワタクシ、安全確実高収入なところで働きたいのですよ。

（でもこのスキルチェック……ちょっとヤバイかも）

　新入生たちのウワサ話が聞こえてくる。

「累計レベルで２００超えだと蒼竜クラスは確実だぞ」――って。

　実際には累計レベルと、その天稟の内容とかで評価されるみたいなんだけど……。

と——大広間がざわついた。

白衣を着た人々がカートを押して入ってきたのだ。

カートに載せられているのは——石板？　と、水晶玉？　それに……鈍い金色の天秤だ。

「ではクラス分けを始めよう。今年の新入生は３０２人いるので、静粛に、手早く進めたいと思う。——まずは王都試験２位、キルトフリューグ＝ソーディア＝ラーゲンベルク君」

「はい」

長々しい名前が呼ばれると、女の子みたいに可愛らしい声が聞こえた。

ここにいるのは13歳のはずだけど——キルトフリューグくんは明らかに身長が低い。

「おい、アレ……ラーゲンベルク公爵家だぞ」

「マジか。三大公家じゃないか」

「あのめちゃくちゃ難しい試験の上から２番目ってことかよ……ヤバすぎだろ」

ざわつく周囲。貴族について知識がない俺は置いていかれ気味です。

金髪はさらさらで、紫色の目元に掛かるほど。着ている服のデザインはシンプルながら、とんでもなく高そうな布地を使っているのが遠目にもわかる。

あどけない顔だ。女装したら絶対美少女になるなと俺は妙な確信を抱く。

（ていうかこの声って……さっき、第３王子と話してた人の声か？　女の子だと思ったけど、まさか男の娘……じゃなかった男の子だったとは）

キルトフリューグくんは小さい歩幅ながら胸を張って歩いていくと、石板に手を置いた。ぱあっ、とほんのり光る石板。

その横には紙の束が置いてあり——ざわっ、と周囲がざわつく——ペンが勝手に動いた！

おお、ファンタジー！　この世界に魔法があることは知ってるけど、田舎だとお目にかかれないんだよな。魔法の街灯なんてないし、火を点けるのも火打石だし。

さらさらさら〜とペンが紙に書きつけており、終わるやトーガン先生が取り上げた。

「天稟は……『王の覇道』。さすがは公爵家の血筋……」

学園にいる間は、教員は生徒より確実に「上」の立場。その立場はけっして変わらないだけれども「公爵家」はやっぱりトーガン先生より上なんだろうし、「王の覇道」とかいうどう見てもすごい天稟を見て、先生方の表情が強ばっている。

天稟、ってのは個人の性格を反映すると言われる。

その種類は非常に多いんだけど、貴族のようにある程度似通った生活や狭い社会で暮らしていると、同じような天稟が出現する。

たとえばそのものずばり「高貴なる血」だ。特別な効果はないものの貴族の証として喜ばれる。あるいは「守護の騎士」は盾のスキルが向上しやすい。性格的にも忠誠心の高い者が多いから模範的な騎士として好評だ。碧盾クラス待ったなし。

「先生。次の測定に移っても？」

「あ、ああ……もちろんだ」

眉ひとつ動かさず——たぶん、キルトフリューグくんは結果を知っていたんじゃないかなぁ

——彼は次の測定に移る。

この「天稟」と「スキルレベル」だけど、調べられる魔法の道具の数がものすごく少ないので一般人が調べる機会はまずない。王立の学園——他の主要都市にも学園はある——に入るか、冒険者ギルドで高ランクになると調べてもらえる。でも公爵家ならば話は違いそうだ。

で、お次は、スキルレベル。このレベルは、技能を司る神「エルセルエート」が認定する技能段階のこと……とかなんとか言われている。

——エルセルエートは人のなすことを常に見ておいでだ。およそ人の磨きうる技能はすべてレベルとして表される。

とは教会がよく言うことである。

それでこのスキルレベルはかなり細かい項目に分かれている。「およそ人の磨きうる技能」とか言うだけあって「剣術」や「馬術」なんてのはもちろん、「料理」や「木工」なんてもあるし、「磨術」（靴磨きでも上がる）とか「投擲」（なにを投げてもいい）とかもある。

ただ「技能」と言うだけあって、真剣に取り組まないと上がらない。石だけぼんやり投げてても「投擲」レベルは上がらないのだ。

一般に、スキルレベルが50を越えるとアマチュア卒業、１００で一人前、３００を越えると達人である。１００に到達するとエルセルエートから「特別な加護」を与えられる。

レベルの「上限」ってのは確認されていないんだけど、歴史上「剣術」８００越えがいて、その人物は「剣聖」と呼ばれた。「剣聖」の剣は山を斬ったらしいよ。斬られたほうの山はたまったもんじゃないよな。

「こちらの水晶玉に手のひらを載せてください」

キルトフリューグくんは、これまた慣れた手つきで手のひらを載せる——と、ぱぁっ、と水晶玉が光を発し、透明な中心部に数字が現れる。

「……さ、325……」

おおおおおっ、とみんなどよめいている。

300越えだ。200を越えれば蒼竜クラス間違いなしという情報から考えるに、200越えは早々いないんだろう。

「——300越えだって……聞いたことがあるか？」

「——我が伯爵家の従姉妹(いとこ)に聞いたのは、3年前に280を記録した『天才』がいたって」

「——ジュエルザード王子殿下も200台だったような……」

「——王子殿下は入学後にすさまじくスキルレベルを伸ばされたらしいがな」

あの水晶玉は「スキルレベル合計数」、つまり「累計レベル」しかわからないみたいだ。

個別の項目を確認する魔法の道具もあるんだけど、もっと特殊で、1度の計測に大量の魔術触媒(しょくばい)を使ったりと、とにかく大金が掛かるとか聞いたことがある。

（キルトフリューグくんは「王の覇道」の天稟……「剣」「弁舌(べんぜつ)」といった「王たる人間にふさわしいスキルレベル」を向上させやすい特性があるのかもな）

天稟とスキルレベルは密接に関わっているからだ。

でもキルトフリューグくんは王って感じじゃないよね。どっちかって言えば王女。

「で、では『公正の天秤』へ」

トーガン先生も動揺（どうよう）を隠せないが、キルトフリューグくんは平気な顔で歩いていく。

さっきの紙にスキルレベルを追記し、その紙が天秤の片側に載せられる。

あとはどうするんだ？　とみんなが注目していると——研究員が卵を取り出した。滑らかに丸い水晶の卵である。

紙と比べれば明らかに重そうな卵だったし、実際その卵を載せるとカタンと天秤は傾いてしまった。

動いたのはここからで、卵がぐにゃぐにゃと姿を変え——白いグリフォンに姿を変えた。

すると紙と白いグリフォンは、重さが違うはずなのに天秤で平衡を保った。

（うおおおなんだアレすげー！　おもしれー！）

マジックアイテムらしい代物（しろもの）がどんどん出てきて俺のテンションも上がる。

「うむ。キルトフリューグ＝ソーディア＝ラーゲンベルク君は白騎クラスに決定とする」

おおっ……と控えめなどよめき。まぁ、みんな彼が白騎クラスに入るってことくらいわかってたしね。白騎は白騎、出自が違う人だけが集められるんだから。

（しかしほんと、ゲームっぽいな）

あの水晶玉、俺には必要ないんだ。

俺は前世の記憶とともに、天稟「試行錯誤（トライアル・アンド・エラー）」に覚醒（かくせい）していたからだ。これは、「スキルレベルを自分で確認できる」というすばらしい天稟だった。

え？　しょぼい？

そんなことないぞ。……ま、まあ、俺も最初は「しょぼぉ！」って思ったけども。

「レベル上げ」なら、ゲームをやりまくった日本男子(おれ)にとってはお手の物じゃん？

その結果、俺の累計レベルは――。

１０１２まで上がってた。


「次、スヴェン＝ヌーヴェル君……スキルレベル67」

２ケタのスキルレベルだと逆の意味で周囲がざわついてる。

ふつう、王立学園の入学までたどり着くような生徒なら１００を越えてくるからな。

スヴェンはぬぼっとした感じの背の高い少年だった。灰色の前髪が目元を隠しているが、そこには青色の細い瞳がある。「公正の天秤」では――透明な水晶の卵は、形を変えることもなくそのまま真っ黒に変質した。

「スヴェン君は黒鋼クラスだな」

ぺこり、と無表情で頭を下げてスヴェンは戻ってくる。

「次、リエルスローズ＝アクシア＝グランブルク君。王都試験3位」

彼女の「アクシア」というミドルネームはこの国の伯爵家だ――って横の貴族がしゃべってるのが聞こえてきた。

リエルスローズという少女の登場に、華やいだ声が上がる。ピンク色の髪を背後に流したためちゃくちゃな美少女が毅然とした歩き方で進んでいく――が、目元が険しい。怒ってるの？

（王都試験3位かー。俺も結構できたと思うけど、どれくらいだろ？　貴族しか順位を出しませんよとかはないよな……でもさっき聞こえた4位も5位も貴族だったからあり得る）

俺が考えていると、きゃぁっと歓声が上がった。リエルスローズちゃんが石板に触れて彼女の天稟が明らかになったらしい――聞き逃した。なんだったんだろ？　くうっ、誰かに聞きたいけどここに俺の知り合いなんてひとりもいないぜ……！

次は水晶玉によるスキルレベル判定だ。スキルレベル300台をたたき出したキルトフリューグくんのように、リエルスローズちゃんも気安い感じで水晶玉に触れる。視線はなんか周囲をバカにしくさったような感じであまり印象はよろしくない。

「に、268……ですね」

200台後半――キルトフリューグくんに次いで2番手である。またまた歓声が上がる。

「――さすがはグランブルク家だが、それにしても200台がこれで10人。多すぎないか？」

「――父上が言っていたが、今年の入学生はキルトフリューグ様を頂点とした『栄光の世代』として期待されているらしいぞ……私はここでやっていけるのかな」

貴族の子たちはウワサ大好きだな。ありがとうございます。聞き耳立ててます。

どうやら今年は「豊作」らしいぞ。今日は収穫祭かな？

「静かにしなさい。王立学園騎士養成校の生徒として恥じない振る舞いをしなさい」

トーガン先生の言葉で、生徒たちは大人しくなっていく。このあたりが俺の住んでた田舎と は違う。なんというか、しつけの良さが感じられる。

「……次、ソーンマルクス＝レック君」

やべ、呼ばれた……アレだ。ドキドキしてきた。

おかしい。俺はすでに23年＋13年生きてきているのに。いや、そもそも日本で生きてたころも注目されるのには慣れてなかったわ。慣れてないわー。しょうがないわー。

「ほう、君が王都試験首席か」

「え、俺ですか」

黒髪黒目は珍しい。しかも、入学試験トップとなれば注目を集めないわけがない。

ひええええ。見てくる。めっちゃみんな見てくる！

しかもこれから4ケタのスキルレベルが出ちゃうわけだろ？　これはもうちょっと手加減するべきだったかもしれん……大人げないぞ俺（23＋13歳）！

だ、大丈夫、きっと大丈夫なはずだ。碧盾クラスに入るために【防御術】のスキルとかめっちゃがんばって伸ばしたから。

蒼竜じゃなくて碧盾！　碧盾のほうに俺は行きたいんだ！　頼むよ天秤さん！

＊　キルトフリューグ＝ソーディア＝ラーゲンベルク　＊

その金髪の少年もまた「首席」を見つめていた。

自分が必ず取ると思っていた1位の座をかっさらっていった存在――それが、彼なのだ。

（黒い髪に黒い目……珍しいですね）

王都の最終試験は筆記試験（ペーパーテスト）のみだ。問題は彼のスキルレベルが、どれくらいなのか。

（まさか僕と同じ300越えはないでしょうが……）

天稟「王の覇道」が、注目する。

＊　リエルスローズ＝アクシア＝グランブルク　＊

すでに「緋剣」の総代間違いなしと言われているリエルスローズもまた注目していた。

自分がキルトフリューグを超えられるとは思っていなかったし、実際そうだった。あのキルトフリューグという、見た目天使ながら中身バケモノの存在は当然知っていた。

将来は王国中枢（ちゅうすう）にいることがほぼ約束されていると言っていいキルトフリューグとは「なんとしてでもお近づきになり、上手（うま）くいけば気に入られよ」と両親が言っていた。

だが、どうだ。キルトフリューグを超える人物が現れた。

（まさか、平民だなんて……。黒髪黒目というのも見たことがないですもの）

どれほどの累計レベルだというのか――。

＊　ソーンマルクス＝レック　＊

俺が石板に手を置くと、ぱぁっと軽く光ってからペンが動き出す。

「ふむ、天稟は……『試行錯誤』？　聞いたことがないな」

俺の天稟を確認したトーガン先生が首をひねる。

天稟ってほんといろんな種類があるのだけど、「試行錯誤」みたいなのはかなり特殊だ。今日聞いたなかでは他にも「数奇な運命（トリックスター）」というものがあったけど、その少年は黒鋼クラスへと決まってたな。

「次はスキルレベルだな」

「はい。この水晶に触ればいいんですよね？」

俺が水晶玉に触れる――と、ぱぁぁぁぁっ、と水晶玉が強烈な光を放つ。

「なにあれ!?」

「どうしたんだ？」

「故障とか？」

生徒たちがざわつくが、やがて光は収まっていく。

そこには数字が浮かんでおり白衣の研究員がそれを読み解く。

「ええと……012、と……え!?　12!?」

じゅうに。

その言葉は一瞬で室内に広まった。

「ぶほっ！　あははは！　12だって！」

「なんだそれ。勉強ばっかりやってきたガリ勉君ってことか？」

「あんな光でびっくりしたぜ。単にレベルが低すぎて計測できなかったってことかな」

室内が爆笑で包まれる。

本来はそれを注意すべきトーガン先生だったが、水晶玉があり得ない光を発したことと、思いも寄らない低い数値が出たことであっけにとられていた。

「いやちょっと待って。待って待って。先生、これはおかしいですよ、故障です」

俺が言うとトーガン先生はハッとして、

「……なにを言う。故障などではない」

「だって！　俺、わかってるんです。12じゃなくてほんとは――」

「黙りなさい！」

トーガン先生の一喝に、俺は怯み、室内は静まり返る。

「他の者も、他者の低いレベルを笑うとは何事か。ここは騎士の養成学校。そのような心構えは褒められたものではない」

「あの、先生。俺は自分のレベルがわか――」

「黙りなさいと言ったはずだ。毎年こうして『この数値は間違っている』と言いがかりをつける者が出る。中には大金を積んで別の測定器を要求する者もいる。しかし計測が間違っていたことは一度もない。一度も、だ」

「でも」

「いい加減にしなさい！　騎士として往生際が悪すぎる」

騎士としての心構えを盾にされると俺はなにも言えなくなる。

でも12じゃない。1012なんだ。

これは4桁目を測定できないんだ。

「次――『公正の天秤』を使いなさい」

スキルレベル「12」と書き込まれた紙が「公正の天秤」にかけられる。

最後の望みをかけて俺は透明な卵を見つめたが――真っ黒に変色しただけだった。

「ソーンマルクス＝レック。君は黒鋼クラスだ」

こうして王立学園騎士養成校の、今年度新入生クラス分けが終わった。

✦第一章✦ 黒鋼寮生活、はじまる

相馬直樹――つまり俺の母親は小さいころに蒸発し、親父は50代で急逝した。親父が死んで俺は初めて、自分が誰のおかげで食わせてもらっていたのかを知った。

町工場で細かい金属部品を作っててさ……ＡＩだのフィンテックだの言ってる世の中で、いまどきそんな職場があるなんて俺は知らなかったよ。

朝から晩まで機械油のにおいを嗅いで、客の理不尽極まりない注文を、ありがたそうに受け取る。最先端工業技術の土台を支える大切な仕事だとわかってるけど、金儲けには全然向いてなかった。

それに加えて、30年来の友人に騙されてこしらえた借金。

そりゃ死ぬよ、親父。

ともあれ俺が親父の会社を知ったときには、誰ひとり頼れる相手もなく、工場は火の車だったってわけだ。

俺は大学を辞めた。そこそこ勉強してがんばって入ったんだけど……しょうがなかった。就職内定が決まっていた会社も辞退した。

ちょっとだけ心にきたのが、バイトでやってた塾講師。学年の途中で辞めることになったから「なんで？」と生徒たちにすごく言われた。ごめんよ。

俺は会社を立て直すため——じゃなく、会社を整理するために走り回った。

工作機械や不動産、なけなしの有価証券なんかを処分してスズメの涙ほどのお金を作る。で、長年勤めてくれた従業員たちに退職金を少々お支払いする。

「えっ、これだけ……？」

というリアクションなら、マシな方。

「お父さんが必死になって守ってきた会社をなんの苦労もなく育ってきたお前が潰すのか」

とか、

「社長の息子のアンタは金が余るほどだろうけど、こっちは安月給でなんとかかんとか生きてきたんだよ!?」

とか言われると、いやちょっと待ってよ俺のスーツ上下で９８００円なんですがとか言いたくなるよ。親父のスーツだってくたびれて袖がほつれてたよ。

言わなかったけど。

言わなかったけどさ！

だって、そんなことでケンカしてる余裕もなかったから。

ともかく俺はやりきった。１年半かかったけど、会社の整理を……ぜーんぶ終えて。

晴れて無一文になった。

そりゃそうだわな。金があったら返さなきゃいけないんだし、金を残してくれるほど銀行だって甘くない。大学中退、金もない。あるのはくたびれた、いまだ着慣れないスーツと磨り減った革靴だけ。

「俺は、絶対経営者になんてならない……」

固く心に誓ったよね。

「手堅く安定した組織で、不安なくサラリーがもらえる、そんな生活がしたい……」

公園のベンチに座り込んだ俺は「大学中退で公務員になれる方法」を探すには、まず図書館で調べてみるかとかそんなことを思いながら——気がつけばウトウトしていた。

季節は冬の入り口。日が暮れるのは早くて、これじゃダメだとわかっていながらも、あまりに疲れ果てて立ち上がれなかった俺は——。

凍死した。

「当たり前じゃん！　冬になったばかりだからって外で寝てたら死ぬよ!?　そりゃ死ぬよね!?　なにしてんだよ前世の俺ェ！」

『お、おう……だいぶ面白い前世だったみたいだな』

さて、ソーンマルクス＝レックとして生まれ育った俺、8歳の春である。

俺が前世の記憶に目覚めたのは、目の前にいたこいつのせいだ。

本人が言うには『大精霊』とのことだが、俺の目にはどうしても枯れ木に生えた毒々しいピンク色のキノコにしか見えない。しゃべるけど。

『なんせ変わった天稟のニオイがすると思ったら、まさかの異世界転生者とはなあ』

「えっ!?　まさか転生者って俺以外にもこの世界に――」

『他には聞いたことがねえけども』

　前のめりにずっこけた。

『だけどまあ、ワッシらが知らないことを知ってるお前ならではの天稟じゃあないのか？　その、「試行錯誤」ってのはな』

　こうして俺は、自分の天稟を知ることができたんだ。枯れ木に生えた毒々しいピンク色のキノコによって。キノコは『抜くと死ぬからな！　抜くなよ！　ぜってー抜くなよ！』と前フリっぽいことを言っていたけど、さすがに抜いて死なれたら寝覚めが悪いので、そこに放置した。翌日行ったら、消えていた。

　天稟ってのは単に「性格がスキルレベルに反映される」だけっていうのがほとんどなんだけど、中には稀に特別な能力、「ユニークスキル」を授かる者がいる。

　俺のことなんだが、それは異世界からの転生者だからかもね。

「おおっ……これが俺の天稟……！」

　俺は自分の腕に浮かんだきらめく文字を見て興奮した。

　右手を当てて、ぬーん、って唸ると文字が浮かんできたんだよね。

　つらかった前世はショックだったけど、こっちで生きてきた8年間もあるのであまり心理的ダメージはなかった。人は悲しみを乗り越えて生きていくのよ……！

「『剣術3・21』『投擲（とうてき）6・88』『空中機動0・65』……」

腕の面積は小さくて表示しきれないが、人差し指で文字を触ってすすすとフリックすると他の文字も現れた。

天稟「試行錯誤」は、スキルレベルをいつでもどこでも確認できるユニークスキルが使える。特殊能力は、以上であります。

……微妙と言ってはいけない。この世界ではスキルレベルの確認にお金がかかるし、さらには「試行錯誤」はスキルレベルを小数点第2位までわかるんだぞ。高性能なんだぞ！

「んー……こうか？　こう？」

俺はこの天稟を得てから毎日、そのものズバリ試行錯誤を繰り返した。

剣の振り方ひとつ取っても、「剣術」スキルが0・01上がったり、上がらなかったりする。

実はこのスキルレベルというやつは厄介（やっかい）な特徴がある。1日にまったく上がらなかったスキルレベルは、およそ1年かけてその半分まで急落するのだ。人生かけて道を極めたスキルも、1年なにもしないと半分まで落ちる。

この事実はよく知られていて、だからみんな「あれこれ手を出すな。一芸に秀でてこそ出世する」と言う。

逆に、0・01でも上がれば維持できる。だから俺は着実にレベルが上がる方法を探した。

「剣術」なら「理想の剣の振り方」。「槍術」なら「理想の槍の突き方」。「裁縫（さいほう）」なら「理想の針の扱い」。「空中機動」なら「理想の空中での身体の動かし方」。「絵画」なら「理想の筆の動かし方」。他にも、たくさん。

剣道や野球でもすべての基本は「素振り」にあるわけで、その「素振り」にふさわしい「理想型」を知り、「理想型」を日課に取り入れれば、毎日、ほんのわずかずつでもスキルレベルを上げていく――維持することができる。

……今や俺は日課をこなすのに1時間くらいかかってしまうんだが、しょうがないよね。家族も「あいつなにやってんだ？」って顔してたけどそれもしょうがないよね……。

この天稟を隠すつもりはあまりなかったし、他人のスキルレベルも見ることができるんだけど、田舎暮らしだと重宝されなかった。

だって田舎の大人にとってスキルレベルなんてあってもなくても生活には関係ないものだったから。樵は樵だし、農夫は農夫、鍛冶屋は鍛冶屋だ。他の職なんてない。

だから、俺は俺を慕ってくれる子供たちに使った。

「おい、レプラ、背中見せろ」

「は？　やだし」

「いいから早よ出せ」

腕だと肌の表示領域が狭いのだが、背中に表示すれば一気に全部見られる。

隣の家に住む2歳年下のレプラの服をめくろうとする俺と、嫌がるレプラ。弟分のくせに生意気な……！　と憤る精神年齢的にはだいぶ大人のはずの俺。

「ハァ、ハァ、無理矢理服を脱がせようとするソーマさんと薔薇の純潔を守りたいレプラが組(く)んず解(ほぐ)れつ……ハア、ハア！」

そんな俺たちを血走った目で見ているのがさらに一軒隣のミーア。６歳にしてすでに腐りかかっている末恐ろしい娘である。田舎が生んだ鬼才かな？

ともあれ俺はレプラやミーアを使って、スキルレベルについて「試行錯誤」した。

そして一般にも知られているもうひとつの「重要な」仕様を確認した。

それは１００レベル到達でエクストラスキルが得られることだ。「剣術」なら基本中の基本技である「斬撃(スラッシュ)」という技に開眼する。これは斬撃が「飛ぶ」というもの。「裁縫」なら「鉄の指先(アイアンフィンガー)」というエクストラスキルで、これは指先を硬化して針も刺さらなくなり固い革の加工にも便利。

そして２００レベルになるとスキルに関係する身体能力が向上する「エクストラボーナス」を得られる。「剣術」ならば「瞬発力＋１」だし「裁縫」ならば「器用さ＋１」というもの。

「１かよ……」って最初は思ったけど、この1がくせ者で、人間1人ぶんほどの「１」なのだ。

その後は３００でエクストラスキル、４００でエクストラボーナス……と１００ごとに交互に現れるようだ。

最後に重要なのは、このエクストラスキル、エクストラボーナスのどちらも、スキルレベルが低下しても残ること。

若い時分にエクストラボーナスを得まくって、３００歳ほど長生きした人間も過去にはいるらしい。あやかりたいです。今の俺の希望は安定収入、健康第一、だからな。

＊　リット＝ホーネット　＊

リット＝ホーネットは短く切ったオレンジ色の髪を揺らして歩いていた。

「ふんふんふ～ん」

ポケットに手を突っ込み、鼻歌交じりで歩いているリットは上機嫌だった。

荷物は背負ったバッグだけ。

ここで5年を過ごすにあたって準備したものと考えるといかにも身軽なのだが、その身軽さこそがリットにはうれしかった。

「お、ここかー。さすが『黒鋼（ブラック）』クラス。学生寮もいちばん遠いんだな」

王立学園騎士養成校は全寮制なので、王族や一部の貴族以外の生徒は全員「学生寮」で生活する。授業を行う「講義棟」を中心に、学生寮は囲むように建てられてある。

いちばん近いのが「白騎（ホワイト）」クラスで、いちばん遠いのが「黒鋼」クラスというわけだ。

レンガ造りの5階建て。壁面にはツタが這（は）っている黒鋼学生寮は「風格」があると言うべきか、「単に古い」と言うべきか……。

「ま、ボクが入るにはこのくらいがちょうどいいかな？」

近くにいる他の黒鋼新入生らしき生徒は「マジかよ」みたいな顔をしているが、怯（ひる）む様子もなく入っていくリット——右の扉が男子用、左が女子用だ。

学生寮はひとつの建物だが、男子と女子のエリアは壁によって真っ二つに分かたれている。

1年生の部屋は5階にある。見晴らしはいいから新入生は最初喜ぶのだが、毎日階段を徒歩で上がっていくのは──特に武技の授業でヘロヘロになった日には、しんどいものである。

だが今日まったく疲れていないリットは飛ぶように5階に上がり、自分にあてがわれた部屋を目指した。

「503号室──ここか」

コンコン、と軽くノックをしてから、

「こんちゃー！」

部屋は広い。10メートル四方（この世界には違う長さの単位があるのだが、度量衡（どりょうこう）は地球のものに合わせておくとして）もあり、だだっ広くもある。

窓は3つ並んでいて、北向きなのでさほど明るくはない。

部屋には3つベッドがあって、左手の廊下（ろうか）側、左手奥の窓際、右手奥の窓際だ。それぞれベッド脇には学習机とクローゼットが設置されてあり、空いたスペースにはテーブル1台にイスが4脚があった──それが、この部屋のすべてだった。

（先客あり、と。おやおや、窓際をふたりとも占領しちゃうとはねぇ？）

リットが入ってきたことに気づいて、左奥窓際の少年がこちらを見る。


「……スヴェン＝ヌーヴェルだ」

「あ、俺、ソーンマルクス＝レック──ソーマ、でいいよ」

なんとまあ。

（レベル67だけじゃなく、レベル12のガリ勉くんもいるのかー！）

さすがにびっくりである。スキルレベルワースト1、2がこの部屋にいるのだ。

「あー、ボクはリット＝ホーネット。よろしくぅ！」

短い間の付き合いかもしれないけどねー、とは言わないが。

明らかにスキルレベルの低いふたりである、早々とこの学園を脱落しそうではある。

「さてさて、ふたりとも？　先に窓際を取るなんていい度胸じゃないかね」

「あー……2人部屋かもしれないから、とりあえず暫定的にそうしただけなんだよな」

「ボクは窓際にこだわってるワケじゃないんだけどね、同室で暮らす仲間というワケだし」

「あー……それなんだけど……間違い？　なんだ」

「ん？　なにが？」

「俺、もっとスキルレベルが高いんだ。たぶん、あの水晶玉は1000を越える数字を表示できないんだと思う。だから012なんていう、0が最初に出る表示になったんだ」

「…………」

ダメだ、こいつ、この期に及んで寝ぼけたこと言ってやがる。

「俺、だから先生にもう一度言ってこようかなって。4ケタでも測れる測定器を出してもらうんだ。そうしたらクラス分けが変わるだろ？　だからこのベッドはお前に——」

「あー、ソーンマルクス＝レックくん？」

「『ソーマ』でいいよ」

呼び方なんてどうでもいいっつーの。

「スキルレベル4ケタとかなに言ってんの？　あるわけないじゃん。4ケタ超えなんて歴史上でもわずかにしかいないでしょ？　勉強しすぎて頭がどうにかなっちゃった？」

「俺の頭は冷静だ」

少々むすっとしてあぐらをかき、両腕を組むソーマ。

君も止めてよ……と思ってスヴェンを見るが、すでにスヴェンはぼんやりと窓から外を眺めていた。コイツはコイツで問題があるらしい。

（やれやれ……これは先が思いやられるなぁ。まあ、ここでソーマが先生に文句言って退学(クビ)になっても構わないんだけど……それはそれで気分よしとはならないよね）

と、そこまで考えたリットは、

「ソーマくん、冷静なアタマで聞いて欲しいんだけども」

「なに？　俺、今から先生のところに行くから手短にな」

すでにベッドから下りて荷物を持っているソーマ。

「4ケタのレベルを確認してもらって、どーすんの？」

「決まってる。碧盾(エメラルド)クラスに行くんだ」

碧盾？　と疑問には思ったが、まあそれはいい。

「なんで黒鋼はダメなの？」

「そりゃそうだよ。黒鋼は問題アリの落ちこぼれ――」

と言いかけて、あ、とソーマは口を開く。

「つまり、ボクもスヴェン＝ヌーヴェルも落ちこぼれだと、そう言いたいワケ？」

「あ、あの……悪い、そういうワケじゃ……」

「君の言い方は『碧盾クラスが偉く、黒鋼クラスがダメ』と聞こえる。そーだよね？」

「ちがっ」

「違わない。聞いていなかったの？　第3王子ジュエルザード＝クラッテンベルク様がこう言っていたじゃないか」

――大陸の覇者たる我らがクラッテンベルク王国は、白騎獣騎士団（ホワイトライダーズ）、蒼竜撃騎士団（ブルードラグーン）、緋剣姫騎士団（プリンセスカーレット）、黄槍華騎士団（ブルームイエロー）、碧盾樹騎士団（エメラルドイージス）、黒鋼士騎士団（ブラックソルジャー）の6騎士団によって成り立っている。その、どのひとつも欠けてはならないのだ――。

「!!」

ソーマの身体が、ぴしりと固まる。

「……黒鋼だからってボクは恥じたりしない。胸を張っているよ。それに『公正の天秤（てんびん）』が君を黒鋼クラスに決めたんだ。もう一度測ったとして、君が4桁超えのスーパールーキーだとわかったとしてもなお、『公正の天秤』からは同じ結果が出るかもしれない。そうしたら君はどんな顔でボクらに『同室だな、よろしく頼む』だなんて言うんだい？」

ソーマは担（かつ）いでいた荷物をドサリと落とす。

「リット……お前の言うとおりだ。ごめん、ごめん俺、お前を傷つけた……！　俺は倒産した社長の息子に心ない言葉を投げつけた社員たちと変わらねえよ！」

なんか感極まって涙を流しながら抱きつこうとしてくる。

「わー、来るな！　来るなっての！　ていうか後半意味不明だし!?　それにそういう暑苦しいのボクはイヤなんだよ！　女の子なら大歓迎だけど！」

「ごめん！　男でごめん！」

「だから来んなっての！」

近づこうとするソーマの額を押さえつけて遠ざける。

するとソーマはなにを納得したのか、両手の拳を握りしめた。

「決めた！　俺、決めたぜ！　黒鋼クラスのみんなと頑張る！　そして碧盾クラス……だけじゃなく全クラスがうらやましがるようなクラスにする！　それで安定高収入の騎士になる！」

どうやらこのガリ勉くんは、「高収入」に惹かれて騎士を目指しているようだ。

「わーチョロい」

「え？　今なんて？」

「なんでもないよ？　すばらしい意気込みだなって。ねぇ、スヴェン＝ヌーヴェル？」

そちらに一応話を振ってみると、スヴェンはぼんやりとこちらを見てから、

「……スヴェン、でいい」

今、呼び方の話はしてないしそれ特別な呼び方でもなんでもないしなぁ……。

リットは、黒鋼クラスはさすがに厄介者ぞろいだなとため息を吐いた。

「さて……この部屋なんだけど、男3人で生活するにもプライバシーが必要だと思うんだよね。だからさ、カーテンを引いておかないか？」

荷物からロープと大きな布きれを取り出す。実のところリットの荷物の大半はこれだったりする。あとの着替えやらなんやらはこちらで買いそろえることを考えていた。

（荷物検査だってあるかもしれないしね……）

ロープを張ってカーテンを吊す提案をしたリットだったが、ソーマやスヴェンはよくわからないような顔をしている。

「……なんも反応ないと困るんだけど？」

「あ、えーっと……カーテンで仕切りを作ったら、なんていうか狭くならないか？　ていうか男同士なのにプライバシーとか要る？」

「ソーマはそれでよくともボクはイヤなの。スヴェンは？」

「……どっちでもいい」

「はい。じゃあ2対1でカーテンを設置する方向で。このカーテン代金が銀貨3枚だから1枚ずつちょうだい。ロープの代金は、お近づきの印ってことでボクのサービスで」

「いやいやいやいや。なんで2対1なの!?　スヴェンはどっちでもいいんだろ!?」

「細かいことぐちぐち言うなんて男らしくないなあ。ほら、アレだよ、アレ」

「アレ？」

「わっかんないかなー。男ってのはさ……ほら、ベッドでひとりになりたいときだってあるだろ？　部屋に誰もいないからって油断してるときに、ガチャって開いたら大変じゃないか。その点カーテンがあれば……ね？」

むっ、とした顔でソーマは黙ってから、ふむ、と納得顔でうなずいた。スヴェンは相変わらずボーッとしているが。

「しょうがねぇなあリットは。そんな可愛い顔して性欲ビンビンかぁ」

「可愛い言うな。あと言葉遣いが下世話にもほどがある。銀貨1枚！　払った払った！」

「はいはい……」

なんだかんだ押し切って、リットはカーテン設置の許可を得た。そしてふたりから銀貨を徴収する。実のところこのカーテンセットは全部で銀貨1枚がいいところなのだが。

（儲け儲け！　ふっふっふ。お金は必要だからねえ）

頭ひとつ分はスヴェンのほうが背が高く、ソーマもリットより大きいのでふたりにカーテン設置をしてもらう。ロープを柱に打ちつけるための釘と金槌は寮の備品から借りてきた。

そうしてカーテン代わりの布が天井付近からぶら下がった。向こうが透けて見えない程度の布だが、それでもプライバシーは守られる。

カーテンを張ったことで部屋が狭くなった。病院の大部屋のような雰囲気である。

（ほっ……第一関門は突破だな）

昼間だというのに廊下側のベッドは薄暗い。だがリットは満足だった。

（……ボクの正体はバレないようにしなきゃ。鈍そうなふたりと同室でラッキーだった）

その手は薄い胸に当てられている。シャツの下に巻いてある包帯――サラシについては誰にも見せるわけにはいかない。

「リット、学園内の下見に行かないか」

バサッ、とカーテンがいきなり開けられた。

「コッ、こんのバカ！　いきなり開けるヤツがいるか!?　なんのためのカーテンだよ!?」

「え？　……あっ、ご、ごめん。お前……そうか、そうだったんだな」

「は!?」

「だからカーテンに執着してたんだな……そっか。ここに来るまで結構長かったのか？　その、ほら、アレだ、溜まってるってやつだろ？」

「――は？」

「そんなにスッキリしたいなら俺とスヴェンは先に行ってるから、な？　じゃ、また後で」

「え、ちょっ――」

違うわボケぇぇぇぇぇぇぇぇ!!

リットの声が響き渡った。とはいえ、そんな話題を最初に振ったのはリットなのだが。

ソーマに懇々（こんこん）と「プライバシーとは」について説明しながら3人で寮の階段を下りていく。

他の学年の生徒にはまったく会わない。

よそのクラス――白騎や緋剣といったクラスでは、新入生の歓迎会をやったりするらしいが黒鋼ではやらない。それが、黒鋼だからである。

無頼派と言えば聞こえはいいが、とどのつまりが「協調性のない」「親切でもない」「自分さえよければいい」生徒の集まりだ。

「じゃ、どこから行く？　やっぱり『食堂』あたりを押さえておかないとかな？」

ソーマが嬉々として寮のドアを開けると――彼ははたと立ち止まった。

「どうしたんだよ？　急に止まったりして」

言いながらリットは、ソーマの視線の先にあったものに気がついた。

寮の前はちょっとした石畳の広場になっている。ベンチが置かれてあり、花壇――花壇らしきエリアには土しかないが――がある。

そこにいた４人がこっちをにらみつけていた。黒鋼の制服ではない。制服が支給されるのは明日なので、今制服を着ていない生徒はもれなく新入生というわけだ。

ひとりは、女。リットよりはずっと大きい、大柄の女。青い髪を横に流しており、左目に半分かかっている。かなりきわどい短いスカートで足を組んでいて、偉そうにベンチにふんぞり返っている。彼女の左右にいるのが３人の男だ。どいつもこいつも目つきが悪く、こっちをじろじろ見ている――と思うと、３人がこちらへやってきた。

「おい、お前らちょっと来いよ。オリザ様がお呼びだ」

３人の男子は、丸顔、眉が吊り上がって垂れ目のバッテン顔、それに角張った顔。わかりやすくて結構である。

（ははーん。不良にありがちな、新クラスのマウント取りだな？）

新たに始まるクラスで、仕切り役になりたいと、そういうわけだろう。

（最初は様子見、トーゼンでしょ。しばらくしてどいつについていくかを判断する。最初からひとりと決めるのは悪手だ）

そう考え、

「残念だけど、ボクらは用事が――」

「よかったなぁリット」

いきなりソーマが肩を組んできた。

いやいやいやいや、接触してこないでよ！　と言いたいところだが、ますますソーマはリットに寄り添うように耳元でささやく。

「お前、女の子大好きだもんな。お近づきになろう」

それは確かに「女の子なら大歓迎」とかさっき言ったけれども。

（むさ苦しい男より可愛い女の子のほうがいいのは当然のことだろ？　――ってそうじゃない。そこじゃない！　違うっての、この女の子は近づかないほうがいい女の子なんだよ！　なに「俺って気が利くだろ」みたいなドヤ顔してんだよ！）

ソーマの力はやたら強く、リットはオリザ様へと連れていかれてしまう。

ふんぞり返っていたオリザはじろじろとリットたちを見ると。

「……アタシはオリザ＝シールディア＝フェンブルクだ。アンタたち、アタシの下につきな。この意味わかるね？」

あーあー、とリットはため息を吐きたいのをこらえる。

シールディアというミドルネームはこの国で「男爵家」を意味する。

つまり彼女は男爵令嬢というわけだ。平民からすれば「お偉い貴族家」である。

だけれども、今回の新入生でトップたるキルトフリューグ＝ソーディア＝ラーゲンベルクのような「公爵家」からすると「木っ端貴族」という扱いである。

リットはオリザの取り巻きである3人について思い起こす。確か累計レベル110前後の「ふつう」の生徒だ。オリザは140とかそのあたり。黒鋼クラスにしては高いが、それだけだ。

（猿山の大将になりたい気持ちはわかるけどさー。そのやり方は反感を買うだけでしょー。大体、卒業して騎士になったら男爵相当の地位をもらえるんだよ？）

関わらないに限る。それがリットの結論だ。

「オリザちゃんは俺たちと友だちになりたいってこと？」

だが平民であるソーマはオリザの言わんとしていることがよくわかっていなかったらしく、リットに向けて「よかったな！」とばかりに親指を立ててくる。

平民が、男爵令嬢に対して「オリザちゃん」である。

オリザの頬のひくつきが止まらない。おそらく彼女はこう考えているのだろう。

——子分にするにしたって人を選ぶ必要がある。こいつは間違いなくハズレだ。

そしてその一方でこうも思うはずだ。

——ナメられたままでいるのはよくない。

と。

「おい、マール、バッツ、シッカク、そいつら押さえろ」

「へいっ、オリザ様」

マルバツシカクの3人がリットたちの背後に回り、羽交い締めにする。

「お、おいっ、ちょっとちょっとやめろよっ！」

リットは抵抗するが、体格的に彼らのほうが大きく、動けない。

「お前ら、オリザ様を怒らせたのが運の尽きだ。大丈夫、じっとしてろ。一瞬で気絶するだけだ。むしろちょっと気持ちよくさえある」

「お前も食らったのかよ!?」

「へへ……1日1発はいただいてるぜ」

へへ、と3人そろって鼻の下をこすっている。あ、こいつらダメなヤツらだ。

この隙に逃げればいいのだが、そんなことすら忘れてしまうほどに呆れてしまう。

「ハァァァァ……」

オリザはベンチから下りて、両の手で拳を作り腰の横に構えている。

「ま、まさか——格闘系統の高レベル者!?」

「へへ、そのとおり。オリザ様はなんと、『蹴術』のエ、ク、ス、ト、ラ持ち、だぜ」

エクストラ持ち――つまりスキルレベル100超えということである。

13歳でひとつのスキルで100超えなんてよほどの才能がなければ到達できない。

「おーっ、オリザちゃんは『蹴術』上げてるんだ？　俺も上げたかったんだけど『拳術』と組み合わさっちゃって『格闘術』が生えちゃってさ」

するとソーマが話題に食いついてくる。羽交い締めにされたまま。

「いや累計レベル12のクセになに言ってんの!?」

「……剣を使わないのなら、話は合わないな……」

「いやそもそもスヴェンと話が合うヤツなんてほとんどいないでしょ!?」

「………………」

「リットぉ、さすがに今のは言い過ぎだろ……スヴェンがしょんぼりしてるぞ」

後ろから羽交い締めにされながらうなだれているスヴェン（無表情）。そんなことどうでもいい！　と叫びたいリットは、なぜこのふたりが平然としていられるのかがわからない。

「――まずはいちばん生意気なお前からだよ、黒髪！」

そんなことを話しているうちに、オリザの準備は整ったようだ。

「『旋回蹴り（スピンキック）』！」

ぐるんと回転する彼女の姿に、リットは美しさすら感じた。

足がムチのようにしなってソーマのこめかみに一直線に向かう。

思わず目を閉じてしまったリットは――その後、聞こえたのは「ぱしっ」という音だ。

「……え？」

恐る恐る目を開けると、ソーマがオリザのキックを片手で受け止めていた。

「「「え？」」」

３バカも呆けている。

「あー……その、オリザちゃん？　そのぅ、丸見えだよ？」

「え？」

とオリザは視線を下げ――どうやらソーマが言っているのはスカートが完全にめくれ上がっていることだと気がつく。

「つきゃあああああ!?　なに見てんだよ変態！」

足を引いて背後に飛びずさったオリザだったが、13歳にしてはなかなか大人びた下着だったなとリットも少々感心する。レースの入った濃紺のショーツ。体つきも13歳とは思えないほど大きいので、実のところよく似合っている。

「テ、テメェ、なにかわしてやがる！」

「あ、ごめん。受けといたほうがよかった？」

「調子に乗るなよレベル12のガリ勉がッ!!」

「だからそれは間違いなん……」

とソーマが言いかけたときだ。

「皆さん、それが騎士になろうという者の振る舞いですか」

凜（りん）、とした声が響いた。

＊　ソーンマルクス＝レック　＊

いや、俺としてはさ？　リットとオリザちゃんをなんとか近づけて……みたいな気持ちだったんだ。「アタシの下につけ」とか言っちゃう俺様系女子ではあるけど、なよっちいリットとなら逆に合うんじゃないかなって。

それなのにパンチラ、いやパンモロサービスでハイキックですよ。

あの攻撃くらいは余裕で受け止められるんだよな。【防御術】スキル１００で「衝撃吸収（ショックアブソーバー）」ってのがあって、それを使えば。

パンツっつったって13歳の女の子だからね、はっきり言って俺の許容範囲外なんだけれども、彼女のだいぶ大人びたショーツは……うん、不覚にも少々興奮しかけた俺がいる。

「皆さん、それが騎士になろうという者の振る舞いですか」

声が聞こえてきたほうには――幼さをまだ残したままの、天使のように美しい金髪を持った少年がいた。その子はすでに「白騎」クラスを意味する白のブレザーを――真新しいブレザーを羽織（はお）っている。累計レベル３２５をたたき出したキルトフリューグくんだと俺はすぐに気がついた。その背後には、すでに取り巻きらしき白ブレザーが5人ほどいる。

しん、と静まり返るオリザちゃんやリットたち。

さすがに鈍い俺でもわかるぞ。この子が来たから静まり返ったんだって。

あー……キルトフリューグくん、ちょっと悲しそうな顔をしたな。それはあれか、さっきの……第3王子との会話が影響してんのかな。この子も、自分が公爵家だから～とかじゃなくてちゃんと、ひとりの男として扱って欲しいんだろうか。地雷の可能性が大いにあるんだけど、ここは年長者としての余裕を見せてやらねばならない。

「あ、こんにちは、キルトフリューグくん」

キルトフリューグくんの眉がわずかに動き、リットがとんでもない顔でにらんできた。

はい、地雷でした！　5人の取り巻きがジャッ、て音を立てて飛びかかる準備してる！

「貴様！　ラーゲンベルク様になんて口を――」

「いいのです」

取り巻きくんが口を開こうとしたところで、キルトフリューグくんがそれを手で制した。

「はい、キルトフリューグと申します。皆さんは新入生と見受けられますが、入学早々、暴力沙汰というのはこの学園にふさわしくない行いだとは思いませんか」

「でもアレですよ、ネコがじゃれ合ってるみたいなもんですよ？」

俺がとりなすと、オリザちゃんが人でも殺しそうな顔でこっちをにらんでくる。いやでもあの蹴りはサービスカットみたいなもんでしょ？

「ラーゲンベルク様、大変失礼いたしました。我々はこのあたりで……行くよふたりとも」

リットが俺の袖を引いてくる。

これじゃあオリザちゃんと仲良くなるどころじゃないもんな……。

「って、おいリット、どこ行くんだよ。そっちは寮。俺たちは食堂見に行くんだろ？」

うわーすごい。リットが恐ろしい顔してる。日本で言うところの「般若」には少々懐かしさすら感じる。

「食堂……学園レストランに、ですか？　そうですか……ではせっかくですから一緒に食事でもいかがですか？」

キルトフリューグくんが言うと、リットの顔が面白いくらい真っ白になった。

「つざっけんな！　どうしてアタシもいっしょなんだよ!?」

「まあまあ、お近づきの印ってことで。なあリット？　オリザちゃんもいっしょに来たほうがうれしいよな？」

「……ボクは空気、ボクは路傍の石ころ、話しかけないでくれるかな……」

「っつーかなんだこのガリ勉のバカ力!?　おいマールにバッツ、シッカク！　テメェらも手を貸せ……ってどこにもいねぇ!?」

「ああ、あのトリオは忘れ物があるって言って寮に戻ってったけど」

「クソがッ」

「いくら任務上、荒事もある騎士とは言え、その言葉遣いはあまりよろしくありませんよ」

学園レストランへと向かう道で、先頭を行くキルトフリューグくんが苦笑して振り返る。取り巻きの5人は完璧に無視してるよ俺たちのこと。

「……ボクは空気、ボクは空気……」

「剣の修業がしたい」

「つーかテメェらもたいがいマイペースだよな!?」

いつの間にか俺がいなくても、オリザちゃんとリット、スヴェンで話ができている。

いいねえいいねえ。青春だねえ。

そうこうしているうちに食堂――学園レストランが近づいてきた。

卒業後、騎士となれば貴族社会の仲間入りとなるわけで、俺みたいな平民のために、貴族社会がなんたるかを知ることができる様々なシステムが学園にはある。

学園レストランもそうだ。入口にはドアマンがいてドアを開けてくれる。レンガ造りの幅広の建物で、意匠の凝らされた窓からは外の光がふんだんに入り込むようになっている。

「おおっ、広いなあ」

高い天井からはきらびやかな魔導照明がぶら下がっているが、日中は天窓からの光で十分に明るい。足下はふかふかの絨毯。その上にはテーブルクロスの張られた円卓が点在していた。

こういうとこ、今までまったく縁がなかったなぁ……。こっちでも、前世でも。

ちょうど食事時でもあり、結構な数の生徒が食事を楽しんでいる――そのすべてが在校生、つまり2年生以上だ。見ると制服ごとに各クラスが集まっているのがわかる。学園の制服は、男子が金の刺繍の入ったロングパンツに革靴だけで、あとは自由。女子はスカートに金の刺繍が入っていればよくて、男女ともに「風紀を乱さない」程度の自由が与えられている。

だけど、クラスごとに決まった制服がある。

「蒼竜（ブルー）」クラスは青の詰め襟（えり）——学ランのような制服だ。

「緋剣（ひいろ）」クラスは緋色（ひいろ）のスカートがシンボルマーク。

「黄槍（イエロー）」クラスは黄色のリボンを身体（からだ）のどこかにつけている。女子生徒はともかく、男子もそうなんだ。彼らは腕に巻いたり、ベルトにぶら下げたり、リボンタイにしている。

「碧盾」クラスは緑色のブローチが支給され、左胸につけることで統一されている。

「黒鋼」クラスは黒のフード付きパーカーであり、銀糸で刺繍したりと様々ではあったがどことなく後ろ暗い雰囲気（ふんいき）だ。黒鋼だけなんつーかカラーギャング感がある。

　レストラン内は中央がぽっかり空いている。そこはおそらく「白騎」クラスの席だろうな。

「白騎」クラスの特徴は、白のブレザー。すでにキルトフリューグくんも着てるヤツで非常に目立つ。白騎寮には専用の食堂があるのでこちらに出てくることがほとんどないって話だ。

「ではあちらに行きましょう」

　ここには白騎のキルトフリューグくんがいるので、当然のように中央へと向かう。

「……キルトフリューグ様、まさか本気で彼らを白騎のテーブルにつかせるのですか」

　取り巻きくんのひとりが言う。そうだよそうだよ。さすがに俺たち、めっちゃ私服で目立つし、そこまで空気読めないことはしないよ？

「白騎の者がいれば、テーブルに招待することは構わないとお兄様からうかがっています」

「ですが……」

「私が、そうしたいのです」

そこまで言われると取り巻きくんも引き下がらざるを得ない。

だがしかし！

だからと言って我ら黒鋼メンバーは空気が読める。ハイハイとついていくとは、

「皆さん、お腹は空いていますか？　お兄様がここのフィレステーキは絶品だから一度食べてみたらいいと言われていますので、もしよければごちそうしますよ」

「ご一緒しまぁす！」

即答したね。

フィレステーキですよフィレ。「い〇なりステーキ！」でもお高いランクに入ってるアレですよ！　こっちの世界に来てからかれこれ、野生の獣を捕まえて食ったりはしたけど牧畜の肉は食べたことがない。野生は野生。味わいはあるんだけど、どうしてもニオイがね……。

牛のステーキ、食べたいんである。

どうしたって、食べたいんである。

オリザちゃんとリットが左右から俺の腕を引っ張っているけれども、食べたいんである。

HAHAHAHAHA!!　なんだねその力は！　もっと腰を入れたまえ腰を！　【刀剣術】2000レベルと【格闘術】2000レベルで手に入れたエクストラボーナス「瞬発力＋1」と「筋力＋1」には通じないZO!!

結論から言おう。

牛フィレステーキ……マジうめえええええええええ！

やっべえ、肉やーらけえ。この世界のいいところはちゃんと食文化が発展してるってことだよ。この牛肉だってエイジングしっかりしてるっていうの？　熟成？　なんか濃厚？　で、とにかくうまい。気取って「焼き加減はレアでな」とか言っちゃったけどなにも言わなければ「レア」で出てくるのがふつうだとオリザちゃんが人を小馬鹿にした目で見てきた。くそう、ちょっとばかり大人なパンツはいてるからって！

「食った……めっちゃ食った……」

「あはは。だいぶ気に入ったみたいですね」

「すごく美味かった！　こんなにうまい肉食ったの初めてだよ……」

俺が力説すると、取り巻きくんたちが冷笑を浮かべた。くっ、依頼主会社の社員みたいな顔しやがって！　だけど俺は人生2周目。見逃してやるぜ！

「……それで、ラーゲンベルク様はなんでアタシたちを招待したんだ？」

食後のお茶を楽しんでいるとオリザちゃんが嚙みつかんばかりに言った。取り巻きくんが不愉快そうに応える。

「男爵家、口を慎め！」

「アンタこそ慎んだらどうだい？　ここに招待してくださったのは他ならぬラーゲンベルク様

なんだよ。その方の言葉を遮るだけの権力があったっけ？　伯爵家にはさあ」

「このッ――」

「まあ、まあ」

　にこやかにキルトフリューグくんが間に入ると、取り巻きくんは渋々引き下がる。彼は伯爵家だとオリザちゃんもちゃんと知ってるんだねえ。偉いねえ。

　俺が「褒める目線」を送ると、オリザちゃんは「うぇっ」と気持ち悪そうな顔をした。おいおい。そういうのは一部の嗜好を持つ男子にとってはご褒美だからな、気をつけなさい。

「私は純粋に興味があったのです。これでもかなり勉学に時間を割きまして、ふだんの訓練もおろそかになりがちでずいぶん剣術教官からも叱られていたほどなのですよ。にもかかわらず、一度もお名前を聞いたことがないレックさんが王都最終試験で首席でした」

　レックさんて。俺のことだけれども。そんなふうに呼ばれたの初めてかもしれない。

「キルトフリューグ様、その件はもう結論が出ているでしょう。その卑劣な平民はカンニングをしたに決まっています」

「え!?　いやいや、カンニングて！」

　するほどの問題じゃないだろ、あれ。中学1年か2年の数学レベルだぞ。

　まあ高校数学になるとワタクシ手も足も出ないのですがデュフフ。いや虚数てなんだよ虚数て。そんなの計算してる俺が虚しいっつう話ですよ。

「妙な決めつけは止めてください。どうやってカンニングをやるというのですか？　誰かの解答を盗み見るにしてもその人と同じ点は取れても首席は取れません」

おお……キルトフリューグくん、めっちゃ理知的。ほんとに13歳？　俺が13歳だったころって部活の先輩がやたらキレイで先輩のケツばっか目で追いかけてたぞ。

「ならば試験問題を盗んだのでしょう！」

「問題を設定するのは試験の1週間前です。1週間前に問題を手に入れたとしても、解答できる人物など王都広しといえど数人。いずれも名高い研究者です」

「……え？　あの、キルトフリューグくんさ、ちょっと聞きたいんだけど――」

ひぇっ！　取り巻きくんたちが一斉に俺をにらんでくる。

「あ、っと……ラーゲンベルク様、のがいい？」

「私のことはキルトフリューグくんと呼んでください。親しい人はキールと呼びますが」

「じゃあキールくん、って俺も呼んでいい？」

「もちろんですよ」

にこやかにうなずいたキルトフリューグ……改め、キールくん。天使かな？

「キルトフリューグ様！」

取り巻きくんのひとりが、もう我慢できないぃぃキイィイアタシのキルトフリューグ様をぉおぉという感じで腰を浮かせた。

「いい、と言いましたよ。私が言ったのです」

「……このこと、ジュエルザード王子殿下に報告いたします」

「どうぞ」

キールくんが言うと、我慢できないぃぃくんは大股（おおまた）でテーブルから離れていった。

「……いいの？」

「いいんですよ。あなたも、そうなのでしょう？　他ならぬお兄様の言葉を聞いて……わざと砕けた口調を使っている。違いますか」

一瞬どきりとした。えっ、盗み聞きしてたのバレてる⁉

でも違った。キールくんは、白騎総代の言葉をもう一度口にした。

「『クラッテンベルク王国は、白騎獣騎士団（ホワイトライダーズ）、蒼竜撃騎士団（ブルードラグーン）、緋剣姫騎士団（プリンセススカーレット）、黄槍華騎士団（ブルームイエロー）、碧盾樹騎士団（エメラルドイージス）、黒鋼士騎士団（ブラックソルジャー）の六大騎士団によって成り立っている』……あれはお兄様の本心だったのだと思います」

「あの人とキールくんは兄弟なの？」

「従兄弟（いとこ）ですよ」

確かにキールくんの言ったとおり、俺の行動は第3王子の言葉が影響してる。「ひとりぼっち」で戦ってた前世の俺を思い出してさ……。

俺になにができるわけでもないと思うんだけど、ちょっとくらいは「ひとりぼっち」の手伝いをしてもバチは当たらないよな？　勇気は必要だったけど、タメ口は正解だった。

もちろんそれで「騎士になれませんよ！」ってなったらソッコーで「様付け」する自信がある。靴（くつ）も舐（な）めまぁす！　俺の目標は安定収入、健康第一！

「平民のレックさんが変わってくださるのなら、それはすばらしいことだと思います」

「ソーマ、でいいよ。レックさんって呼ばれるの、なんか慣れてなくて」

「ソーマくん……ですかね？」

「うんうん」

「あはっ」

キールくんがまばゆいばかりの笑顔になる。

やべえ！　これは男の俺ですらクラッとくるぞ！　おい、オリザちゃん、ぽーっとしない。リットお前もだ。つーかお前も俺と同じ男だろが。

「あ、ソーマくんの話を遮ってしまいましたね。なにか聞きたかったのでは？」

「そうだった。あの、試験問題のことなんだけど、アレってそんなに難しいの？」

「歴史や論文は、私たちの年齢にしては難しいという感じですが、算術の問題はその上をいきましたね。初歩的な問題から、第一級の研究者でないと解けない問題までありました」

「へー……アレがねえ」

「……風のウワサで聞いたのですが、ソーマくんの算術はほぼ満点だったようですね」

「計算ミスがあったかもしれないなとは思ってたけど、満点じゃなかったらそれかな。試験終わったら退室していいよと言われてさ、お腹空いてたから見直しは1回だけだったし」

この年になって12歳向けの問題で満点取れなかったらそれはそれで恥ずかしいよな……。

「「「……………」」」

え、なに？　なんなんこの沈黙？

いやちょっと待てよ……第一級の研究者でなければ解けない問題って言ったか？　アレが？　方程式と二次関数がちょっと難しめかな？　ってくらいだったぞ？

うーむ、食事のレベルが高いから忘れがちだったけど、この世界って科学の進みは少々遅いんだよな。魔法の道具があるからなんとなく進んだ技術を身近に感じるところはあるが、それって科学じゃないし。

確か、科学の世界は一部の天才が一気に時代を進めるみたいなこと聞いたことがある……。その天才がいなければ、この世界の科学は遅れているということになる。

「ソーマくん、今度いっしょに勉強会をしませんか？」

天使がちっともうれしくない提案をしてきた。

ちらりと横を見るとリットがゆっくりと首を横に振っている。

反対を見るとオリザちゃんもゆっくりと首を横に振っている。

なるほど。断れってことね。空気を読める俺、ピーンと来たぜ。

「いや、俺そんなに勉強好きじゃないし」

……え？　なんでリットが頭抱えてんの？

「あ、あはは……そうですか。では私に勉強を教えていただけませんか？」

「えーっ!?　キールくんだって2位だろ？　じゃあ俺に教わらなくともすぐに1位だよ」

だって俺、高校2年から文系だし。この上の数学はどんどん厳しくなる。

「もし教えてくれるのでしたら勉強会のときにフィレステーキをつけます」

「やりましょう勉強会！」

俺、即答。フィレには勝てない。

なぜなら育ち盛りのこの身体に、動物性タンパク質は必要不可欠だからだ！　野獣？　テメーは食い飽（あ）きた。

横でオリザちゃんとリットが仲良くテーブルに突っ伏してるけど、お前らいつの間にそんなに通じ合えるようになったの？　置いてきぼりになってる俺とスヴェンの立場は？　スヴェンなんてすでに違うテーブルにいる生徒の剣をじろじろ見てるからな。剣以外に興味を持てよ。会話に参加しろや。

「それはよかった。では、またご連絡しますね」

キールくんは相変わらずの天使の微笑を浮かべて取り巻きくんたちを連れて去っていった——と思うと、ぴたりと足を止めてこちらを見る。

「ソーマくん」

「ん？　まだなにかある？」

「いえ……その、折れないでくださいね」

そう言い残して今度は振り返らず去っていった。

「——ぶはーっ！——

「ん、どうしたんだよリット。……ははーん、お前キールくんにときめいたな？　ダメだぞ、彼はああ見えてちゃんとした男の子なんだからな」

「んなことわかってるっつーの！　お前、お前はっ！　ほんと……もう！」

「……止めときな、リット＝ホーネット。このバカにはなに言っても始まらねえよ」

「うん、まあ、そうなんだけど……」

「アタシたちにできることは、嵐がこっちに来ないよう逃げ回るだけだ」

「だよね。ボクもそうする」

おやおや。どうしてリットとオリザちゃんは急速に仲が良くなっているんですかねえ？

確実に俺のおかげである。ふたりの結婚式には仲人として呼ばれる可能性もある。

やだなぁ、俺、スピーチとか苦手なんだけどぉ？

「……一応言っておくけどねソーマ。君、絶対勘違いしてるから」

「ほほう？　なにをどう勘違いしているというのかね？」

ん？　言ってみたまえリットくん？　溜め込んだ性欲のはけ口にオリザちゃんを使ってはいけませんぞ？　さっきのパンツを脳裏に刻んだのかね？

「う、うわぁ……すげー殴りたい顔してる」

「殴ってもいいとアタシは思う。むしろ殴らせろ」

「そう言えばオリザちゃん、俺、ちょっと意外だったんだけど。リットのこと、ちゃんとフルネームまで覚えてるんだな」

「――なっ⁉」

俺が水を向けるとオリザちゃんはサッと顔を赤らめた。

ふふん。こう見えても「名探偵コ〇ン」は毎年劇場版を観に行くほど好きだったのだよ。些細なことにも気がつくのだよ。

「あれれ～、おかしいよ～～？　友だちをいっぱい作りたいけどやり方がわからないから『アタシの下につけ』とか言っちゃったのかな？」

「んなっ、なっ、なに、なにバカなこと言って……！」

「んもう可愛いなぁ。オリザちゃんのそういうところ、お兄さんは大好きだぞ」

オリザちゃんは顔を真っ赤にして言葉を失ったと思うと、

「……このバカ！」

「うがっ!?」

お茶を飲もうとティーカップを持った俺の頭に思い切り拳を叩きつけた。

いっつう～～～!?　目から星が飛んだわ！

「死ね！　少なくとも2度死ね!!」

オリザちゃんが肩を怒らせて去っていった。

翌朝、日の出とともに起き出した俺は寮の1階にあるロビーへと向かう。そこには朝食用の軽食が用意されていて、好きに食べていいらしい。

なんとすばらしい響き……「食費無料」！

昨日のフィレステーキなんかは実費が必要みたいだけど、キールくんが払ってくれた。さすが公爵家だぜ！　どれくらい金持ちなんだろうな？

まあ俺も金は持っているけど、無駄遣いはしたくない。堅実イコール貯金。現金を持っていることの安心感よ……確実に前世の影響である。

「あ、まだ早かったですかね？」

俺がロビーに行くと、閑散（かんさん）としていた。

料理を運んできたらしいおばちゃんがカートを押している。

「あれあれ今年の新入生かい？　大丈夫だよ。もう食べてった子もいるし」

「そうなんですか。どれどれ……おおっ、サンドイッチうまそう！　それにゆで卵もあるじゃないですか！」

卵は栄養価高いからな！　これは食っておかねば。

「あれあれ、そんなに喜んでくれるとは。いっぱい食べて勉強してちゃんと卒業するんだよ」

「あ、はい、もちろんですよ！」

俺は応えたが、なんとなくおばちゃんの言い方は心に引っかかるものがあった。

だけどおばちゃんは他のカートを取りに出ていってしまった。

「……ま、いっか」

朝早く起きたことには理由がある。

俺の日課（スキレ上ゲ）をこなすためだ。

授業でどこまでトレーニングが入っているかわからないから、朝イチでスキルレベルを上昇させておいて、サボりによる減少をさせないようにするのである。

「スキルレベルオープン……っと」

俺は左腕にスキルレベルをすべて表示させる。

【刀剣術】３４８・３２／一閃(スラッシュ)／瞬発力＋１／抜刀一閃(ゼロスラッシュ)
【格闘術】２２２・１９／生命の躍動(ライトインパクト)／筋力＋１
【防御術】１６８・７７／衝撃吸収(ショックアブソーバー)
【空中機動】１０４・８１／空間把握(ホークアイ)
【投擲】８・９０【弓術】８５・２５【裁縫】１・２１【調理】６・９０
【腑分け】２８・３４【清掃】１７・９３【魔導】２０・０１

天稟「試行錯誤」を毎日のように使っていると、いつしかエクストラスキルとエクストラボーナスを表示することもできるようになった。ますます便利だ。

【刀剣術】というのは「剣」よりも「刀」――つまり「斬(き)る」方向に特化したスキルだ。どうも俺の訓練方法が体育で習っていた「剣道」のそれだったのでこっちになったみたいだ。でもこの世界には片刃の「刀」がほとんどないので、装備品的にはちょっと微妙だ。

【格闘術】は武器がないときでも戦えるように訓練したもので、【防御術】とともに、隣の家に住んでたレプラと実験組手をしていたら自然と上がった。おかげさまでレプラも頑丈に育っている。感謝しろよレプラ！　毎朝訪れる俺を死んだ魚のような目で見てたけど！

【空中機動】は森に入って動物を狩るのに結構便利だったんだよな。ジャンプしたり、木の上から飛び降りて襲ったりするときに、自由に動ける。

【弓術】も狩猟のために上がっていったって感じで、遠距離スキルも必要だなと思って伸ばしてる。【投擲】を止めたのはどうやっても俺の筋肉だと弓を使ったほうが強いからである。

【裁縫】や【調理】、【清掃】は実家の宿の仕事で上がった……いや、あんまり上がってないか。宿、継ぐ気なかったしなぁ……。ああ、【腑分け】は動物解体で上がった。

で、最後の【魔導】だけど……どうも魔法系のスキルっぽいんだ。でも、魔法を使える人間がこの世界にはほとんどいないし俺の周囲には絶無だったので、なんとなく体内に感じる魔力を動かしてスキルレベルだけ上げている状態。

騎士になったらきっと魔法使いに会うこともありそうだ。楽しみだな。

「それじゃまず素振りから……」

木刀を持って寮の裏手に出た俺は、剣道で習った素振りを繰り返す。300超えという高レベルになると0・1すら上げるのは結構大変で、大体スキルレベルと同じくらい——つまり350回剣を振ると0・1上がる。

ふぃー……毎度ながらこれが大変過ぎる。単に漫然と振ればいいんじゃなくて、きっちり、しっかり、振り方を意識しなければ駄目だからなあ。

まあ下げないだけでいいなら35回やって0・01上げておけばいいんだけど、【刀剣術】はもっと上げておきたいんだよな。「瞬発力」が上がるから。

ジャンプ力とかとっさの動きとかに影響があるんだよね。たぶんレベル400で「瞬発力＋1」がもうひとつ手に入って「＋2」になる。楽しみだ。1日0・1ずつだとあと500日掛かってしまう計算だけど、日課以外に模擬戦とかをやればもうちょっと早くなるはずだ。

「次はジャンプと蹴りと……」

【空中機動】（反復横跳び）、【格闘術】（パンチとキック）の日課をこなす。【防御術】は相手がいないとできないからこの数日で下がるのはやむを得ないかもしれん。木々から枝をぶら下げてそれをかわすとかやったらいいのかな？　【回避術】とか生えてきそう。

この世界のスキルレベルは、ひょっこり生えて、音もなく消えていく。消えていくスピードが速すぎるんだよなぁ……。

ほどよく汗をかいていると、寮の中からも物音が聞こえ始める。そろそろ生徒たちも起き出すんだろう。最後は【魔導】の訓練だ。これは身体を動かすんじゃなく、座って、じっとする。結跏趺坐をしているのは「なんとなく」でしかない。身体の中央にあるじんわりと温かな感覚を移動させる……させる……。

「……ソーマか」

「うおわ!?」

集中しすぎて気づかなかった。俺の後ろに汗だくのスヴェンが立ってた。

「ど、どうしたんだよスヴェン」

「そっちこそ」

「ああ、俺は日課のトレーニングだけど」

「…………」

座ってたのに？　という目をしている。こいつ無表情のくせに意外とわかりやすい。

「あれ？　スヴェンのそれって木剣か？」

俺はスヴェンが右手にぶらりと持っているものに気がついた。子どもの模擬戦なんかに使われる木剣だが、黒光りした木材を使っていてなかなか質が良さそうだ。

「ああ……」

「お前も朝からトレーニングしてるならちょっと俺といっしょにやらないか？」

「…………」

あっ、こいつ、俺の持ってる安い木刀を見ましたよ！

「……明日からならいいぞ」

「どーせ俺の木刀は安物ですよ！　スヴェンの持ってるのとは違って——あれ、いいの？　いっしょにやるの？」

こくり、とスヴェンはうなずき、寮へと入っていった。

真っ黒なパーカーを寮のロビーでもらうと、あ～やっぱり俺は黒鋼クラスに入っちまったんだなぁ、と思ってしまう。「碧盾クラス」の緑のブローチが欲しかったんだぜ……。

この世界にもパーカーがあるのだけど、トレーナーみたいな柔らかい布地ではなくて、こいつはごわついた動物の皮が使われている。ひょっとしたら人間に害なす魔物かもしれないが、まあ魔物も動物も似たようなものだ。

このごわごわのおかげで雨を通さないが、真夏は死ぬほど暑い……とはそばでパーカーをもらっていたリット先生のありがたい情報である。こいつなにげに学園に詳しいんだよな。

「2年になれば新しいものが支給される。そっちはずっと着心地がいいぜ」

パーカーを配ってくれた寮長は5年生であり、今年が学園最後の年である。

オレンジ色の髪を短く刈り込んで、頭皮には蛇がのたうつような入れ墨が入っていた。

うん、ヤ○ザかな？

「それと……今ここにいるのが、今年の黒鋼1年全員だ」

俺、リット、スヴェン、離れたところにオリザちゃんとマール、バッツ、シッカク。

全部で60人くらいかな？　結構多い。ここは男子寮だけれどロビーまでなら女子も入っていいことになっている。

「来年、新しい制服を受け取れるのは――半分ってところか。隣にいるヤツのうちどちらかは脱落しているぞ。あるいは脱落するのはお前自身かもしれねぇ」

えっ、そうなの？　脱落って留年ってこと？　それとも退学？

どっちにしろヤバイじゃん。なんでそんなことになってんの？

「特に、入学早々、白騎の公爵家に尻尾を振っているような黒髪ガリ勉小僧は真っ先に脱落するだろうなあ」

ハッハッハ、と笑いながらヤ○ザ……じゃなくてチンピラは去っていった。

「なんだよ。別にキールくんに尻尾を振ってたわけじゃないんだけど？　なあ、リッ……」

おーいリットくん？　どうしてぼくから3メートルの距離を空けているんだい？　さっきはすぐ隣にいたよね？

「──おい、黒髪って」

「──アイツしか髪黒いヤツいないじゃん」

「──ガリ勉くんじゃねーか。お勉強なら勝てるから公爵家に泣きついたってことか？」

「──ほんとクソ」

「──ムカつく」

なにもしてないのにどうしてクラスメイトからのヘイト値があがってるんですかねえ？

とはいえ別に13歳たちから嫌われても心はあまり痛まないのだ。こちとらつぶれた会社を整理してきたんだぞ。心に鎧なんていくらでも着込んでやるわ。でも不意打ちで心をえぐってくるのだけは勘弁な！

それから俺たちは授業が始まるので講義棟へと向かった。

1年生黒鋼クラスはひとつの教室に押し込められた。

見たところ……男8割に女2割ってところだ。さっそくオリザちゃんが女子たちを集めて

「この中で誰がクラスを仕切るか」っていうのを始めている。あっ、視線が合った。小さく手を振ると赤い顔をしてにらんできた。ん～、可愛いねえ。

（しかし……殺風景（さっぷうけい）な部屋だな）

部屋は教壇（きょうだん）を中心に段差ができており、生徒の座席のほうが位置が高い。

教室と言うより大学の講義室のようなイメージかもしれない。

石造りの講義棟はなんと15階までの高さがあって、6階以上はエレベーターが稼働（かどう）している。

魔法の道具らしい。

俺たちの教室は5階だ。6階まで行って1階下がるというのができないようになっていて、エレベーターの前にはガードマンがいて黒パーカーはそこで弾かれる。

格差社会！

貴族と平民は平等であってもクラスは平等じゃないと言いたいんですかねぇ!?

この教室も、素朴（そぼく）な机と教壇、黒板がある意外は装飾品もなにもない。「改装途中なんですよ」と言われれば納得してしまいそうなほどだ。

（うーん……白騎クラスも同じ教室、なワケないよな……）

周囲を見ると、寮長（チンピラ）の演説を聴き、さらにはこの部屋の扱いの悪さを見て、すでにやる気をなくしている生徒も多い。

安全確実高収入。そんな騎士になれるというのに、扱いの悪さ程度で退学（だつらく）するのなんてあまりにバカバカしい。

それにリットや第3王子も言っていた。すべての騎士団が大事なのだ。キールくんが俺に歩み寄ろうとしてくれたように、俺もこのクラスで頑張ってみたらいい。

(とりあえず目標は……脱落者を出さないこと、か)

……ま、ダメかもしれないけどそんときはそんときだ！

「あー、お前らが今年の黒鋼か」

教室のドアが開いて、若い男が入ってきた。

まだ、20代だろうか。無精ひげでかったるそうな顔をして教壇に立つ。

背は高く190近くありそうだ。ひょろりとしていて特に武人のような雰囲気はない。くすんだ茶髪はウェーブが掛かっていて後ろになでつけている。

「俺がこのクラスの担任になったジノブランドだ。担任っていうのはクラスの……まあいいか、そんなことはどうでも。どいつもこいつも相変わらず黒鋼はシケたツラしてんな」

担任の先生がいきなり妙なことを言い出したぞ。

「いいか、黒鋼は六大騎士団の中でも最弱にして大問題の騎士団だ。黒鋼クラスってのはその子分格なんだからなおさらダメだってことがわかるだろう。お前らに期待されているのはたったひとつ。他のクラスから見て、『ああなっていけない』と思わせることだ。統一テストは手を抜け、クラス対抗戦では徹底的にやられろ。いいな」

するとジノブランド先生は、そのままくるりときびすを返すと教室を出ていった。

「……え？」

と誰かが言った。俺も同じ気分だ。

これで終わり？

「——あれが担任？　マジかよ？　担任って相談相手みたいなもんなんだろ？」

「——ざけんなよ。あんなこと言われてやる気なんかまったく出ねえんだけど」

「——学園やめちまえってことだろ」

周囲の生徒たちがざわつくのも仕方ない。

俺の目標——「脱落者を出さない」というのは高すぎる目標なのかもしれない。

一応今のはホームルーム的な時間だったようだ。鐘が鳴って、授業が始まる。ジノブランド先生が置いていった紙が、次の時間の講師によって発見されるという珍事もあったが、その紙にはいわゆる時間割が書かれていた。

せめて担任としての最低限の務めは果たしてくれよ……。

それによると今日は座学、明日は武技という感じで1日おきに変わるらしい。

この世界は前の世界と同じく週という単位が7日間で構成されていて、5日は仕事や学校、2日休日、という感じになっている。

「ここには入学試験首席がいるんだな。だったらその子に教えてもらえばいいいな」

講義が始まった——と思ったら今度はそんなことを言われ、小太りなおじさん先生は授業時間だというのに去っていった。

「え、えぇ……」

いくらなんでもひどすぎね？

授業の内容は、「法律」である。印刷の技術はまだまだなので、教科書が全員に配布されているなんてことはない。講師が持ってきた教科書から、重要な内容を黒板に書いていき、生徒はそれを手持ちのノートに書き取るという感じだ。紙もそこそこ高いのだが、本そのものほどではない。本は手で写して作るものだからだ。

なので、いくら俺が首席であっても教科書がなければ勉強を教えるもクソもない。

「おい、どーすんだよガリ勉くんよお！」

講師がいなくなったところで、太っちょのクラスメイトが声を上げた。ついに我慢ができなくなったっていう感じだろうか。気持ちはわかるんだけど、それ俺に言う？

「そうだぜ、お前にも責任があるだろ」

「白騎に尻尾振ってんなら白騎になんとかしてもらってこいよ」

「お前は自分が勉強できるからどうでもいいってか？」

口々にクラスメイトたちが言ってくる。

「……ソーマ」

俺の隣に座っているリットが気遣わしげに声を掛けてくる。

こいつ……俺には関わりたくないみたいな態度取るくせに、ほんとにヤバイときには心配してくれるのかよ。ちくしょう、いいヤツだなぁ。親父（おやじ）の会社を整理するときにもお前みたいなヤツがひとりでも会社にいてくれれば気持ちが楽だったのに。

俺は不敵に笑って見せながら立ち上がる。

「おお、そうだな！　俺のせいみたいだ。悪い悪い！」

あっけらかんと認めたので、ほとんどの生徒は面食らったようだった。

「そんじゃあお前がどうにかしてくれるってことだな？」

太っちょが同じように立ち上がり、にまにましながら近づいてくる。

どうにかする、か。そうだなー、どうにかするしかないよなー。

「ああ、そうだよ」

「……なに安請け合いしてんだよ！　どうにもできねえだろ！　マジで白騎に頼み込むつもりじゃねえだろうな！」

「キールくんの手助けはちょっと借りるけど、基本的には俺がどうにかするよ」

「できるわけがねえだろ！」

実のところ、これは「できる」と思う。

たとえ日本ではそこそこの大学にしか行かなかったような俺でも——理系科目に関してはこの世界の最先端らしいのだ。あとは文系科目だけど、これもここの入学試験のために相当勉強してきている。バイトで塾講師をやってたのもいいほうに働くだろう。

わからないのは「この学校でなにを教えているのか」——だけなんだよ。

「なあ、太っちょ」

「太っちょ言うな！」

「それに他のヤツらもさ、ちょっと聞きたいんだけど……」

俺は視線を巡らせる。

おーおー、どいつもこいつも可愛らしい顔をして。13歳ってこんなに子どもっぽかったっけ？　それとも田舎のガキンチョのほうがたくましいから大人びて見えるのかな？

「……あんなふうに言われて悔しくねえの？　難しい試験を突破して、長い時間掛けてようやくこの学園に入ったってのに、ゴミ扱いされて悔しくねえの？」

太っちょがハッとしたように黙った。

「俺は悔しいよ？　だから……もしついてくる気があるなら俺がみんなに勉強を教える。少なくとも入学試験ではいちばんだったから、そこは信用してもらえると思うんだ。だからさ、あんなふうに言われたままじゃなくてしっかり勉強して、武技のトレーニングもやろうよ」

俺はひとりひとりの目を見ながら言った。みんながみんな俺を見ていた。

さすがにちょっと、頭にきていた。

ある程度年とってからなら、バカにされてもうまいこと言い訳したり逃げたりできる。でもこの子たちは13歳だ。あんなキツイ言葉を投げつけられるいわれはないだろ？

「それで連中を見返してやろうぜ。ついてきてくれれば絶対に、みんなをレベルアップさせてやれる」

後になって思えば、それが俺の、学園への——この国のシステムに対する宣戦布告だったのかもしれないな。

第二章　まずは隗より始めよ……まず破壊より始めよ？

全面的に休講となってしまった我が黒鋼クラスだったわけだけど、俺の感動的な演説の甲斐もなく生徒たちのほとんどは教室を出ていってしまった。「明日からはちゃんとした授業になる」と思っている生徒が大半で、そう信じたい気持ちもわからないでもない。

学園に入ったばかりだから荷ほどきやら学園内の確認やら、やることはある。いきなり「連中を見返してやろう」とか言い出すクラスメイトには付き合ってられんということか。

それはそれで構わない。遅かれ早かれ、「黒鋼クラスの現状」に正面から向き合わなくちゃいけなくなるだろうから、気がついたときに手を差し伸べてあげよう。

「さて、と……残っててくれたんだな、リット、スヴェン」

最後までいてくれたリットとスヴェンに声を掛ける。オリザちゃんもちょっとこっちを気にかけてくれるふうはあったんだけど、女子たちに手を回すことを優先したようだ。で、10人ちょっとの女子たちとぞろぞろ出ていった。

「あー……ソーマ、本気でさっきのこと言ったの？」

「おお、もちろんだぞ。どのみち教師にやる気がないなら、自分たちで学習するしかない」

「ボクはそこまでは思えないな……。あそこまで極端な先生はさすがに少数なんじゃないの？　ちょっとソーマ、興奮するの早すぎだよ」

お前がそれ言う？　青春のリビドー溜め込むの早すぎなお前がそれ言う？

「……なんかわかんないけど、今猛烈にソーマを殴りたくなった」

「失礼な。俺はお前が夜な夜なことに及んでいても責めたりしないぞ」

「殴ってもいいってことかなぁ⁉」

やはり溜め込んでいるらしい。リットの天稟ってそういう関係のやつなのかな。「対サキュバス特化」みたいな。「絶倫」みたいな。

「よーし、それじゃ３人で行こうや」

「行く、ってどこに？」

「キールくんのとこ」

ガタッ、と立ち上がるとリットはじりじりと後退した。

「ボク、用事を思い出した。それじゃ！」

「あ、おいっ！」

脱兎のごとく逃げ出していく。あんにゃろう。キールくんのこと苦手すぎだろ。

いやまさか、キールくん（天使）の清らかな笑顔を思い出して、自らの劣情が恥ずかしくなったとか……⁉

「業が、深いな……」

「…………」

「スヴェンは来てくれるか？」

「……授業がないなら、剣の訓練を積む」

「お前そればっかりだなー」

「俺の天稟は『剣の隘路を歩みし者（ロング・アンド・ワインディング・ロード）』だからな。それに……剣を高めることしか、俺にはもう……いや、なんでもない。忘れてくれ」

それだけ言うとスヴェンも出ていってしまった。

めちゃくちゃ思わせぶりだな！

（剣特化の天稟なのか？　でもあいつって確かそこまでスキルレベル高くなかったよな）

2ケタだったはず。俺の「間違いの2ケタ」ではなく、ちゃんと正しい2ケタのはずだ。

「明日の朝はいっしょにトレーニングやることだし、そのとき聞いてみよ」

俺は結局、ひとりでキールくんを探しに出かけた。

学園は広い。全5学年、1000人程度が暮らすことができ、講義棟以外には研究棟や事務棟、学園レストランを始め、巨大図書館にクラブ棟など様々な建物がある。その上、武技トレーニングのための訓練場が20面もある。

「王都の学園」とは言いながらも所在地が王都の郊外なのは、それほどの土地を確保できるのがここしかなかったからだろう。

手元に学園内の地図を手に、俺は歩いていた。先ほど学園の事務棟で1年白騎（ホワイト）クラスのいる場所を確認すると、武技トレーニングの日なので「第5訓練場」だと教えてくれた。

仮にも貴族の集まる白騎クラスなのにずいぶん簡単に教えてくれるよな？　って思ったんだけど、「第5訓練場」が近づいてきてその理由がよーくわかった。

「キルトフリューグ様ぁ〜！」

「あっ、こちらをご覧になったわ！」

「きゃぁ、笑顔が素敵ぃぃっ！」

女子生徒——たぶん高学年の人たちがキールくんを見学にやってきているんだよ。

白騎クラスは30人ほどで、1対1になって剣を振り合っている。笑顔が素敵な件については100％同意するけど、こんなに女子が集まってると近寄りにくすぎる。

なんていうか俺の女性遍歴(へんれき)はあんまり積み重ねがないというかむしろ男友だちとつるんでいるほうが楽しかったというか……はい、正直に言えば彼女とかいたことなかったよね！

男友だちも大事にしてたんだけど、まさか親父の会社をたたむときに助けてくれなんて言えるわけもないしさ……「ヘルプ必要ならいつでもやるぞ」って言ってくれたヤツらはいたんだけど、そいつらも就職活動中、その後は社会人1年目なわけで。頼めないよな。

そんなことを考えていると、女子のひとりが俺に気がついた。

「ちょっと……黒鋼(エメラルド)がなにしに来てんのよ」

そう言う女子は碧盾のようで緑色のブローチを左胸につけていた。う、うらやましくなんかないんだからねっ！

他の女子もこちらを見たことで、大半が碧盾、残りは緋剣のようだと俺は知った。緋色のスカートはほんとにわかりやすいな。

「もしかして新入生じゃない？　——一応言っておいてあげるけど、ここは白騎クラスの訓練場よ。黒鋼が近づいていい場所じゃないから。さっさとあっち行って」

え、ええ……白騎の人に言われるならまだしも碧盾に言われるのかよ……。

「そうよそうよ。黒鋼がこんなところ来ていいわけないじゃない」

「新入生で道に迷ったのなら、まずここから離れて、それから誰かに道を聞いて」

って道も教える気がないんかい。この黒鋼の扱い、だんだん面白くなってきたぞ。

「——どうしました？」

とそこへやってきたのが、休憩時間になった白騎の天使キルトフリューグくんである。

「あっ、キルトフリューグ様！」

「武技訓練お疲れ様ですぅ。よろしければタオル、お使いになりませんか？」

「アンタなに抜け駆けしてんの！　キルトフリューグ様にアンタのニオイつけんじゃない！」

「喉は渇いていませんか？　これからお茶でもいかがです？」

うひょー、俺への関心が一気にゼロになったぞ。キールくん効果すごいな。

キールくんは苦笑いしつつ、鼻息荒く詰め寄る女子たちをなだめる。

「あ、あの、私はそちらのソーマくんに話しかけに来たのです」

「ソーマくん……？」

女子たちがくるりと振り返り、俺を見る。

オッホォー。

この蔑む視線、たまりませんな。新たな性癖に目覚めそうですぞ。

「あ、急に来てゴメン。ちょっとキールくんに頼みたいことがあって……」

「――『キールくん』!?　アンタなにキルトフリューグ様を愛称で呼んでんのよ！」

「頼みごとですって!?」

高音域うるさい。耳がキーンとしたぞ。

「ソーマくんに、キールと呼んで欲しいと頼んだのは私のほうです」

キールくんが言うと、しん、と静まり返った。

「ここだと話しにくいでしょうから、こっちに」

キールくんに連れられた俺、ぽかんとしている女子たちから離れていく。

この後、「黒鋼のソーマというヤツは王族の隠し子だ」というウワサが立つのだが……そんなに？　そんなに裏付けがないと俺がキールくんと話しちゃダメ？

「わざわざ来ていただいてありがとうございます」

「武技の授業の後にごめんな」

「いえいえ。ソーマくんこそ、その……イヤなことを言われませんでしたか？」

俺とキールくんは訓練場のそばにある、小さな庭園のような場所にやってきた。

他の生徒の姿は見えないので話をするにはちょうどよさそうだ。この場所、覚えておこう。

「思ってた以上に黒鋼ってひどい扱いなんだな。あ、そっか。昨日キールくんが言ってた『折れるな』ってこういうことか」

「はい……。まだ私のことを『キールくん』と呼んでくれてホッとしました」

「いやいや全然大丈夫だよ。人生経験が違うよ」

むしろ学園に対して反旗を翻すところだよ。

「人生経験？　ですか？」

「あーいや、こっちの話。……それでキールくんに頼みたいことがあるんだけど、授業で使う教科書って持ってない？」

「教科書はふつう、生徒は持っていませんよ。先生の書かれたことを板書します」

「むう、やっぱりそうか……」

「……でもまぁ、ふつうは、そうってだけです。持っていますよ。お貸ししましょうか？」

「マジで!?　さすがキールくん、ありがとう！」

にっこりとしたキールくん、マジ天使。俺が女なら恋に落ちてる自信がある。

「あの教科書は確かに、ソーマくんほど知識があれば先に読んで有益だと思います。いいところに目をつけましたね」

おっと、俺が予習するために欲しているると思っているな？　そうじゃないんだけど……でもそういうことにしておくか。俺がそれを使って実際に授業をしたら、まーたいろんな人から反感買いそうだし。そこにキールくんが関与しているとなったら迷惑かけそうだし。

「貸しひとつですよ」

「おお、だいぶでっかい貸しだな！　なにかで必ず返すよ」

「……ふふ、いえ、もう返してもらっていますから」

「？　なに、なんのこと？」

「お気になさらず。——黒鋼の寮まで小間使いに持っていかせますね」

キールくんは俺に手を振って去っていった。

いや～最大の懸案事項がこれで解決してしまった。貴族ってやっぱりすごいな。いや、公爵家がすごいのか。

この国の貴族システムとかちゃんと勉強したほうがいいみたいだな……。騎士として、公務員的に生きていくにしても貴族社会に組み込まれるのは間違いないわけだし。

うんうん、とうなずきながら俺も歩き出すと、

「にゃあにゃあ、にゃあにゃ？　どうしてこっちを見てくれないにゃあにゃ？」

四つん這いになって白猫を懐柔しようとしている女子に出会った。

緋色のスカートを穿いていることから、それが緋剣クラスの女子だということはわかった。

ちょうどお昼時——ランチタイムで授業の合間なのだろうということも大変よくわかった。

だが問題は、なぜ四つん這いになって白猫を懐柔しようとしているのか、だ。

俺は彼女を後ろから見ているので、あ……もうちょっとでパンツ見えそう……。

「あっ!?」

するると白猫は俺をじろりと見るや、とととっと走り出し庭園の茂みに飛び込んでしまった。

そして彼女もまた気がついたらしい――背後にいる人物、つまり俺に。

「!?」

がばりと立ち上がってこちらを見た。

鮮やかなピンク色の髪は長く、同じピンク色の目は切れ長である。

元は白かったのだろうけれど、耳まで真っ赤だ。

信じられないくらい整った容姿――だからこそ俺も覚えている。リエルスなんとかちゃん。

新入生で、累計レベル200オーバーながら緋剣クラスになった女子生徒だ。

「み、み、み、見ましたの!?」

「見てない見てない!」

パンツなんて見てないよ！　13歳のパンツなんてそれにお前、ほら、ついこないだまでおねしょしてたパンツみたいなもんだから、うん。ほんとほんと。

「ウソでしょう！」

「ウソじゃないって！　ほんとに見てないって！　俺の目も白猫に釘付けだったたから！」

「むう……」

ちょっと涙目になってる。あと5年くらいしたらめちゃくちゃ美人になりそうだな。俺のストライクゾーン的にもそれくらいでようやく低めいっぱいって感じである。

「ならば、許してあげますの……ここには近寄らないと約束してくださるなら」

「え、ええ……それは困る」

キールくんと密会するのにちょうどよさそうだし、この庭園。

「あ、あなたもリュリュちゃんを狙っているのですねっ⁉」

「――って名前つけてんのかーい！」

「ハッ」

「いやいや『ハッ』じゃないから。あんな声出してたらそりゃネコのことだってわかるよ」

「やっぱり見ていたのではないですか！　語るに落ちるとはこのことですもの！」

あ、「見てた？」って質問はネコちゃんを懐柔しようとしているほうか。

「それは見てたわ。つーか、ぷぷっ、人間の声でニャーニャー言っても通じないって」

「…………」

「あ、ごめんごめん！　大丈夫俺もやるから！　ネコ見かけるとついニャーニャー言っちゃうから！　だからぷるぷるして泣かないで⁉」

「……許せませんもの」

「わ、わかった！　じゃあこうしよう、俺があの白猫を捕獲する！」

「え？」

「で、そうしたら君はあの白猫をなでなでし放題。どうだ？」

「え、え、え、えええええっ」

今度は頬を両手で押さえてふるふるしている。喜んでいるらしい。

「や、約束ですよ！　破ったら承知しませんもの！」

「……お、おう」

今さらながら安請け合いしたかも、と思ったが、女の子に泣かれるよりはマシか……。

うん、変なことは言ってない。言ってないよな？

「この剣にかけて誓ってください」

と思っていたらそばのベンチに置かれていた剣が出てきたぞ……。

鞘とか鍔に紋様が描かれてるヤツ。なんだか話が大事になっていませんかねえ……？

「リエルスローズ＝アクシア＝グランブルクとともに剣の誓いを。破ったら決闘です」

ひええ！　やっぱり大事になってる！


結局、誓った。名前までゲロしてしまった……。これで知らない振りしてバックれることはできなくなった。まあ、ネコくらい余裕だろう。焼き魚で釣ろう。あるいはマタタビか。……マタタビってこの世界にあるのかな……。ま、まあ、なくても余裕だ、余裕……。

なんか考えれば考えるほどフラグになっていく気がする。

とりあえず学園の売店でお昼用のお弁当を買って、寮に戻った俺はすでにキールくんから届いていた教科書の包みに驚いた。小間使いの仕事早すぎィ！

「あれ、もうソーマ戻って……ってなにその量の本！」

「おーっす、リット。お前も手伝ってくれない？」

「あ、ボク用事思い出し――」

「同室のよしみでさあ！」

くるりときびすを返したリットの襟首をつかんだ俺は、ヤツのデスクに1冊ドンと「科学講義」の教科書を置いた。

「ソーマ、あのねぇ……本気で授業やるつもりなの？　確かに教科書をそろえてきたのはびっくりだけどさ。ていうかどこから手に入れた？」

「……ナイショ」

「うわあ、ヤバイ筋のニオイがするんだけど！」

「ヤバくないヤバくない。とりあえず頼む！　10ページ筆写したら銀貨1枚やるから！」

お、リットの耳がぴくりと動いた。

「……5ページで銀貨1枚」

「9ページ！」

「6ページ」

「8ページ」

「はぁ……わかった、7ページでいいよ。これ以上はまけないからね」

「サンキューリット！　頼むよ！」

「ま、ちょっとした小遣い稼ぎと思えばいいか。ていうかソーマってお金持ってるわけ？」

「平民にしては？　かな」

実のところ俺はお金には困っていない。田舎の村にいたとき、さんざっぱら野獣を狩って肉を卸していたからだ。食い飽きるほど食ったし。バイト代を払うくらいは余裕である。

え？　そんなら狩人として生きていけば安定高収入だろって？

いやいや。身体を張る仕事はいつまで続けられるかわからないからねえ……。

「あー、そう言えばリットさんや」

「なんだいおじいさん」

「誰がおじいさんだ！」

「今そういうノリの話しかけ方だったろ!?　――で、なによ」

すぐに筆写を始めていたリットがこちらを見る。意外とノリのいいヤツである。

「リエルスなんとか……アクシア……なんとかって子知ってる？」

「リエルスローズ＝アクシア＝グランブルク。『吹雪の剣姫』のことか」

なんかたいそうな二つ名がついてるぞ……。

「この学年だとキルトフリューグ様の次に有名じゃないかな。……まさかとは思うけど、『吹雪の剣姫』にまで手を出す気!?　だったらさすがにボクも部屋を替えてもらう――」

「ああ、違う違う。手を出す気なんてないよ」

すでに接点を持ったあとなので、「（これから）手を出す気はない」という意味において、俺はウソを吐いていないはずだ。潔白である。

「ま、いくら無謀のソーマでも『吹雪の剣姫』と知り合いになったりはしないか。あははは」

「ハハ、ハハハハ……」

これ「もう会話した」とは言えない流れじゃね？

「えーとそれで、どんな子なんだ？」

「リエルスローズ嬢？　ボクの知ってる範囲だと、めちゃくちゃ他人に厳しいってことかな。常にむっつりした顔だし、せっかくの美形なのにもったいないよね」

ふむ？　ネコに向かってニャーニャー言ってる姿からは想像できないが。

「俺、貴族の礼儀作法には疎いんだけどさ」

「そりゃあそうでしょ。礼儀作法のレの字でも知っていたら公爵家の御方を『くん付け』で呼んだりするもんか」

キールくんのことか。キールくんのことかー！

やっぱそれほどマズかったんかな……？　キールくんが一気に俺との距離を縮めようとしてくれたあたり、やっぱ結構なことをしでかしたんだろうな。だからこそ「コイツは見込みがあるぞ」って思ってくれたと。

でも俺も、第3王子とキールくんの会話を聞いてなかったら、さすがにあそこまで最初からはなれなれしくしなかったよ。たぶん。

「その礼儀作法で『剣に誓う』みたいなのがあるのか？」

「……急になに、その質問」

非常に疑わしそうな目でこちらを見てくるリット氏。

俺への信頼度は地面にめり込むレベルでマイナスだな。

「まあ、教えてあげてもいいけど——簡単に言えば『剣に誓う』とはすなわち、『誓いを破ったら剣で斬られてもいい』ってこと。ただ破った側も剣で応戦する権利があるから、決闘になる——古い作法だよ」

「古いんだ」

「古いね。今どき命を賭けて決闘なんてバカみたいでしょ……」

そのときふと、リットが目を伏せたような気がしたけれど、すぐに元の調子に戻った。

「ま、よほど自分の剣の実力を信じている人間にしかできない誓いだよね」

そりゃそうだ。リエルスローズ嬢との決闘は避けたいものである。

帰ってきたスヴェンは、夕飯を食べるなりすぐに眠ってしまった。どうもずっと鍛錬をしていたようだ。そんなにトレーニングをしてるなら累計レベルも上がりそうなものなんだけどなあ……。でも60とかそのくらいだったんだよな、スヴェンの累計レベル。

俺はリットが部屋にいないのをいいことに、寝ているスヴェンのベッドに近づいた。

両腕を布団の外に出して姿勢正しく寝てはいるのだが、長く、灰色の髪は濡れていた。どうやら風呂を浴びたあと適当に拭き取っただけらしい。

寮には風呂がついており、大浴場は時間ごとに上級生から順に使えるようになっている。

でっかい風呂っていいよな！　まあ、大浴場を俺たち新入生が使えるのはずっと遅い時間だし、さらには新入生が明日に備えて掃除もしておかねばならないみたいだけど。

それでもないよりあるほうが全然うれしい。少量の湯を使える小さな風呂ならば空いていればすぐに使えるのでスヴェンはそちらを使ったのだろう。

「スキルレベルオープン」

スヴェンの寝間着は長袖だったが、袖をまくってそこにスキルレベルを表示させる。このかけ声はなくてもいいのだけど、なんとなく気分的に言っているだけだ。

【剣術】　67・45

以上。

うおおおぉぉぉこれだけかよ!?

なにこれ、他のがまったく生えてないってどういうこと？

ふつうに生活していたら些細なことでも生えてくるんだけどな……。今日の俺は【筆写】なんていうそのものずばりなスキルが出てきたぞ。まあ、ほんのちょびっとだから教科書の筆写が終わったらすぐに消えてしまうだろうけど。

うーん……これはスヴェンの天稟、「剣の隘路を歩みし者」のせいなんだろうか？

「……それはお前のユニークスキルか？」

「ああ、うん、この数字がスキルレベルで――うおあああああ!?」

起きてる！　起きてらっしゃる！　スヴェンが細い目を開けて俺を見ている！

「腕を触られ、横でウンウン唸られては目が覚める」

身体を起こしたスヴェンが怪訝な顔で俺を見て、ふと気づいたように、

「……スキルレベルがわかるから、あの測定器に文句を言ったのか」

「そうなんだよ――って俺の言ったこと信じてくれるのか？　スキルレベルがわかるユニークスキルだってこと」

「……ウソだったのか？」

「ウソじゃないよ」

「ならば、そうなのだろう。筋が通っている」

「…………」

「……なんだ？」

「いや、スヴェンも結構しゃべるんだなって」

「……驚くのはそこか？　まあ、いい」

首を振りながらスヴェンはベッドに座り直した。

すっ……と俺を見た目の真剣さに、俺はたじろぐ。

「俺の【剣術】を伸ばすことはできるか」

「あ、ああ……」

「ならば頼む。俺に剣を教えてくれ。俺には……これしかないんだ」

やはりスヴェンは、少々ワケありのようだ。


翌朝、俺とスヴェンは日の出に合わせて起きた。カートを押してサンドイッチを運んできたおばちゃんが「あれあれ、早起きコンビで仲良くなったの？」とニコニコしていた。

サンドイッチをパクつきながら黒鋼寮からさほど離れていない広場へとやってくる。

「じゃ、スヴェンがふだんどうやってトレーニングしているか見せてくれ」

「………」

無言でうなずいたスヴェンは、

「──せいっ！　てぇいっ！　やあっ！」

剣を振り回した。

……うん、剣をね、振り回したよ。なんか見た感じ適当に。

大体スキルレベル100になると「一人前」とか「プロ」みたいな感じになるわけで、レベル67も悪くはない。「もうお前は素人（しろうと）とは呼べないかもな」くらいのレベルである。

スヴェンは剣のトレーニングだけに打ち込んできているし、天稟も剣関係なのだからスキルレベルが上がりやすそうなんだが……。

「ストップストップ。あのさスヴェン、そのトレーニング方法って誰に教わったの？」

「……どうしても言わなければいけないか？」

「な、なんだよその反応……まあ言いたくなければいいよ。えーっと簡単に言えば、お前のトレーニング方法は『時間ばかりかかって無駄が多い』ってこと」

「!?」

いや、ビシッて固まられましても。

「つーかおかしいと思わなかったのか？　単に剣を振り回すのがトレーニングだって聞いて」

「……強い男だったから……」

「信用できる男だったか？」

「…………」

あーこれはアレですわ、騙されてますわ。だんまりしているスヴェンはうつむき加減でいたたまれないです、はい。

「それじゃあ俺のやり方を見せるから。——まずこれを見てくれ」

俺はスキルレベルを表示する。【刀剣術】はまた少しあがって348・58である。

「……俺の目がおかしいのだろうか。お前の【刀剣術】が348という数字に見える」

「合ってるよ。俺のは【剣術】じゃなくて【刀剣術】だけど、300越えてるから——ほら」

俺は落ちていた枝を拾って、「一閃」を発動させる。

斬撃が飛んで、草むらを切り裂いていく——のをスヴェンが目を剝いて見ていた。まあ見開いてもふつうの人間サイズにしかならない程度にはこの男は細目なのだが。

枝は、ぼろぼろになって崩れていく。これは武器に負担が大きいんだよな。俺の愛用木刀ちゃんもそのせいでぼろぼろなのである。けっして貧乏だからぼろぼろなのではないんである。

「い、い、今のは……」

「レベル300なんだからエクストラスキルが使えるに決まってるだろ？　これは100で使える『一閃』だけど」

「師匠！　俺に剣を教えてくださいッッッ！」

いきなり土下座された。

早ーい。手のひら返しっていうか扱いの変化が早すぎる。サラマンダーよりずっと速……ヨヨは絶対に許さない。

「あ、うん、そんなことしなくても教えるから。別にスヴェンに恨みとかないし、ちゃんとわかるようにスキルレベルの数字を見ながら教えるから」

「ありがとう……！」

なんか泣き出しそうな顔で手を握られた。

スヴェンは俺の指導のもと、【剣術】のトレーニングを始めた。【剣術】って【刀剣術】とは微妙に違うから、武器の振り方とかはまた調べなきゃなあとは思ったのだけれども。

思ったのだけれども（2度言った）。

朝の2時間で、スヴェンのスキルレベルは2・09上がった。

「う、おぉ、おおおおぉぉぉぉ……！」

スヴェン……今度はガチ泣きして喜んでたよ……。

マジ、スヴェンにウソ教えた「強い男」とやらは死んだほうがいいな。オリザちゃんふうに言うと「少なくとも2度死ね」だ。

1日おきに「座学」「武技」と入れ替わるので、今日は武技の授業だ。俺たち新入生黒鋼クラスの面々は訓練場に集合したわけなのだが——待てど暮らせど先生がやってこない。するとまたも太っちょが「ガリ勉、聞いてこいよ！」と言うので、まあ、自分の目で確認し自分の耳で聞いたほうがいいなと思って、俺はひとり事務棟へと向かった。

事務棟はキールくんがどこにいるのか教わりに1度来ていた。どうもこの2階以上に教員たちの個室があるらしい。

「2階は……と。なるほど、なかなか内装が凝っているんだな」

「一昔前に貴族の間で流行った様式です」

「へぇー」

って、

「スヴェン!?　なんでついてきた!?」

「弟子ですから」

真顔で言うな、真顔で。その師匠弟子設定は続くんかい。

事務棟で俺たちの担当たる武技教員の個室を聞き、そちらへ向かった。

「先生、失礼します」

入っていくと、赤い髪をライオンのたてがみみたいにおっ立たせているオッサンがいた。ただ残念ながら前髪が後退しており、「ベジ○タ？　ベ○ータじゃないか！」と言いたくなるような広い額である。顔もしっかり濃い。

着ている服は……柔らかそうで袖口と裾がきゅっとすぼまってるブルーの服だった。

なんていうのか、ジャージ？　この世界にジャージあるの？

ジャージを内側から盛り上げるような感じで筋肉が躍動している。これは脳筋ですわ。

「ん？　お前たちは……黒鋼の新入生か？」

初っぱなからバカにしてくる感じがなくて、ちょっとホッとする。

「はい。先生の授業が今日からあるはずなんですが」

「ん……聞いてないのか？　黒鋼の寮長が『なくしてくれ』と言ったから、なくなったぞ」

「……はい？」

わたくし、アホな顔で聞き返しましたよ。

いやなんで？　ってなるよな。なんで寮長が出てくるの？

「一度、寮長と話してこい。俺としては授業をすることはやぶさかではない」

そんなこんなで教員の個室を出てきた俺たち。とりあえずは寮長と話をしてみなきゃいけないわけだけど……寮長ってあの、チンピラだよな。黒鋼総代はお薬キメちゃった系のヤバイ人で、寮長はチンピラ。ここは終末世界かな？

話しに行きたくねぇ……でも話をしてこないと前頭葉先生は授業してくれそうにないし。

「スヴェン、ごめんだけど訓練場にいるクラスの連中に事情を伝えてきてくれない？　で、自習できるならしてたほうがいいと思うんだけど」

「はい。……師匠は寮長に？　なるほど、ご武運を」

スッ、と頭を下げると小走りに去っていく。

え、えぇ……武運ってなんだよ武運って。戦うの前提かよ。

「でもなんで授業の有無に、寮長が口出ししてくんのかな……マジで謎だ」

寮に戻り、上級生のいる1階の部屋をあたっていく。どれが寮長の部屋かわからない、ってか1度聞いたはずだけど忘れた。チンピラに興味を持てないのは仕方ないよね。

「すみませんー。寮長の部屋ですかー？」

コンコンとノックしていくんだけど、なにがヤバイって誰もいない。まあ、当然っちゃ当然か。今日はふつうに授業がある日だしな。

「……あ？　なんだテメー」

唯一出てきてくれた先輩からはかぐわしき熟柿（じゅくし）のかおりがした。

二日酔いじゃねーか！　なに酔っ払ってんだよ、未成年！

とはいえこの世界は18歳が成人なので最上級生はお酒がオーケーなんだけどね。

俺は酔っ払いにもわかりやすいように「寮長の部屋教えて」と端的に聞いた。

「寮長？　アイツの部屋は3つ隣、あっちだよ……」

「えっ。さっきノックしたんですけど。いなかったからやっぱり授業かな？」

「授業なんか出るわけねーだろ。アイツも朝まで飲んでたからな、寝てんだよ」

それだけ言うと俺の鼻先でバタンとドアが閉まった。

……俺たちの授業を取り上げておいて、酔っ払って寝ていると？

「ほぉー、ほほほ、ほぉーう。そうかそうか……そうですか」

さすがにカッチーンときましたよ。

こちとら自前で授業するってんで寝る時間削って教科書を写してたっつーの。

「寮長！　寮長!!　1年生の武技授業のことで聞きたいことがあるんですけど!!」

3つ隣の部屋に行って、今度はゴンゴンと思いっきりドアを叩いた。するとさすがに起きたらしいが、出てこない。「うるせえ！　寝てんだよボケが！」とか聞こえてきて、むしろ隣の上級生が「うっせーな」と言いながら細くドアを開いて俺を見てくる始末である。

「寮長！　出てきてください！　力ずくで開けますよ！」

——やれるもんならやってみろ！

「ほう……言いましたね？」

俺、すぅ……と息を吸い込んだ。武器がなくても戦えるように【格闘術】のスキルレベルを上げてるんだよなあ、こっちは。

「生命の躍動(ライトインパクト)」

声とともに俺はくるりと身体(からだ)を回転させて——蹴(け)りを放つ。

俺の肉体が、筋細胞が、むちゃくちゃに活性化される。それが【格闘術】レベル100で得られるエクストラスキル「生命の躍動」である。

ゴリッ、と靴底が触れたドアノブがめり込むと、ドンッ、とノブだけが吹っ飛んだ。

穴の空いたドアの持ち手に指を突っ込んで、カギの部分を外す。ふと横を見るとぽかんとしてこっちを見ていた先輩がバタンと逃げるように扉を閉じた。

俺はドアを開けて中へと踏み込む。うっ……酒くせえ。床に酒瓶までころがってる。

「な、なんだテメェ……ガリ勉小僧じゃねえか！」

まさか蹴破られるとは思わなかったのだろう、寮長はベッドで裸の上半身を起こした。

「ひっ」

おや……女子を連れ込んでいるだと。ズル……じゃなかった、いけませんねえ。

「この寮は女子禁制ではありませんでしたか？」

「俺は寮長だからいいんだよ！　つうかテメェ、ドアぶっ壊しやがったな⁉」

「力ずくでやってみろと言ったのは寮長でしょう。そんなことはどうでもいいんですよ」

「どうでもよくねえ！」

うろたえていたのが回復し、むしろ怒りがわき上がってきたのか。寮長はベッドから下りると——なんとフルチンである——落ちていた酒瓶をつかんでぶん投げた。

おお、早いな。投擲スキルでも持ってるのかな、狙いもいい——俺の眉間に一直線だ。

「衝撃吸収」で余裕でキャッチできますけども。

「服を着て出てきてください。話があります」

「受け止めてんじゃねえぞガリ勉小僧!?」

「服は着なくていいんですか？　いいんですね？　それこそ力ずくで引っ張っていきますよ」

「やってみろやレベル12のガリ勉小僧――」

　バカだなぁ、扉を力ずくでこじ開けて、投げてきた瓶をキャッチした時点で「レベル12」だろうがなんだろうが危険人物には違いないだろうに。

「なっ!?」

　距離を一気に詰めて、俺は寮長の手首をつかむ。ぐいと引っ張ると、向こうも抵抗したがあっさりと引っ張れた。これでも【格闘術】レベル２００で得られるエクストラボーナス「筋力＋１」があるからな、ちょっとやそっとじゃ離さんよ。

「や、止めっ、止めろ!?　なんだこの馬鹿力は!?」

「俺だって男のフルチンなんて見たくないですけど、力ずくがお望みだというので」

「わかっ、わかった！　わかったから！　着替える！　着替えさせてくれ」

「そうですか？」

　パッ、と手を離した。あと2歩で廊下に出るところだったのに。

「じゃあ、ロビーで待ってますから早く来てください」

「あ、ああ……」

　もうカギの掛からないドアを閉めて、廊下へと出た。

「――ひぇっ」

またもお隣の先輩がこちらをのぞいていた。ノゾキ先輩と名付けよう。

それから1時間後、俺はロビーで寮長と向かい合って座っていた。なんで1時間も経ったのかというと、着替えた寮長がロビーに来ず、窓から逃げていたからだ。それを追いかけて捕まえてくるのに時間がかかったってわけ——あ、もちろんちゃんと捕まえたぞ。いくら向こうのほうが学園に詳しくても、こっちには「瞬発力＋1」があるからね。

その間に、クラスの連中もぞろぞろ戻ってきていたのだが、「自習」はお気に召さなかったらしい。ただスヴェンだけはひとりで剣を振るために残っているんだとか……アイツ、ちょっと頭のネジ飛んでない？

「俺らも話を聞く権利がある」

太っちょが偉そうに言うので、なぜか寮長に話を聞くのに同席することになっている。

男子寮に入りたくないという女子もいたようだが、オリザが「なにかあればアタシを頼りな」とか言って姐御肌(あねごはだ)を見せつけつつ女子は全員参加である。

「はっ、ヒヨッコどもが群れやがって」

チンピラ寮長がぎろりとにらむと、太っちょたちはじりりとたじろいた。

ていうか群れるまでもなく俺ひとり相手に逃げたのはそっちですよね、寮長？

「寮長、そういう煽(あお)りは要らないんで」

「……チッ、テメェはぜってぇ許さねぇからな」

「あ、はい。そういう脅しも要らないんで」

　渋い顔でそっぽを向いた寮長。俺の強気な態度に太っちょが「アイツ殺されるぜ」とか、したり顔で言っている。

「で、どうして武技の授業がなくなったんですか？」

「金がないからだ」

「……もうちょっと詳しく」

「はぁぁぁぁぁぁ。お勉強できるガリ勉小僧がそんなこともわからねぇのかなあ？」

　わざとらしいため息とデカイ声がムカつく。「アイツそんなこともわかんねぇのかよ」となぜか追従している太っちょもムカつく。

　仕方ないので手を開いて指をポキポキ鳴らしたら寮長はスッと背筋を伸ばした。

「この黒鋼寮の運営には金が必要だ。だが寄付金が足りねぇ」

「寄付金、ってどういうことですか？　学園の経営だとお金が足りないってことですか？」

「違う。学園は寮に一切金を使ってねぇ。ＯＢや在校生の親が寄付しないと運営できねぇんだよ、寮は。黒鋼は平民上がりが多いから金に余裕がない」

「でもＯＢは結構いるでしょ」

「……お前、ほんとになんも知らねぇのな。卒業して黒鋼士騎士団に入れる学園生なんて毎年10人ちょいだ。しかも学園にいい思い出なんかねぇからな、寄付なんかしねぇ。『自分と同じツライ目に遭わせたくないからむしろつぶす』って勢いだ」

「救いがない！」

なんだよ黒鋼！　闇が深すぎるだろ！

「で、金がねぇから工夫をする。模擬剣を使いつぶしたり訓練場の整備したりやらなんやらで武技の授業はいちばん金がかかる。その授業をまるっとなくせば結構な金が浮くんだよ」

「……じゃ、じゃあ、寮そのものをなくして、それぞれ家を借りて通ったら？」

「バカ、校則にあるだろうが。『共同生活を育むために必ず寮で暮らすこと』、ってな」

ノォォウ！　なんだよその校則！　実態に合わないなら改定しろよ！

ちなみにその校則も高位貴族には通用せず、彼らは自宅から通うらしい。とんでもねえ。

「平民上がりのガリ勉小僧、お前今『校則を変えればいい』とか思ったろ？　だから平民はダメなんだ。俺たち貴族がそう簡単に自分たちで決めたルールを変えるわけがねぇだろ」

「なっ……!?」

俺は驚愕する。

「フルチン先輩、貴族だったんですか!?」

「驚くのそこかよ!?　っつーかフルチンとか言うんじゃねえよ！」

「え、でもフルチンでしたよね？　女子連れ込んでフルチンでしたよね？」

「バッカ、お前……女連れ込んでズボンなんて穿いてられっかよ」

おお、なんかむしろ潔いぞこの人。ちょっと見直したわ。太っちょが「寮長先輩ヤベェ」とか羨望のまなざし送ってるし。……いやでもフルチンだぞ？

「ま、例年のことだわな。1年の武技を取り上げて、寮の運営費の帳尻を合わせる。どのみち最初の1年で半分は脱落するからよ。そうしたら来年からはしっかり講義も受けられるってわけだ……ま、そのころには講義なんざまともに受ける気なくしてるだろうけどなあ」

でもまあ、1年我慢すればいいなら……。

「1年辛抱すればいいとか思うんじゃねえぞ？　5月の1週に統一テストがあるからな。そこで、平均点が最低のクラスは強制的に10％の生徒を辞めさせられるんだ、教員の指示で。平均点を上げるようなガリ勉小僧は真っ先に強制退学ってわけだ」

「……え？　はあああ!?　なんだよそれ！　むちゃくちゃだ！」

「むちゃもクソもねえ！」

寮長はバチンと自分の膝を叩いた。

その目は二日酔いで血走っていたけれども――どこか真剣な目だった。

「貴族ってのは常に優越感がねえと死ぬ生き物なんだ。自分がマウントを取れる相手を探しているヤツらにとって黒鋼クラスは格好の獲物だ。もしそれがイヤなら――悪いことは言わねえ。さっさと学園辞めろ。そうしたら辞めたヤツも、残ったヤツも、みんなハッピーだ」

そう言い放った寮長が去った後の空気は、最悪だった。みんなロビーから出ていかずにそこでじっとしている。目に涙を溜めてる女子までいて、それをオリザちゃんが抱き寄せて頭をなでてやってる。なにそれ男前。

寄付金が足りない、ねぇ……。

オリザちゃんみたいに男爵家とかも他にもいるんだろうけど、彼らはきっと寮に寄付できるほどお金に余裕がないんだろうな。さらにはよりによっての「黒鋼クラス」だ。そんなところに入った我が子は「失敗」くらいに思われてる可能性もある。

リットが俺を見て「どーすんだよこれ」という顔をしている。まあ、いい機会だからここらで「学級会」――「クラス会議」かな？　といきましょうか。

「やらなきゃいけないことは決まってるよな」

俺が言うと、全員がこっちを見た。

とにかく俺が発言することが気にくわないのか、太っちょがすぐさま噛みついてくる。

「あのなガリ勉！　お前が聞いたからこんな暗い空気になって――」

「真実を早めに聞けてよかったじゃないか。それともなにか？　お前は、自分が退学になることが決まってから全部教えて欲しかったとでも？」

「うぐっ……そ、それは」

「いいか。今、寮長から聞いた話は確かにクソだ。びっくりするほどクソだ。だけどある意味……フェアでもある。だって、金さえあればなんとかなるんだろ？　他のクラスは金があり、ここには金がないだけだ。――お前ら、ちょっと待ってろ」

立ち上がった俺は「瞬発力＋1」を十分に活かしてロビーを飛び出すと、5階にある自室まで一足飛びに上がっていき、すぐに戻ってきた。

「え？　今5階に行ってたの？　は、速……」

「それに驚くのはまた今度。――で、これだ」

ソファに腰を下ろしながら、俺がこの寮に持ち込んだリュックサックをドンッと置いた。そのとき金属のこすれるジャラリという音が聞こえたものだから、わかるヤツにはわかったのだろう。「え」とか「まさか」とか聞こえてくる。

「金の問題は、一時的に俺が解決する」

リュックサックから取り出した大きな革袋。その口を開くと、中には――。

「金貨!?　あ、いや、小金貨と銀貨か」

「全部金貨だったらさすがに引退して田舎で暮らすよ」

この年で引退かよ？　なんてささやきも聞こえてきたが、もう十分ワシは酸いも甘いも……酸っぱいのが98％だった気もするが、経験したのじゃよ。

「とりあえず、武技授業をやれるぶんのお金はあるはずだ」

「マジか！　お前が金払うってことかよ！」

「待て太っちょ、そうじゃない。俺はお前らに投資する、って言いたいの」

「投資……？」

太っちょだけでなく、みんなが初めて聞いたような顔をしている。一応この世界にも「投資」という言葉があるんだが、知らないんだな。

まあ、数学のレベル低いしね……金利とか利回りとか知らないよね……俺だって町工場がヤバくなければそんなに早く知ることはなかったよね……むしろ知りたくなかったよね……。

「この金は、俺がお前たちに貸すんだ。だけど必ず返すという性質のものじゃなくて、お前らが学校を退学になったらその時点で回収はあきらめる。代わりに、きちんと卒業して騎士になることができたら色をつけて返してくれ」

「なるほど、出世払いってこと？」

リットがポンと手を叩いた。

「それがわかりやすければそういう認識でいいよ。あと、それだけじゃなくて——もしも統一テストでいい成績を出したヤツがいたら俺から褒賞(ボーナス)を出そう」

言いながら小金貨を1枚取り出した俺は全員に見えるように掲(かか)げた。

ボーナス、という言葉にみんな目の色を変えている。やっぱりこのクラスにいるような子たちは金に困ってる子も多いんだな。

この小金貨1枚で、日本でいう5万円程度の価値がある。

試験でがんばるだけで5万円もらえるならそりゃがんばっちゃうよね。

「まずは明日の座学——その準備はきっちり俺が整える。そこからがんばってみないか？」

さあ、出せるものは全部出した。あとは彼らがどう思うかだ。

初のクラス会議が終わってから自室に戻り、俺は布団に入り込んで震えた。……勢いで出しちゃったけど、あれ俺の全財産なのに……。

「さっき言わなかったことがあるでしょ」

するとリットが、わかりやすくため息をつきながらそんなことを言い出した。

「先生の授業料に武技の経費を負担して、さらにテストの成績優秀者にボーナスなんて出したらあの程度のお金、一瞬で溶けるよ。むしろ夏までもたないんじゃない？」

「うぐ……さすが守銭奴、よく見ておる」

「守銭奴言うな。で、どうすんの？　その後は？」

ごそり、とかぶった布団から顔を出した俺は答えた。

「そんとき考える」

「……はぁー」

「いやさ、そこまで考えてらんないって。金を出し惜しみしてたらあっという間にクラスの人数半分になってるよ。それじゃあ連中の思うつぼじゃん」

「ボクさ、よくわからないんだけど、なんでそこまでソーマが気にしてるわけ？　他のクラスメイトなんていなくなってもいいじゃん。あと『連中』ってなに」

ベッドに腰を下ろしたリットが答える。今はカーテンをどけてあるので見通しがいい。

俺が日本からの転生者だ、とか、そのとき経験したことからこんな理不尽は許したくないんだ、とか言ってもわからないよな……。

気持ち的にはやっぱり、あの会社の倒産が大きい。あんな、あり得ない、自分の力じゃどうにもできない目に遭うのなんて俺は二度とゴメンだよ。

同じような目に遭うとわかっている人がいて……しかも俺の手の届く範囲ならば、無視できない。安定高収入のためにがんばるのは間違いないんだけど、この貯金ならば今使っても惜しくないしな。野獣を狩って卸していけばまた貯められる範囲だし。生活しながらだと数年かかるけど。数年かかるけど……（クソデカため息）。

「……ま、アレだよリット。ここでクラスがいい成績をおさめてくれないと真っ先に俺が退学になるから。明らかに俺が平均点上げることを、それこそ『連中』は望まないだろ？」

「それなら、そういうことでいいよ」

もう「連中」が誰かなんてこと聞いてこない。リットは賢いから、もう気がついてる。「連中」とはすなわち、このシステムの上のほうで甘い蜜を吸ってるやつらだ。

「とはいえボクのアルバイトはそれはそれ、ちゃんと給料をもらうからなー」

「おー、働いたぶんはちゃんと払うぞ」

給料を払えることとの幸せよ……。働いたぶん、お金をもらう――そんな「当たり前」が「難しい」ってことを俺はもうすっかり知ってるぜ。

「……じゃ、今日はもう授業もないみたいだしやろうか」

「だな。これが終わらないことには座学もへったくれもないもんな」

俺とリットはカリカリと筆写を始めた。科学の教科書は引き続きリットに写してもらい、俺は法律の教科書に取りかかる。

カリカリカリカリ……。

筆写しながら読んでいけば予習にもなる。最高だぜ。

「神学」なんてものもあるのだが、この教科書に近い内容の本が田舎の神殿にも置いてあった。俺は大体わかってるからリットに任せようかな。いやー、子どもの脳みそってすごいよ。すいすい覚えていくんだもん。興味がないことに対してすさまじい眠気が襲いかかってくるのが難点だったが、残念ながらそれは成長しても同じだ。

「ねー、ソーマ。何人くらいソーマの提案に乗るかな」

俺は羽根ペンを置いて振り返る。リットはすでに俺のほうを向いていた。

「ちなみにリットはどう思う？」

「５人」

うっほー、シビア！　でもいいとこそれくらいかもしれないな……。

「少なくてもそこから始めるしかないさ。……ていうか他のクラスの授業ってどんなふうにやるんかな。教科書を読み上げて、大事なところを黒板に書いて、生徒が写すって感じ？」

「そうだよ。先生によってやり方は違うだろうけど基本はそう」

「指名して答えさせるとかは？」

「指名？　答える？　なにを？」

「あー……いや、いいわ」

そうか、当てて解答させるってのはないんだな。あれっていいシステムなんだがなあ。生徒側にはいつ指されるかという緊張感が出るし、一問一答で軽い脳の運動にもなる。

「よし、決めた。出席簿を作ろう」

いやーしかしなんだ、俺がやってるのってこれ、ゼロから教師になるってことだよな？　そこまでやんなきゃいけないのか、とは思いつつ、一方で、システマティックに運営されていた日本の義務教育ってすごかったんだな……と感心した。

システムに問題があるのではなく、問題があるのはそれを運用する人間なんだよ。

俺は、会社の整理でそれを学び、今ここでこうして活かしている。

「いいと思ったことは全部やってやるぞー！」

スヴェンとの朝稽古に軽い「模擬戦」を取り込むと【防御術】も０・０１程度なら上げられた。よかった。せっかくここまで上げたのに、減ってしまったらもったいないもんな。

「師匠……剣が、剣が楽しいですッッッ」

細い目のくせにやたら暑苦しいスヴェンが汗だくで剣を振り回している。あのね、スヴェンくん。振り回したらダメだって何度も言ってるよね？　そう、素振りだよ、素振り。型を意識して筋肉に負荷を掛けるんだ。

今日も今日とてスヴェンくんは絶好調で、【剣術】のレベルは２・３０、上がっていた。

「これならあと半月もすればエクストラスキルを獲得できる……!!　夢にまで見た……！」

「あ、ああ……スヴェン、一応言っておきたいことがあるんだけど」

「なんでもうかがいます」

シュタッ、と背筋を伸ばすスヴェン。

「あと1ケ月で統一テストというのがあるらしい。で、成績がダメなクラスは強制的に数人ほど退学させられるようなんだ」

「なんと……」

「退学させられる筆頭が、俺だ」

スヴェンの目が開かれていく。お、おおお、ここまで開くのかお前の目は！　怖い怖い！

こんな顔をリットに見せるなよ！　お前に会ってまだ3日だけど違和感がすごい！

「絶対に許せませんッッッ!!」

「そ、そうか。ならお前も勉強して、平均点を下げないでくれよ？　今日は1日座学だから」

「…………」

「……スヴェン？　どうした？　なんで俺から目をそらす？」

「……………自分、勉強は苦手で、す……」

「でも入学試験は通ったんだろ？　だったら素地はあるんじゃないか」

「…………自分、記述問題は一切わからなくて、選択肢だけしか、答えられません……」

「お前よく受かったね!?　なんなのそれ!?　コネ!?　コネなの!?」

「どうしても言わなければいけませんか？」

またそれ!?　ピンチの黒鋼クラスだけでなくてスヴェンの重そうな過去まで乗っかってきたら俺のキャパは確実にオーバーするっての！

結局、スヴェンには「勉強やれ。絶対やれ」ということを言い聞かせるだけに留めた。

黒鋼クラスの教室に、生徒は全員集まっていた。だけど彼らが求めていたのは俺じゃないことくらいわかっている。いまだに希望を持っているんだ。「先生がちゃんと授業をしてくれるかもしれない」って。

だけど、やってきた無精ひげ先生がそんな生徒たちの望みを木っ端微塵に打ち砕く。

「はい、解散。座学の先生は今日はお休みだからな……ああ、武技も休講だっけ？　いいなあお前ら学生は。なにもせずに毎日飯を食って座っているだけ……うらやましいよ」

へらっ、としたその姿に、

「てめぇっ！」

と太っちょが立ち上がる。おお、やるじゃん。ここで反骨精神を見せてくれるとはただの脂肪漢（誤字ではない）ではないんだな！

「——言っておくぞ、トッチョ＝シールディア＝ラングブルク。教師と生徒の上下関係はハッキリしている。たとえ貴族家から来ている生徒でも俺に無礼を働く者は、即刻退学だ」

「!?」

「それを踏まえた上で聞く。……その口の利き方はなんだ？」

「す、すみません……」

「声が小さくて聞こえないんだが？」

「すみません！」

ふん、と鼻を鳴らしたジノブランド先生はすたすたと歩いて出ていった。

マジかよ……俺は絶句していた。驚きすぎて動けなかったんだ。

あいつの名前、トッチョなの？　太っちょトッチョなの？

「チッ、なに見てんだよ、ガリ勉！」

「いや、だってお前の名前トッチョっていうんだろ……!?　ぴったりじゃん！」

だけどトッチョはわからないように首をかしげている。ていうか他のクラスメイトもみんなそうだ。まあ、この国の言葉じゃ「太っちょ」は「トッチョ」に近い発音じゃないしな。

「もう行こうぜ。ここにいてもしょーがねーよ」

太っちょとトッチョくんは他の男子に声を掛けて部屋から出ていこうとする。

「あっ。先生が授業しないなら俺が代理で授業する予定だけどみんなどうかな？」

「…………」

トッチョは教室の出入り口で止まると、こちらを振り向き、にらみつけた。

「みんな。あいつが必死なのは自分が退学させられるってわかってるからだ。平民のくせに公爵家に試験成績で勝っちまったからな！　あんなヤツにくっついてると巻き添え退学だぞ！」

ガタガタッとみんな席を立ち、あわてて部屋から出ていった。

「オリザちゃんは？」

「——悪りぃけど」

俺からそっと目をそらして女子たちとともに出ていってしまった。

さっきまで多くの人がいた教室だというのに今やもうガラーンである。

そうして残ったのは——俺と左右に、リットとスヴェンだ。

「……えっと？　リットくん、君は昨日何人残るって予想したっけ？」

「……ソーマの人望、なさすぎない？」

我が同室者はなかなかに辛辣（しんらつ）である。

「師匠」

人差し指で肩を突かれた。スヴェンはその指をすぃーっと教室の後方へ向ける。

と、そこには——ひとりの少女が座っていた。

「あのっ、私、授業を受けたいのでしゅがっ」

噛（か）んだ。

そこにいたのは小柄なリットよりもずっと小柄な少女である。金色だが根元のほうは暗い色になっている長髪を左右でお下げにしている。目元はくりっとしていたがメガネをかけており、その下にはぱらぱらとそばかすがあった。絶望的なまでに黒のパーカーが似合ってない。

「えっと、君の名前は？」

「あ、しょの、ルチカ……」

舌を噛んだせいで話しにくいのか、「ルチカ」の後は聞こえなかった。

「オーケー、ルチカ。それじゃリットとスヴェンといっしょに前の席においで」

「い、いいんですかっ？」

「ん？　もちろんいいでしょ？　なにか問題ある？」

「あ……えと、いいえ、問題ないです」

そうして広い教室で生徒はたった3人、先生は俺、なんていう授業が始まった。

今日の教材で選んだのは「神学」である。この教科書はまったく写していないのでキールくんから借りた原本をそのまま持ってきた。

「さて、では授業を始める前に聞いておこうかな。リットは神話でいちばん覚えておかなければならないのはなんだと思う？」

「えーっと……やっぱりエルセルエートじゃないの。スキルの神だし」

「うん、そのとおりだ。おそらくだけど、最初の試験のほとんどはここから出ると思う」

騎士になる予定の生徒にとって最も実利的に重要なのがスキルだ。

その点でエルセルエートにまつわるエピソードは覚えておいて損はない。

「だけどせっかく3人しかいないから神の成り立ちから考えてみよう」

そこで俺は、エルセルエート以外の神について語り始めた。ところどころリット、ルチカ、スヴェンへと質問を投げかけながら。

なぜエルセルエート「以外」にしたのかといえば、長期的に考えれば神話の根っこを知っておいたほうが知識の文脈を作りやすいからだ。

統一テストまでに、徐々に俺の生徒を増やしていく予定だが、最後の駆け込みでやってきた生徒には最悪「これだけ覚えておけ！」と「暗記」させることになるだろう。

そうなると今、生徒が少ない段階では基礎的な知識を強化しておいたほうがいい。暗記はいつでもできる。……ってのは俺の持論ではなくて、塾講師のバイトをやっていたときの校長が教えてくれたことである。

「神話ってのはさ、面白いことに神様が人間として描かれているんだ。エルセルエートは神の父であるイクロスと神の母であるツクマの子であるわけだけど……」

神話ってのは知らない名前がつらつらと出てくるから眠いのだが、美術品の多くは神話をモチーフにしたもので、神話をしっかり把握(はあく)しておかないと騎士になったとき恥(はじ)をかく。

だから俺は『古事記(こじき)』を思い出しながらこの世界の神話に「人間性」を与える方向で覚えた。

そうすると神話は物語になり、覚えやすい。

「――っていうわけだ」

きっちり1時間、質問しながら解説を続けたので3人とも起きている。意外だったのはスヴェンだ。こいつ神学に関するマニアックな知識を押さえている。神の父イクロスは左利(ひだりき)きだ、とか。ただの剣術バカではなかった。

「ここで一度休憩にしよう」

「承知しました。師匠、休憩中に剣を振ってもいいですか?」

いや、ただの剣術バカだった。許可した。

「ふーっ、結構疲れるね。ていうかソーマ……ボクが思ってたよりずっと教えるのうまいじゃないか。どこかで教わったのか?」

「あー……まあ、経験を通じて知ったというか」

勉強を教えるってのはどれだけ「自分事」にしてやるか、なんだよな。

興味関心を惹くように教えればやがて生徒は自分から勉強する――これももちろん校長が教えてくれたことだ。校長……！　ありがとう！　あなたの教えは役に立っています。パチ○コ中毒者のあなたでしたが人の役に立ちましたよ！

「休憩時間だけど、リットは便所いいのか？」

「ボ、ボクは大丈夫だって」

そう言いながらもそそくさとリットは教室を出ていった。ははーん、これは「大」だな。

とかなんとか俺がバカなことを考えていると、ルチカが俺のそばにやってきた。

「今まで教えてくれた家庭教師さんより、ずっとずっと面白かったです！　すごいです！」

「そうかな？　ちなみに家庭教師さんってどんなふうに教えてたの？」

「はい。本を渡されて、声を上げて読むようにと言われました」

「うんうん、それで？」

「それだけです」

……すげぇな、家庭教師。そんなんでよく金をもらえるな。

ていうかルチカもいいとこのお嬢ちゃんなのかな、家庭教師雇えるってことは。そりゃそうか。経済力がないと入学試験を突破できる程度の学力は身につけられないよな。

「あの、ソーマ先生」

「なんだね、ルチカくん」

「退学になるのは……困るので、私たちのことよろしくお願いします！」

こうして俺に、第1の生徒ルチカができたのだった。


武技の授業はベジー……じゃなくて前頭葉(ぜんとうよう)先生がしっかりやってくれることになった。お金の力は偉大である。

俺もここで、剣の振り方の基礎や、体さばきについてしっかりと学んでいく所存。

ルチカ以外の生徒は相変わらず俺の授業には出てくれないが、そのくせまだ「今日こそ授業が始まるかもしれない」という希望を持っているのか、朝いちばんのホームルームにやってきて、無精ひげ先生ことジノブランド先生に希望を打ち砕かれていた。

そんなふうにして俺たちは入学後最初の週末を迎え——俺とリットは教科書を筆写して過ごした。リットは銀貨をもらってほくほく顔だった。スヴェン？　アイツは1日中剣を振り回してたよ……。どれくらい上がったのか確認してやろうかと言ったのだけれど、

「しばし！　しばしお待ちください！　貯めて一気に上がったのを確認したいので！」

ニヤニヤしていた。怖い。オ○禁すればすごく気持ちよくなるみたいに考えてそう。

そんなこんなだったけれども週が明けると——事件は起きた。

「テメェ、なんであんなガリ勉に媚(こ)び売ってやがんだ！」

ホームルームに間に合うよう教室にやってきた俺が聞いたのは、太っちょの言葉だった。

突き飛ばされてしゃがみ込んでいたのは――ルチカだ。泣いている。涙を流している。え……ルチカが、泣いてる？

それを見た瞬間、俺の中で理性のタガが外れた。

「いいか、あのガリ勉は累計レベル12だぞ！　誇りあるラングブルクの者が――ブベラッ」

「瞬発力＋1」を発揮して距離を詰めた俺は太っちょの横っ面に飛び蹴りをくれていた。

太っちょは吹っ飛んで転げていき、他の男子生徒数人を巻き込んで止まった。

「ルチカ、大丈夫か」

「あ……」

呆然として俺を見ていたルチカだったが、転がっていった太っちょを見て事態を把握したらしい。そしてこう言った。

「お兄ちゃん!?」

と。

そう、お兄ちゃ……はぁぁぁ!?　お兄ちゃん!?

「……なんだこの騒ぎは」

いつもよりいっそう不機嫌そうにやってきたジノブランド先生。

「なんだなんだ。底辺らしい暴力か？」

「あ、いや、これは……」

「先生！　男爵家の俺にこいつがいきなり暴力を振るってきたんだ！　すぐにも退学にしてく

れよこんなレベル12の落ちこぼれ！」

よろよろと起き上がった太っちょが憎々しげに俺を指差して叫ぶ。

「トッチョ、ソーンマルクス……お前らふたり、指導室に来い」

「いや、でも俺はっ」

「今すぐだ。他の連中は解散しろ、解散だ」

日本じゃ足を踏み入れたことのない「生徒指導室」に、異世界で入ることになるとは……。

生徒指導室は窓のない3畳ほどの部屋だった。……つーかこれ取調室じゃね？

小さな机と小さなイスが置かれてあり、さっさとジノブランド先生が座るとその向かいに太っちょが座る。アレェ？　ここにはイスが2脚しかないんですが？　あ、ワタクシは帰っていいということで？

「……トッチョ、なに勝手に座ってんだ。起立しろ」

「え、でも俺は男爵家の……」

「2度言わせる気か？」

ギョロリとした目ですごまれるとトッチョはあわてて立ち上がる。

やーいザマァ！　なんて大人げない俺がニッタニタしていると、

「ソーンマルクス……お前はよほど退学になりたいらしいな」

「そんなことありませんよ！　こんなに勤勉な学生を退学にしたら学園の損失ですからね！」

「勤勉な学生は入学の翌週にクラスメイトへ飛び蹴りを入れたりはしない」

イラつきというより呆れたようにジノブランドは言った。

……ん？　なんかちょっと雰囲気が違うな。

「ふたりとも……問題を起こした生徒を退学にするのは簡単なことだ。わかっているな？」

「「は、はいっ」」

誠に不本意ながら俺と太っちょの声が一致し、俺と太っちょはお互いぎょっとしながら視線を交わし、「フンッ」とそっぽを向くところまで一致した。

「これ以上、俺の手をわずらわせるんじゃない。どっちみち次の統一テストで10％は脱落するんだ。そのあとは7月の対抗戦、秋の統一テスト、これで合計30％は少なくとも辞めるはめになる。お前らがそこにプラスアルファで入るのは構わん」

「は、入りません！」

「…………」

トッチョはそう返事したけど……俺はなんだか違和感を覚えていた。

この先生、「30％は辞める」って言ってるけど、逆に言えば「最低でも30％は辞めることになるが、頑張ればそこでもちこたえられる」ってことになる。

——相馬さぁ、お前ってマジで頭悪いよな？　お前といっしょにいるとバカが伝染るんだよ。授業のノートのコピーやるから頼むから離れててくれよな。

大学のとき、やたら突っかかってきたヤツがいたが、そいつの言葉をふっと思い出した。

「……俺からは以上だ。いいか、教室に残らず解散しろよ」

ジノブランド先生はそう言うと、さっさと取調室を出ていった。

「おいガリ勉。お前のことぜってー許さないからな」

しっかり、先生が離れていったのを確認してからトッチョが言う。

「ん？　ああ……」

「俺の話聞いてんのかよ！」

「あー、ちょっと寄ってくところあるから、それじゃ」

「はあ!?　最初からお前なんかといっしょに帰るつもりねーんだけど!?」

むっきゃーと猿のように怒るトッチョだが、俺はさっさと部屋を出た。

向かったのはこの事務棟の1階で、事務の人にジノブランド先生の個室を聞いた。

（あの先生……もしかしたら）

事務棟の3階——なんだかこの階段を行ったり来たりしている気がする——俺は事務の人に聞いた先生の個室へとやってきた。

「!?　——な、なんでお前が……」

まさか俺が来るとは思わなかった——別の人だと思っていたのか先生は焦った声だった。

「先生、ちょっとお話があって。失礼します」

「あっ！　勝手に入るな！」

ほぉー……ベジー、じゃなかった、前頭葉先生の部屋はだいぶスッキリしていたけど、ジノブランド先生の部屋はまた違うな。なんつうか、めっちゃごちゃごちゃしている。片側の壁は一面専門書っぽいので埋め尽くされていて、反対側の壁は収納だ。サイズもまちまちの棚が置かれていてデザインもまったく統一感がない。

でもって部屋の中央には巨大なテーブルだ。そこには資料やら試料やらが広げられていて混沌としている。

「ソーンマルクス……2度は言わない、出ていけ」

振り返った俺は、青ざめるほどにブチ切れているジノブランド先生の顔に直面した。

やっべえ、ちょっとおっかねえぞ。

いくらレベルを上げても、こういう「なにしでかすかわからない人」ってのは恐ろしい。

「えっと、担任の先生の個室へお邪魔するのはよくあることじゃないんですかね？」

「……………」

「しかしいいですねえ、こんなに広くて、研究もはかどりそうなお部屋があって……」

「……………」

ふおっ、めっちゃにらんでくる。怖！

「わ、わかりました、わかりましたよ先生。じゃあ単刀直入に話します。──先生、誰に命令されて俺たちを辞めさせようとしてるんですか？」

ジノブランド先生は、「!?」って顔で凍りついたように固まったよ。

先生はわかりやすい感じのツンデレだった。

　俺にノートを貸してくれたヤツだって憎まれ口を叩きながらも、俺に赤点を取って欲しくなかったみたいだしな。

　いやまあ、先生ほどの立場がある人が「親切してるわけじゃないんだからねっ」なんていう自分の感情だけで生きているわけではないはずなので、だから「やむにやまれぬ事情」で俺たちに冷たく当たっているんじゃないかと思ったんだ。

「な、なにを言ってる……」

「先生、俺を辞めさせるぞーとか言いながら辞めさせないじゃないですか。ていうかそんな強権あるならさっさと発動しますよね。そうしたら他のヤツらの見せしめにもなるし」

「それは……」

「単に俺たちに興味がないだけかなって最初は思いましたけど、だったら、わざわざ俺とトッチョだけを呼び出して話なんかしませんし。ってことはですよ、先生は俺たちに親切にしたいけどできない……そんな事情があるんだろうなと思ったわけです」

　ありゃ、黙り込んでしまった。どうやら俺の推理はビンゴだったらしい。

「……命令、ではない。俺は進んでお前たちを冷遇している」

「あ、そうなんですか？　それじゃあなにか対価があるとか？　お金とか……あるいは」

　俺はちらりとテーブルを見た。そこにちらばっているなんらかの「研究」。

「ソーンマルクス、それ以上言うな。お前には関係ないことだ」

　お金じゃないんだな。研究のほうか。いったいなにを研究してるんだろ、この人。

俺はテーブルの上にある薬草らしきもの、生き物の一部らしきものを頭の中に叩き込んだ。

「関係ないことはないですよ。俺も先生のクラスの生徒です」

「バカを言え……生徒は教師から一方的に与えられる。その逆はない」

「はっはー。それは先生、視野が狭い」

「なんだと……」

「まあ、でも、話したくないなら聞きませんよ。あ、そうか、さっき扉を急いで開けたのはなにかを待っていたんですね？　この研究に関係しているような」

「聞きませんと言いながら推測をするな！」

呆れたように大声を上げた先生は、ハッとしたように口を閉じた。

「どうしたんですか？　そんなにびくびくして……」

「……お前はここにいないほうがいい。教室から指導室に移ったのは、トッチョのトラブルの相手が『お前』だったからだぞ」

「へ？」

「お前が思っている以上に、お前を辞めさせたい人間は多い。例年黒鋼クラスの武技は金の問題で行われないが、座学の授業を教員たちが拒否したのはお前の責任だ」

「い、いやいや、え？　そんなんで俺、退学の危機なんですか？」

ゆっくりと先生がうなずいた。マジか。なんで俺の知らないところで俺の敵が増殖（ぞうしょく）してるんだ。ていうか座学が行われないのもなんとなく「お金の問題かな」って思ってたのにそっちは俺のせいかよ⁉　むしろ俺が授業しなかったら俺が不義理になってたじゃん！

「あのー、先生の行動って監視されてるんですか」

「監視……まではいかないが、ほとんど把握されているな」

それを監視と言うんですが。

「……貴族よりも平民のほうが優秀だなんて、あってはならないんだよ……。特に今年は『栄光の世代』だなんて言われている。その卒業年に、首席が平民だったりしたら気が触れて自殺する貴族が続出するぞ」

「ははは、先生にしては面白いジョークですね」

「………………」

「え、ガチのマジ話ですか？」

ゆっくりと先生がうなずいた。そのうなずき方、迫力があってイヤなんですが。

「ていうかこの学園って貴族も平民も平等に、って感じじゃないですか。そのくせ露骨に差別してくるってどうかしてません？」

「……そんなことくらいわかっている。だがそれで何百年もやってきているんだ」

やっぱりなー。そういうめんどくさいしがらみが大量にあるわけだ。

「だから先生は、30％の生徒が退学させられるのは受け入れろと、そう言いたいわけですね？」

「わかってるなら話は早い。お前は学園に入学し、堕落したことにしろ。遊んでタバコをふかし、酒を飲め。統一テストで点数を落とせ。そうすればお前の退学は遠のく」

「あのさ先生」

俺、ちょっとまた頭にきてる。リットの言うとおり沸点低すぎんのかな。いやここは怒っていいところだろ。

「アンタ間違ってるよ」

ポカン、と先生は口を開けた。

「先生からしたら俺は勉強ができるから、せめて今年を乗り切ってくれって意味で言ったんだろ？　だけどさ、そうしたら俺の代わりに誰かが退学する。つまりだ、先生の中では『辞めてもいいヤツ』がいるんだ。それは『先生』として間違ってるでしょ？」

「――――」

俺の指摘に、ジノブランド先生は唖然とした。

考えもしなかったんだろうか。自分の決定が、誰かの人生を――13歳の人生をめちゃくちゃにするということに。

「13歳だぜ？　人間もできてない、まだまだ発展途上の子どもたちだよ。それなのに大人が勝手に可能性を決めるなよ。少なくとも先生は、俺たちに害意はないんだろ？　だったらなおさら俺たちの可能性を決めつけないでくれよ」

「し、しかし……というかお前はほんとうに13歳なのか？」

あっ、やっべぇ。

「それはまあ、いいでしょ、うん。――あのさ先生、俺、考えてるんですよ。黒鋼クラスで統

――テスト、いい点を出してやろうって」

「不可能だ」

「そいつはやってみなきゃわからない。チャレンジしてみる価値はある」

「ソーンマルクス、つまりお前は本気で点を取るというんだな。だがリスクが大きすぎる。お前が点数を上げたところで60人、６０００点の中の１００点に過ぎない。それでは平均点は上がらない」

「全員だよ。全員。全員の点数を上げる」

「……無理だ」

「やってみなきゃわからない」

「無理だ！」

「それでも俺は、チャレンジします。その結果俺が退学になっても文句は言いませんよ」

俺は先生の横をすり抜け、ドアの前に立った。

「先生。あなたが俺たちの味方だってわかっただけでもうけものです。俺、この学校の勝手がわからないことが多すぎるんで、またいろいろ教えてください」

ガチャリとドアを開けた俺の背中に、ジノブランド先生は言った。

「ソーンマルクス……本気で平均点を上げるなら、テストまでに誰ひとり辞めさせるな。退学者やテストを受けなかった者がいた場合、その者の点数はゼロでカウントされる」

「ご忠告、どうも」

俺は先生の部屋を後にした。

先生が「解散しろ」と言っていたので誰もいないだろうなと思いながら教室に戻ったのだけれど、意外なことに半分程度のクラスメイトたちが残っていた。

なんというか……ぴりぴりした空気が漂ってる。なんだなんだ、どうした？

15対15くらいで真っ二つに分かれてる。

片方は……女子がほとんどだな。オリザちゃんが先頭で、他の女子は後ろって感じ。あとマルバツシカクの3人は部屋の隅にいる。

で、反対は太っちょである。あいつ俺より先に戻ってきて早速騒ぎを起こすとか頭の中どうなってんだ？

「おーい、なにやってんの？」

「ソーマ！」

どちらにも属さないでいたリットがホッとしたように声を上げた。スヴェンを探したが教室にはいない。剣の修業ですねわかります。

「ガリ勉……お前、ルチカだけじゃなく女子全員に手を出そうっていうのかよ！」

なんか憎々しさ5割増しくらいの顔で太っちょが俺をにらんでくる。

手を出すってどういうこと？　俺のストライクゾーンは少なくとも18歳以上なんですが？

「太っちょがなに言ってんのかわからないんだが」

「だから！　こいつら全員がお前の授業を受けるとか言ってんのは、お前がなにか卑怯なことをやったからってことだろ！」

え。俺氏、女子のほうを見やりつつ固まる。

「こいつら全員がお前の授業を受ける」――って、え？　どういうこと？

「……ちょっと時間は掛かったけど、説得はできた」

すると人差し指で頬をかきながらオリザちゃんが言った。

マジで⁉　オリザちゃんが女子全員を説得したの⁉　俺の授業を受けるようにって⁉

きゃあああ男前過ぎる！　俺が女なら惚れてるね！

「か、勘違いしてんじゃねーぞ⁉　お前はアタシの子分だからな！　子分にみじめな思いをさせないのがアタシの役割だろうがっ」

「うんうん！　俺オリザちゃんの子分でいいわ！　足舐めようか？」

「死ね！　少なくとも2度死ね！」

オリザちゃんが顔を真っ赤にして言い返してくる。可愛い。

「フザけんな！　俺は認めねえからな！」

「はは――ん、太っちょ。お前、オリザちゃんが好きなんだな？　別に俺は女子に手を出したりしない。そうしたらお前はどの子にアタックしてもいいってわけだ」

「バッ、バカじゃねーの⁉　ちげーし！　大体、平民が上から目線で語ってんじゃねえよ！　あの教師もお前もムカつくぜ！」

ジノブランド先生のこと？　あれ、ジノブランド先生って貴族じゃないのかな。

「でも太っちょ、お前これ以上問題起こしたら退学だぞ？」

「うるっせえ！　これなら『問題』にならねえよ！」

するとと太っちょは、腰に吊っていた模擬剣を引き抜き、切っ先を床に刺した——正確には刺そうとしてカツンと弾かれた。

「トッチョ＝シールディア＝ラングブルクの名をかけて、ソーンマルクス＝レック、お前に決闘を申し込む」

トッチョたちが去っていった教室で、残っているのはリットとオリザちゃんだけだ。

「いい加減にしなよソーマ!?　意地張ってるのかもしれないけどさ、決闘ってのは事故で命を落とすこともあるんだよ!?」

こんなふうになっては授業どころではないので、ルチカは他の女子たちに保護されながら寮に戻ったようだ——あんなのと兄妹なのかと思うとルチカはかわいそうだなあ……。しかも年子か双子ってことだよな。

「ソーマ聞いてんの!?」

「あ、悪い悪い。いや大丈夫だよ。負けるわけないし、ケガだってしない」

「レベル12のくせに、なに威張ってんだよ!!　もう勝手にしたら！」

とリットは教室を出ていってしまった。

ありゃりゃ。……でも「ほんとうは累計レベル1000オーバーなんだ」って言っても絶対信じてくれないもんなあ。

「……ソーマ、お前なあ、リットがあんなに心配してくれてるのにその態度はなんだよ？」

オリザと書いて男前と読ませるオリザちゃんがため息交じりに言う。

「いやあ……でも大丈夫だよほんとに」

「ふーん。お前、アタシの蹴り(け)を止めたもんな。アレどうやった？　守護の護符(アミュレット)かなにかか？」

なにその便利っぽいアイテム名。

「俺がそんなの持ってるように見える？」

「授業を再開させるくらいの金は持ってんだろ」

「なるほどそうきたか。とりあえずそんな感じの理解でいいよ。そのうちみんなもわかってくれるだろうし」

この世界、というより騎士の世界で累計レベルってのは大事なんだよな。それだけに俺がいくら声高に1000オーバーだ！　って言い張っても誰も信じてくれないだろう自信がある。

「それよりオリザちゃん、決闘のルールとか教えてくれない？」

「お前なぁ、それも知らずに受けたのかよ」

深いため息を吐くオリザちゃんだが、それでもちゃんと教えてくれるところが可愛い。

決闘は1対1で戦う貴族の文化であるという。俺は平民なんですけどねぇ？　と思ったが、この学園にいる時点で騎士の予備軍なので対象内なんだって。平民扱いしたり貴族扱いしたり忙しいことである。

　相手が参ったと言うまでは勝負は続行……「1対1」以外にルールはない、バーリトゥードかな？　と言いたくなる至極わかりやすいルールだった。

「喉をつぶして『参った』を言えないようにしてやりすぎることもあるんだよ。そこまでラングブルクが考えているかはわからないけどな？　そういう可能性もある」

「十分だわ。ありがと、オリザちゃん」

「こんなん、たいしたことじゃねーよ」

「あと女子たちを説得してくれてありがとう」

　俺はこちらは本気でオリザちゃんに感謝していた。深々と腰を折って礼をすると、オリザちゃんがあわてた声で、

「ちょっ、なに、どうしたんだよ!?　急にそんな」

「オリザちゃん。俺はこのクラスの全員が2年生になれるようがんばるよ。トッチョだって例外なくね」

「お前……マジなんだな」

「ああ」

　身体を起こして彼女を正面から見つめると、彼女も真剣なまなざしを返してきた。

「だったらアタシの目標と半分は合致してるってわけだな」

「半分？」

「アタシは、女子全員を脱落させないってのが目標だから」

「そうなの？」

「ああ。ウチは貴族にしちゃ珍しい正妻ひとりから生まれた大人数の兄妹でさ。全員仲良しなんだ。だからこのクラスのみんなとも――」

と、そこまで言いかけて、

「ってなに言わせせんだよ！　バカ！」

俺の肩を思いっきりどついてきた。

あらあらぁ、オリザちゃんはそんなふうに可愛らしい考えを持っていたんですねえ。

「お前！　なにニヤニヤしてんだよ！　死ね！　少なくとも2度死ね！」

「オリザちゃん……ほんとは仲良くしたい相手に、死ねとか言ったらダメだよ？」

「お前ぇぇぇぇぇぇ！」

真っ赤になってブチ切れたオリザちゃんが旋回蹴り（スピンキック）を放ってきた。かわすのは余裕だったけど。

今日のオリザちゃんのパンツはピンクのレースでした。

決闘は翌日に、ということだったので朝のホームルームが終わると武技の前頭葉先生に話を通し、俺とトッチョは決闘場に向かうことになった――クラスの全員を引き連れて。

女子たちやトッチョの取り巻きたちはこの決闘がどうなるかを当然見届けたかったようだし、

残りの生徒たちも興味本位で見にいくことにしたようだ。

「しかし、勇気があるな、ソーンマルクスは。ラングブルク家は槍の名家。この年でも相当の鍛錬を積んでいるはずだが」

「あ、先生。そうなんですね」

「……それを知らずに受けたのか？　決闘を？」

うなずくと、前頭葉先生はだいぶ顔をしかめておられた。

槍の名家ねえ……槍持ちの相手とは戦ったことがないからどんなもんかわからない。でもさすがに槍で200を越えている——つまりエクストラボーナスを持っていることはないだろう。200越えてたら蒼竜(ブルー)クラスだしな。

いや、しかしなにか、秘伝の技法とかがあるのかもしれない。戦闘民族サ〇ヤ人っぽい前頭葉先生がこれほど深刻そうな顔をするのだ。気を引き締めて掛からねばなるまいて。

ちらりと背後を見やる。そういう情報に詳しそうなリットくんは俺の視線に気がついて、そっと目をそらした。あーあ……だいぶ怒らせたかな。昨日も寮の部屋に戻ったらカーテンに「面会謝絶」って書いた紙をぶら下げてたもんよ。だから病院かっつうの。

決闘場は高い壁で囲まれていた。

「むう？　すでに使っているようだな」

と、前頭葉先生が言った。確かに決闘場からなんか声が聞こえてくる。

しばらくすると中からぞろぞろと生徒たちが出てきた——白いブレザーを着た白騎クラスが

まず出てくるが、彼らの表情は晴れ晴れとしている。頬を紅潮させて興奮気味に隣の生徒に話しかけているのもいた。

もう一方は青の詰め襟(えり)——学ランみたいな制服を着ている蒼竜クラスだ。だけどこっちはしょんぼりしている。

「これはトーガン先生」

前頭葉先生が挨拶(あいさつ)したのは学年主任のトーガン先生だ。白騎クラスの担任も務めているらしい。トーガン先生もこちらに気がつくと驚いたような顔をしたが、前頭葉先生に、

「ま、例年のことですよ」

「ははあ。そうですか」

「では、白騎の授業がありますので」

と言って去っていく。

「ソーマくん」

すると俺の天使、じゃなかった、白騎のトップであるキールくんが白のブレザーに囲まれながらやってくる。

「やあ、おはよう。決闘でもあったの?」

と俺が気軽に声を掛けると、ちょっと困ったふうに、

「ええ、まあ……」

ん?　なにか厄介(やっかい)ごとか?　おのれ、俺のキールくんにこんな顔をさせるヤツは許さんぞ!

「それより勉強会ですが今週どこかでいかがでしょうか？　食事の準備もご期待ください」

「もちろんいつでも大丈夫ですぅ！　予定があっても全部スキップしますぅ！」

ステーキ！　ステーキ！　ステーキ！

小さな疑問など俺の頭から吹っ飛んで、あとはステーキ一色に染め上げられてしまった。

「ソーンマルクス、早く行くぞ」

「あ、先生すんません。それじゃキールくん、連絡待ってるよ！」

俺が気さくに手を挙げるとくすりと笑いながらキールくんも手を挙げて答えてくれたのだが、周囲の白ブレザーたちがとてつもない目でこっちを見てきたよ。絶対零度っていうの？　アイツらマジ、目線で人を殺したことがあるね。

「ほーう、ここが決闘場……っていうかなんもないな」

高い壁で囲まれている以外に凝ったところがないのが決闘場だった。広さは訓練場の半分くらいだが、1対1で戦うには十分過ぎる広さだ。

四角く切り取られた空が青く広がっている。

先ほどまで決闘が行われていたのだろう——白騎と蒼竜の決闘だろうね。地面には争った跡みたいなのが残っている。

「見学者は壁沿いに並ぶこと。壁に身体の一部を必ずつけてそこから離れるなよ。離れた時点で決闘は無効になるぞ」

立ち会い人もやってくれるらしい前頭葉先生が言うと、トッチョが口を挟んだ。

「わざと壁から離れて決闘を無効にしようだなんて思ってないだろうな？　そんなことをしたら、勝負は無効でもテメェは負けだ」

「ん？　ああ、そういう方法もあるんだ。思いつきもしなかったわ」

「……テ、テメェ、そんな減らず口を叩けるのは今だけだからな!!　ラングブルク流、槍術秘伝の一端をここで見せてやる!!」

取り巻きのひとりが持ってきた槍を受け取ると、ドンッ、と根っこの部分——石突きで地面を突いた。

見学の男子たちからは「オオッ」とどよめきがひろがり、女子たちからは「怖い……」と引かれている。

「両者離れて！」

前頭葉先生の言葉に従って、俺とトッチョは5メートルほどの距離を置いて向かい合う。

「ん……ソーンマルクスの武器はなんだ？　それに鎧は？」

「ああ、素手と制服で大丈夫です」

「はあ!?」

前頭葉先生が素っ頓狂な声を上げた。

びっくりするのもわかる。トッチョの槍は模擬戦で使うような刃をつぶしたものではあるんだけど、それでも金属製だ。身体の各部位を守る革製のプロテクターも身につけている。

模擬戦でも余裕で骨が折れたりするから、当然といえるだろう。

「だがな、ソーンマルクス……」

「先生、これは決闘。『なんでもあり』なんでしょう？」

「…………」

　俺がそこまで言うと、先生はなにも言えなくなった。トッチョはますます興奮して顔を赤黒くしている。だ、大丈夫か？　始まる前に卒倒したりしない？

「で、では……ただいまより我がクラッテンベルク王国の伝統に則り、トッチョ＝シールディア＝ラングブルクとソーンマルクス＝レックの決闘を始める。このふたりは見習いではあるが騎士と扱うものとする。見届け人よ！」

　前頭葉先生がバッと右手を挙げた。

　すると20人ほどの生徒が一斉に声を上げた。

「才に敬意を！」

　ドンドンと足を踏みならし、

「胸に誇りを！」

　とんとんと胸を叩き、

「剣に忠誠を！」

　腰に吊った模擬剣を叩き、ジャッジャッという音が響き渡る。

　え、えー!?　なにそれ、俺知らないんだけどそんなの。

　なにオリザちゃんもリットもスヴェンでもが「当然」みたいな顔してんだよ!?　よく見て

くれよ、半分以上の生徒（平民）があっけにとられてるんだぞ！　俺もだよ！

「では、始めッ!!」

突如として始まった「騎士学園三拍子」にぼけっとしてしまった俺とは対照的に、トッチョはこれがあることを知っていたのだろう、まったく動じた様子もなくこちらに走ってくる。

「うおおおおおッ!!」

やっべぇぞ……こいつの家は槍の名家。おそらく俺の知らないなんらかの槍術を発動してくるはずだ！

そしてほぼ間違いなくレベル１００で手に入るエクストラスキルも持っているだろう。

槍のエクストラスキルがなんなのか、俺は知らない。ここが初見ということになる。

受けるのは不可能だ。ならばかわすしかない。

だけど今この心理状態でいけるのか——。

「せえええいっ！」

間合いに入ってトッチョの突きが放たれる。

おいおい、いくら俺の精神状態が万全でないからってこんな見え見えのフェイントに引っかかるかよ！　腰も入っていないハエが止まるような突きだぞ。

つまり——かわした俺へ向けての２撃目が用意されているってわけだな。

「生命の躍動（ライトインパクト）」

即座に発動し、身体能力を一時的に上げる。俺は真横にジャンプしてかわすとくるりと地面に転がって立ち上がる。

「ふぅ……」

危ない危ない。あの槍術の底が知れないな……思わず大きく回避してしまったぜ。

だけど追撃が飛んでこなかったな？　これが地元のレプラ相手だと「隙だらけじゃねーかヒャッハーッ！」って感じで飛びかかってくるんだが。レプラはいつだって世紀末。

やべっ、レプラのことなんて考えてる場合じゃなかった！　次はどうくる、どう対処する……って、あれ？

「──────」

呆然としてトッチョがこっちを見てる。

「──な、なんだ今の身のこなしは」

「──あれがレベル12の動きかよ!?　うちの剣術道場の師範代より速かったぞ！」

「──瞬きしてたらガリ勉が消えたように見えたんだけど」

「──お前あの、トッチョさんの突きかわせるか？　俺にはぜってー無理」

そんな声が聞こえてくるんだが……どういうことだ？

混乱するな、俺。今はとにかく戦わないと。

向こうがフェイントを使ってくるなら本気の一撃が来る前に先手を打ってやる。

「チッ、今のはまぐれだ、まぐれ！　うおおおおッ！」

トッチョが再度こちらに走ってきて、腰の入っていない突きを繰り出してくる。

そのフェイントはさっき見たぜ！

「衝撃吸収（ショックアブソーバー）」

トッチョがフェイントで揺さぶってくるのなら、正面からフェイントをつぶしてやる。

俺は槍による突きを紙一重（かみひとえ）のところでかわすと横から柄をつかんでやった。「衝撃吸収」を使ったのは確実に槍をつかむためだ。

「へ？」

トッチョがそんな気の抜けたような声を上げたが、俺はできうる限りの全速力で再度、「生命の躍動（ライトインパクト）」を発動し、

「おおおおおおおおおおおッッッ!!!」

槍を両手でつかむや底上げした身体能力でトッチョの身体を持ち上げ、

「わ、わあああああ――!?」

そのまま彼の身体をぶん投げた。

トッチョの取り巻きがいるところに、13歳にしては肥満（ひまん）気味の身体が飛んでいく。受け止め損ね（そこね）た彼らを薙（な）ぎ倒しながらトッチョは墜落（ついらく）した。

「ふー……」

エクストラスキルの2連発はさすがに心拍数が上がるが、これもすぐに収まるだろう。

「さあ、さっさと立ち上がれよトッチョ。まさかこれで終わりなんてことあるわけがないとわかっているぞ。お前の槍術の奥の手を見せてみろ……！」

トッチョが手放した槍は俺の手元にあったが、名の知れた槍術であるならば無手での戦い方も指南されているはずだ。

武器を取った俺のほうが油断して、逆に危ないということもある。

「さあ、いつまで気絶したフリをしている？　かかってこいよ！」

俺は油断せずに槍を足下に置く。使い慣れない武器なんて持たないに越したことはないからな。

「……ソ、ソーンマルクス」

前頭葉先生が、言った。

「トッチョはほんとうに気絶していると、思うぞ……」

「――へ？」

トッチョのそばにいた取り巻きが、彼の身体を調べ、それから立ち上がると両手でバッテンを見せた。

「勝者、ソーンマルクス＝レック！」

前頭葉先生の声とともに、おずおずと、しかしすぐに大きな歓声が沸き上がった。

え、えええぇぇ……？

なんか不意打ちで勝ったような気がして気持ち悪いんだけど……。

第三章　いよいよ始まる統一テスト

「今日は算術の授業をする。算術に対して苦手意識を持ってるヤツはどれくらいいる？」

俺がそう質問すると、20人くらいの手が挙がった。

トッチョとの決闘から1日が経ち、今日は座学の日である。

教室には30人の生徒がいる。俺がトッチョに勝ったことはかなり衝撃的だったようで（スヴェンだけは「師匠なら当然でしょう？」と言っていたけど）、リットにスヴェン、女子の10人ちょいに、マルバツシカク、そして平民の生徒たちが俺の授業に参加してくれている。

トッチョはあれ以来寮の自室に籠もりきりで、残りの生徒は俺のことを苦々しげに見ながらも特に邪魔をするでもなく放っておいてくれている。

「じゃあ、得意なヤツも苦手なヤツも、どれくらいの算術レベルかを確認したいから俺が今から黒板に書く内容を解いていってみてくれよ」

そうして俺は算術の授業を続けていく――。


「つ、疲れた……」

1日ぶっ続けで授業をするってめちゃくちゃ疲れるな。声もちょっとガラガラになるし。だけどみんな一所懸命、俺の話を聞いてくれて問題を解いていた。そうなるとこっちにも熱が入るというものだ。

ま、まあ、出来はめちゃくちゃバラバラで、できないヤツはとことんできないのがヤバかったけどな……半分くらいかけ算ができないんだもんよ……これ統一テストまでにものになるのか怪しいぞ……。

この日の授業が終わって教壇(きょうだん)で疲労困憊(こんぱい)になっていた俺のところへスヴェンとリットが近づいてきた。

「師匠、剣の修業を！」

あ、はい、そうですよね。んでリットは——。

「あ、あのさ……ボク」

「こちらにソーンマルクス＝レック様はいらっしゃいませんか」

突然、教室に入ってきたのは見知った男の人だった。俺に教科書を運んでくれたキールくんの小間使いさんである。

「ああ、あなた様がレック様ですね。もしレック様のご都合がよろしければ本日、勉強会はいかがかとキルトフリューグ様が仰(おお)せです」

「今日ですか？　急ですね」

「いかがでございましょう。是非(ぜひ)ともお越しいただきたいと考えております」

小間使いさんはぐいぐいくる。どうもキールくんの望みを叶えてあげたいらしい。

俺はなにかを言いかけたリットを見るが、

「……ボクの話は夜でいいよ」

すでにこちらに背を向けていたリットはそそくさと離れていく。

「なんだアイツ……？」

「師匠、修業の予定がありますよね！」

「あ、勉強会ですね。大丈夫です、行きますよ」

「師匠――!?」

声は悲痛だが顔は無表情という器用なことをやっているスヴェンに、

「ひとりでのトレーニングはもうできるだろ？　進捗は明日の朝確認してやるから……進んでなかったら承知しないぞ」

「ハ、ハイッ！　がんばります！」

承知しない、と言っているのに喜色満面となったスヴェンはスキップでもしそうな勢いで教室を出ていった。スヴェンも大概、頭のネジがぶっ飛んでる。

「それで、どちらに行けばいいでしょうか？」

「白騎クラスの寮に併設されているティールームがございますので、ご案内いたします」

俺は小間使いさんに先導されて白騎の寮へと向かった。

そう言えば他のクラスの寮に行くのって初めてだけど、フィレステーキが俺を待っているので行く以外の選択肢はないのである。

「急なお呼びだてで申し訳ありませんでした」

　通されたのは俺の寮の部屋より3倍は広いだろうティールームだった。バルコニーはガラス張りになっていて降り注ぐ陽射しのために室内は非常に明るい。

　調度品にはさりげなく金箔が貼られてあってなんだかキンキラキンである。

　用意されているテーブルはたったひとつ。

　つまるところ……キールくんと俺が利用するためだけに使われるのだろう。

　俺を出迎えてくれたキールくんはいつもと同じ天使の笑顔である。笑顔で、あるのだが！

「あ、あのー……これってお茶会？　俺、お茶会の作法とか全然わからないんだけど」

　フィレステーキしか考えていなかった俺氏、いきなりのゴージャス空間にテンパる。

「お茶会には確かに作法がありますけれど、今日は私的な勉強会ですのでお気になさらず。都合のいい場所が他に思いつかなくて……人目につかない場所ってあまりないんですよね」

「作法を気にしなくていいなら」

　ふー、と息を吐いた俺をくすくすと笑って見ているキールくん。ずいぶんな年下に気遣われるって情けない……この世界ではタメではあるけど。

「それにしてもすごいですね、ソーマくん。もう3冊読み終わったんですか」

「うん。あー、いや、正確には写し終えたんだ。残りにもうちょい待って」

「え⁉　筆写なさったんですか！　だったらなおさらすごいですよ！」

「でも俺ひとりで写してるんじゃないんだ。同室のリットってヤツにも頼んでね」

「リット……」

おや、キールくんはリットのことが気になる様子。ここは同室のよしみでリットのことを教えてあげようかなあ。ぐふふふふ。ヤツも巻き込んでやろうか。

「——失礼します」

とそこへお茶が運ばれてきた。小間使いさんの前で堂々とキールくんにタメ口ってのもはばかられる。小間使いさん、キールくんのこと崇拝(すうはい)しているみたいだし。ほら、ちらりとキールくんを見ながらほぅってため息ついて出ていったわ。

「教科は——算術ではいかがでしょうか？」

「今日の黒鋼(ブラック)クラスは算術だったんだ。できれば他の教科のほうが気が紛(まぎ)れていいかな」

「そう、ですか……せっかくなのでソーマくんの類希(たぐいまれ)なる算術の知識に触れたかったのですが、仕方ありませんね」

「持ち上げすぎだって。また次の機会にすればいいじゃないか」

「はい、是非。では神話(フィレステーキ)にしましょう」

よし、次回の勉強会の予定ができたぞ！

「私たちの勉強会ではまず、口頭で一問一答を交互にやりつつどちらがより進んでいるかを確認します。次に、進んでいるほうが相手をリードする形で質問を投げかけていきます」

「ふーん……問題集とかはないんだな」

そりゃそうか。印刷技術があまり進んでなくて教科書すらまともに流通してないもんな。

「問題集、ですか？」

「ああ、いや、気にしないで大丈夫」

よくよく考えてみると入学試験だってそうだ。問題が配られて解答する、のではなくて、ペラペラの紙だけ配られて問題は口頭で読み上げられるんだ。

キールくんの言っている勉強会とはつまり、テストの予行練習みたいなものだ。

授業で書いたノートを持ち寄って問題を出し合う。勘違いがあればそこで正していく。

「では私から……」

キールくんが質問し、俺が答える。次に俺が質問し、キールくんが答える。

簡単な神話の神の名前から始まり、神が行ったといわれる内容の質問になり、しまいにはその神の行動に関する解釈の話になっていった。

「――エルセルエート様がスキルレベルを設定なさったのは、この世界で生きる人類への指標を作ってくださったことに等しいといえます。つまりスキルレベルを上げることは神に対して敬虔であるのと同義です」

「そうかな？　俺はエルセルエートという神が存在しているかどうかはわからないと思うぜ？スキルレベルは確実に存在しているけど、それは、『物から手を離せば下に落ちる』のと同じ、この世界の物理法則でしかない」

「それは大変面白い意見だと思いますが、残念ながらエルセルエート様の存在証明に関しては疑うこと自体が信仰に反するために禁じられておりますし――」

こんなふうに、一問一答はどこにいったという感じだが。

やっぱりこの世界の科学はあまり進んでおらず、俺の考えはだいぶ合理的に過ぎた。

「……やはり、ソーマくんの知性は抜きんでていますね」

1時間ほど話をしたところでキールくんがそんなことを言った。俺も休憩とばかりにお茶を飲むと、1日中授業をしてさらにここでも議論をして、と渇ききっていた喉が潤う。

「や、たぶん俺の考えは異端過ぎるんだと思うよ……」

キールくんにいろいろ聞いておいてよかったと正直思うことがあったよ。

この世界はかなりしっかりと「信仰」が存在しているから、それらを科学的な考えで打ち砕こうとすると、とんでもないしっぺ返しに遭うみたいだ。

余計なことは言うまい。

俺の目的は安定高収入、そして健康第一。

「ていうかキールくんのほうが相当にすごいよ。俺の話してることについてこられる13歳とか正直想像できなかったもん」

「あはは。ソーマくんは面白いですよね。時々、すごく年上みたいな発言をします」

おうふ。中身はそうなんだよ。

「……ソーマくん、実は今日突然お呼びしたのにはわけがあるんです」

「ん？　そう言えば急だったね」

「決闘をしたと聞きました」

ああ、昨日のことか。決闘場ですれ違ったもんな。

「したよ。ラングブルクっていう男爵家の子と」

「お願いですからそういう危ない真似は止めてください。ウワサになっていますよ、その……累計レベル12のソーマくんが決闘を行い、手も足も出ないままに投げられて気絶したと」

「ああ、もうウワサに――」

って、え？

なになに、俺が負けたことになってんの？

「ソーマくんの類希なる知性はほんとうに重要なものです。私の家庭教師よりも優れた知見を聞ける瞬間が、今日この短い時間だけでもありました。絶対に、あなたには学園に残って欲しいです。騎士としてともに歩んでいきたいのです」

「キールくん……」

買いかぶりすぎな。うれしいけども。うれしいけども！

でも冷静に考えれば、そうか。なんかクラスメイトも言ってたもんな、「あの槍はかわせない」みたいなこと。

つまりトッチョは黒鋼クラスの中でも「手練れ」だと考えられていて、しかも男爵家だから他のクラスでも知ってるヤツがいる。

対して俺は「勉強しかできないレベル12」。そりゃどう考えても俺が負けたと考えるよな。

「あのさ、実は逆で――」

「私も決闘をしました」

突然の言葉に俺はぎくりとする。

キールくんが、決闘？

下手したら死ぬかもしれないっていう決闘をしたのか？

「ま、まさか、ウチのクラスの前にやっていた決闘って……」

こくりとキールくんがうなずく。左の長袖をまくると、そこには巻かれた包帯があった。

俺の喉がカラカラになる。キールくんがそんな危険なことをしていたなんて。

「……白騎クラスのエースに、蒼竜クラスのエースが決闘を挑むのは毎年恒例のようです。だからこそ負けたクラスはしばらくの間、自信を失います。幸い私は勝てましたが……」

「そ、そのケガは大丈夫なのか？　他にどこか痛むところとか」

「大丈夫ですよ。ちゃんと勝ちましたし……それよりソーマくんですよ！」

「あ、俺も――」

勝った、と言う前に小間使いさんが入ってきた。

彼女が押しているカートには皿が載っており、銀のクロッシュが中身を隠している。

こ、これは……肉！　肉汁の滴るニオイがするぞぉ！

「お待たせしました。夕食には少々早いので少量のローストビーフをご用意いたしました」

ロォォォストビィィィィフ!!!

感極まった俺はすべてを忘れて小間使いさんを凝視していた。

「ソーマくんこそ身体(からだ)の具合は……って、もう私のことが目に入っていませんね」

「え、あ、う？」

「いえいえ、お元気なところを確認できてホッとしました」

俺は自分が決闘に勝ったかどうかという些細(ささい)な過ちを訂正(ていせい)することなどどうでもよくなり、お皿に載ったルビーのごとき肉片を見ていた。

もちろん、大変美味(おい)しかったです。


「それでは、私は馬車で家へと戻りますね」

勉強会が終わるとキールくんはいっしょに外へとやってきた。夕焼け空の下、待っていた馬車はぴっかぴかに磨(みが)かれていた。

俺が王都に来るまでに乗った乗合馬車なんかとは比べるのもおこがましいほどだ。

「今日はごちそうさま！」

「ふふ、私もとても楽しかったです。……その、ソーマくん、実はもうひとつお話ししたいことがあったんです。本決まりになってからお伝えするべきなのですが、ソーマくんが決闘をしたと聞いて、あのような危ないことは避けて欲しいと思いまして」

「ああ、別に危なくなかったよ？」

「――ソーマくんが、クラスを移れるように手配しています」

ぽかん、と口を開けてしまったよ俺。

今、なんて？

「父にソーマくんの話をしたところ大いに興味を持ってくださいました。特例中の特例ではありますが、ソーマくんにはどこかの貴族家の養子となってもらい、その上で白騎クラス。あるいは最悪でも碧盾（エメラルド）クラスに移動……統一テストの結果でソーマくんは間違いなく退学になるでしょうし」

「ちょちょちょっと待った待った待った！」

俺、大慌てでキールくんを止める。

なに、俺が白騎クラス？　そんな裏技あるの？　すげぇなキールくんのパパ……じゃなかった。公爵家権力（パワー）に恐れおののいている場合じゃなかった！

「俺、黒鋼クラスでがんばるって決めたんだよ」

「……え？」

今度はキールくんがぽかんとした。

「みんなでがんばって、次の統一テスト、黒鋼クラスは上位に食い込む予定だから。退学になんてならないから大丈夫！」

「でも……」

「それにさ、キールくん。キールくんが忘れちゃ駄目だよ」

俺は苦笑した。

この子は優しい。優しすぎる。だからこそ、たぶん、彼には本来似つかわしくない——裏技を使おうとしてる。

「俺たち6つのクラスは、６つの騎士団は、すべてが重要ですべてが必要なんだ。キールくんがそのうちのひとつをダメにするようなこと言ったらダメだよ」

俺をどうにかしようとしてくれて、そのせいで彼は、彼が大好きな従兄弟(いとこ)の言葉に逆らうような真似をしてしまったんだ。

キールくんは狼狽(ろうばい)して、今にも泣きそうな顔をした。

「あ……。わ、私は、その……ああ、どうしましょう。私はなんという」

「間違いが起きたわけじゃない。間違えそうになったけど間違わずに済んだんだ」

俺は手を差し出して彼の頰に添える。

「だからうろたえるな。誇り高い白騎クラスを引っ張っていくんだろ？」

「は、はい」

「俺はキールくんの最大のライバルになるぞ。覚悟はできているか？」

「……はい。はい！」

よかった。キールくんの目に光が戻っている。

今まで失敗せずに生きてきた子は、ちょっとした挫折(ざせつ)で大いにくじけたりするもんな。

キールくんは馬車に乗って去っていく——その馬車に俺はしばらく手を振った。

＊　キルトフリューグ＝ソーディア＝ラーゲンベルク　＊

キールが自宅である公爵家別邸に着いたのはソーマと別れてから15分後のことだ。

本来の公爵邸は王都の中心地にあるために馬車で1時間ほど掛かるのだが、通学にそれだけの時間を掛けるのは利益がないとのことで「通学用の屋敷」がキールには与えられている。

「お帰りなさいませ、キルトフリューグ様」

馬車から降りるキールの手を、小間使いが取って手伝う。彼女は当然のように先回りして屋敷に戻っており、キールの帰りを待っていたのだ。

その、若き主の横顔をちらりと見て小間使いは、

「……うれしそうでいらっしゃいますね」

「はい。レック様との勉強会がうまくいきましたか」

「わかりますか？」

「ええ……とても」

ふたり、邸宅に入っていく。

「ソーマくんはすばらしい方です。いずれこの王国の歴史に名前を残すと思います」

「それほど……ですか？」

「でも不思議なんです。ソーマくんと話していると、お兄様よりずっと年上の……それこそお

父様とお話をしているような気持ちにさえなってしまいます」

「キルトフリューグ様はお父様が大好きでいらっしゃいますね」

「お母様が亡くなられてもずっと、お父様は私に変わらぬ愛情を注いでくださいましたから」

キールの母は早くにこの世を去っており、父はことのほかキールのことを可愛がっていた。

だからこそ、精神年齢的に高い――30を越えたばかりの父に近い精神を持つソーマに惹かれたのかもしれない。

「しばらく書き物をします。お兄様とお父様に手紙を出すので後で届けてください」

「かしこまりました」

キールは自分の部屋に戻ると、ふう、と息を吐いた。

そっと頬に手を触れるとソーマが自分を包み込むように触れていた感覚がよみがえる。

「ソーマくん、私の最大のライバル……。ですが――負けません」

その幼い瞳には固い決心が宿っていた。

＊　ソーンマルクス＝レック　＊

寮に戻った俺はあまりに満腹で、横になると、1日の授業疲れもあったことからすぐに寝入ってしまった。なんか忘れてる気はしていたんだけど、疲労と満腹がダブルで襲いかかってくるとさすがの俺も抵抗できない。

ちょっとだけ、ちょっとだけ横になるだけだから……って思いながら寝っ転がるのほんとうに気持ちいいよな。なお「ちょっとだけ」で済んだことはいまだかつて存在しない模様。

「くぁ……」

目が覚めたとき、窓の外は真っ暗だった。あ、寝過ごしたわ、と思った俺だったけど室内がぼんやり明るいことに気がつく。リットの机の魔道具が光を放っていたのだ。

「……ソーマ、起きたの？」

「リットこそ。ていうか今何時だ？」

すぅすぅというスヴェンの規則正しい寝息が聞こえてきているが、スヴェンは夕飯を食べて風呂に入るとすぐさま寝る男なので今が何時かはよくわからない。時計は1階のロビーにひとつあるきりである。

「さあ。もうだいぶ遅いと思うけど」

「そっち行っていいか？」

「いいよ。ていうかいつもは気にせず入ってくるじゃないか」

「いやいや、俺だってリットが下半身裸だったらマズイということくらいはわかっている」

「そんなわけないだろ!?　……って大声出しちゃったじゃないかっ」

俺はイスを持っていき、リットのところのカーテンを引いた。

リットはこの時間でも筆写を続けていたらしい。

「お前……がんばるなあ」

そんなにお金が必要なんだろうか？　聞いたことなかったけどリットのところの実家はなにやってるんだろうな。

リットは浮かない顔で、

「……これくらいは、やるさ」

「あー、そういやなんか俺に話したいことあったんだっけ」

するとなんだか言いにくそうに下を見つめ、手を組んだり離したりしている。

「あの、ソーマ……ごめんなさい。ボクは君に謝らないといけない」

「ん？　なんかしたの？　あっ、教科書汚したとか？」

「違うよ。あのさ……ボクは君が確実にトッチョに負けると思ったし、負けることでバカみたいな幻想から目覚めてくれるんじゃないかって思っていたんだ」

「バカみたいな幻想？」

「黒鋼クラスの生徒たち全員を、レベルアップさせるってことさ。座学も、武技も」

「ああ……しょうがないんじゃね、それは」

俺の累計レベルが１０００オーバーだって知らなければ当然決闘で負けるってなるでしょ。

「しょうがなくなんかない！　いちばん良くないのは、君がケガをすることも含めて『いい薬だ』なんて思ってしまったことなんだ……ボクは自己嫌悪したよ。同室の友人がケガをしてもいいだなんてこと考えたら、それは人間としてクズだ」

俺は小さくため息を吐いた。

リットもキールくんも、いい子だよなあ。自分の過ちを真剣に正そうとしている。

だけどさ、そんなに思い詰めなくたっていいじゃないか。お前らが失敗したって他人の人生をめちゃくちゃにするわけでもなんでもない。フルチン先輩が俺たちの武技の授業を取り上げたことに比べたら可愛いもんだ。フルチン先輩にはいずれこの報いを受けていただく。

「でも君がトッチョに勝って――圧倒的な力で勝って、気がついた。ボクが間違いだったたって。ラングブルク家が槍術の名家だってことは知っていたし、それを君に教えることだってできたのに。ほんとはいっしょに決闘の対策をするべきだった。そうだろ？」

「まあ……あらかじめ槍のことを知ってたらよかったはよかったと思うけど」

「だからボクは決めたんだ。……卑劣なクズにはならない。君がこのクラスを改革するのならそれにとことん付き合ってやるって」

ううむ。リットってこんなヤツだったっけ？　なんかもっと飄々としていたような？

そんなことを思っていると、

「だから」

リットは立ち上がった。

「……君、なんかいろいろと隠してること、あるよね？　全部教えてくれるかなあ!?」

悪い笑顔で言った。

おお、いつものリットになったぞ。むしろ安心したわ。

＊　リット＝ホーネット　＊

深夜のベッドでひとり、リットは悶々としていた。あまりの情報内容に頭が働かなくなっていたと言ってもいいかもしれない。

カーテンの向こうからはスヴェンの規則正しい寝息と、時折いびきが混じるソーマの寝息が聞こえてくる。

（アイツ……なんなんだ）

（スキルレベルを小数点第2位まで確認できるユニークスキル？　さらにはエクストラスキルやエクストラボーナスまで見られる？　そんなの前代未聞じゃないか！　いやそれよりもスキルレベル4ケタ超え？　なにそれ!?　でも確かにソーマの言うとおり、０・０1ずつ上がるのを確認しながらトレーニングを積めば、レベルを上げていくのはたやすい）

スキルレベルが「上げにくく下げやすい」というのはよく知られた事実で、だからこそ学園の騎士見習いたちは自分の武器をひとつに絞ってトレーニングする。

スキルレベルが下がることをなによりも恐れるのだ。逆に言えばスキルレベルのもたらす恩恵——エクストラスキルやエクストラボーナスがすごすぎるとも言える。

だけれど、ソーマのやり方ができれば複数の武器を訓練できる。そうなれば多くのエクストラスキルやエクストラボーナスを手に入れられる。

現にソーマは、そうしているらしい。

（あいつはあの天稟（アビリティ）「試行錯誤（トライアル・アンド・エラー）」があるからこそ、黒鋼クラスをレベルアップする気なんだ）

それは、リットにはあまりにもショッキングなことだった。

誰もが手をつけたがらなかった——むしろ貴族たちにとっては「厄介者（やっかいもの）の収容施設」と位置づけられているのが黒鋼クラスだ。

オリザは少々ひねくれているだけだったが、トッチョなんてわかりやすく「ダメ貴族」だし、トッチョにくっついている取り巻きたちもそうだ。

なのに、ソーマは。

（アイツは、ほんとうにレベル１０００を超えていたんだ……！　それなのにボクの言葉にそそのかされて、本気でクラスを変えようとしている！）

初めてリットに、重い罪の意識がのしかかってきて布団を頭までかぶる。

この部屋で出会ったあの日、ソーマの言うことを信じて彼をトーガン先生のもとへと送り出し、その結果、彼が蒼竜クラスにでも入っていたら？

（ボクは……わたしは、ソーマの人生を大きく変えてしまったの？）

もっとずっと大人だったらリットはいくらでも言い訳できただろう。「結局決めたのはソーマだから」だとか「公正の天秤（てんびん）が決めたんだから自分のせいじゃない」だとか。

でも、リットもまた他の生徒と同じ13歳なのだ。

（……せめてわたしは、ソーマを応援しなきゃいけない……のかな）

リットのスキルレベルも確認してもらったが、累計レベルしか知らなかったリットはそこで初めて自分のスキルレベルを確認できた。

【剣術】45・92　【弦楽】35・19　【舞踏】22・42　【馬術】19・13
【防御術】18・24　【詐術】15・33　【筆写】2・91

累計レベルは159・14であり、入学式のときに測定した結果から少々下がっている。

【筆写】が新たに増えたぶん増えそうなものなのだが、ソーマが言うには、

──剣とか他の訓練を全然してないだろ？　すぐに下がるぞ。

ということだった。確かにこの1月以上は舞踏や馬に触れていない。

だがいちばん気になったのは【詐術】だ。

（もしかしたら……これは元は【化粧】だったのかもしれない。それが、ソーマたちを……ここにいるみんなを騙すために念入りに練習したから【詐術】になった……）

この【詐術】を見たときには息が止まる思いだったが、ソーマはそれについてなにかを言うことはなかった。ただぽんぽんとリットの頭を叩いただけだ。

その叩き方が優しくて、今思い出すと泣きそうになる。

彼を騙している自分が、たまらなくつらかった。

＊　ソーンマルクス＝レック　＊

まずは授業のための筆写。同時に授業でなにを教えるかを考えるカリキュラム設定。それから試験対策になにをすべきか考えて……いや、授業そのものを試験対策にすべきだな。ってことは過去問でもあればいいんだけど、そもそも問題を口述している時点でそんなもんあるわけない。でもきっとあるところにはある。

ずばりキールくん。

またキールくんに借りを作るのは悩ましいんだけど……しかも「俺はライヴァル（いい発音）」とか言った舌の根も乾かぬうちに「過去問教えてよぉ！」と泣きつくのはどうかと思うんだけど……背に腹は替えられないよな。

「……あれ？」

あとなんか、なんか忘れているような気がするんだけど……なんだっけ？

それはそれは「大事なこと」を忘れていたと気づくのはそれから数日後のことである。

トッチョは相変わらず引きこもっており、授業に出てこない。ただ俺の座学講義は「わかりやすい」と評判になり、クラス内クチコミによって参加者が増えていった。今では50人ちょいが参加してくれていて、参加していないのはトッチョとその取り巻きたちだけだ。

そろそろ4月末……5月の統一テストは中旬にあるので、実質的にもう2週間ちょいしかない。大丈夫かなぁ。マズイよなぁ……。

「碧盾クラスの知り合いからも聞かれる○」

「お前の授業の内容について×」

「ノートの交換もしているんだ□」

と座学の休憩時間に俺のところにやってきたマルバッシカク……ではなくマール、バッツ、シッカクの３人。ハンターなんちゃらのヒ○カではない。

実のところ彼らも貴族の子弟なので地味に他クラスへのネットワークがある。

こいつらはまとまって話しかけてくるので俺も混乱しやすい。声が似てるんだよ……顔の形以外でも個性出してこ？

「もうそんな情報が広まってるのか？　ていうか、黒鋼クラスのことなんてみんな気にしてないのかと思ってたけど」

「例年ならそうっぽいけど、今年の碧盾は教師がイマイチらしいぞ○」

「うちはソーマがいるから平均点を上げてくるんじゃないかっていう心配×」

「あー。なるほど。ウチに追い抜かれるかもしれないって思ってるんだ？」

「碧盾だけだからな、黒鋼に抜かれる可能性があるのは□」

ほーん。そういう認識ですか。俺の目標はすでに白騎なんですけどねぇ？

「ソーマの授業のノートは碧盾に売るといい小遣いになるんだ○」

「……なんだって？」

なにさらっと聞き捨てならないこと言ってんだ。お前らなに、売ってんの？」

「さっきはノート交換って言わなかったか？」

「…………○」

「…………×」

「…………□」

「露骨に顔を逸らすんじゃねーよ！　オリザちゃん、ちょっとこっち来て！」

「あっ、オリザ様に密告（チク）るんじゃない×」

「そうだぞ、卑怯（ひきょう）だぞ□」

わーきゃー言うがオリザちゃんがこっちにやってくると蜘蛛（くも）の子を散らすようにマルバッシカクが逃げていった。

「なんだよソーマ。気安くちゃん付けで呼ぶなって言ってんだろ」

「聞いてくれよオリザちゃん」

「お前もアタシの話を聞けよ」

「オリザちゃんの子分のマルバツシカクが俺の授業ノートを碧盾クラスに売ってんだよ？」

「……アイツら、そういうことか」

「え、なにが」

「最近やたらとアタシにプレゼントとか持ってくるようになったんだ。おかしいと思ったんだよ、あの３人は貧乏貴族の息子だからさ、金なんて余裕ないはずなのに」

なにそれずるい！　俺の努力がめぐりめぐってオリザちゃんを潤しているなんて！

「見返りに求められてるのが蹴り一発だからアタシもほいほいプレゼントもらってたけど」

「もらってたんかーい！」

「？　そりゃもらうだろ。貴族の娘がプレゼントを断るなんてよほどのことがない限りあり得ないぞ」

　貴族ってずるい。

　ちなみに「見返り」とは、本来なら回りくどい文章で感謝の手紙を出さなければいけないが、それを蹴り一発で済むのだから「ラッキー」とオリザちゃんは思っていたようだ。

「でも、俺の授業ノートが必要なほどに碧盾クラスはヤバイのかな」

「そうみたいだな。あそこの担任は自分で全授業をやるって言い張ってるなんて話だし……教員は教員で自分の手柄を作るのに必死だってことさ。あいつらだって貴族社会の一部だ」

　碧盾クラスは学年で最多の１００人超えだ。だから数人が俺のノートを使ってもそれほど平均点は変わらないはずだ。

　マルバツシカクたちが売ったノートは腹立たしいが目をつぶってやろう。そこまでして「ちゃんと勉強したい」って思ってくれてる子がいるなら、その子にはがんばって欲しいし。

　座学の授業を終えた俺は、キールくんの様子をうかがうために白騎クラスの武技授業が行われている訓練場へと向かった。

　訓練場へと向かう途中、キールくんと軽く話をした口庭を通りがかる。そうそう、ここは人気がなくていいんだよな。

あれ？　なんだっけ？　確かに俺はなにかを忘れているような気が……。

「いましたもの！」

ん。この女の子の声は――。

「約束しましたのに、リュリュちゃんを捕まえてくれるって約束しましたのに！」

ちょっと半べそをかいている少女、リエルスローズ＝アクシア＝グランブルクがそこにはいた。相変わらずの信じられないくらいの美貌だったけれども、半べそと怒りによってでもそれは崩れない。

あ……やべえ。忘れてたのはこれだ。

彼女のために猫を捕まえるとか約束したんだっけ……。

「よ、よぉ。元気だった？」

「………」

ひぇっ。

俺が気さくに声を掛けたというのに、人でも殺しそうな目でこちらを見てくる。「吹雪の剣姫」の異名は伊達じゃないですねぇ!?

「あ、あのー……そのね？　忘れてたわけじゃないんだよ、約束」

「ウソですもの。先ほど『あっ』て顔をしましたもの！」

あっ、バレてる。

「いやあのね？　守るつもりはちゃんとあって、でも、統一テストまでちょっと忙しくて」

「決闘ですもの」

「だからそれは止めて!?」

「剣に誓いましたもの」

ヤバイこの子、目がマジだ!?

「ごめん、ごめんって！　ちゃんと謝ります！　確かにうっすら、軽く、ほんのりと忘れていたようなきらいがないでもないんだけど」

「いつ決闘しますか」

ノォォウ！

「約束をしたときには、ちゃんと果たす気はあったんだよ！　ほんとにほんとだから！」

「今からでもいいですよ、決闘」

この子ほんと話聞かないよね!?

「……わ、わかった。じゃあ決闘しようか」

「いつにしますか」

決闘になると話が通じるの止めてよぉ！

彼女の累計レベルは200台中盤だったはずだ。もし仮に「剣術」などで200を越えていて、エクストラスキルとエクストラボーナスをひとつずつ持っていたとしても俺の「生命の躍動（ライトインパクト）」と「衝撃吸収（ショックアブソーバー）」でなんとかなる……はず。

死ぬほど痛い目に遭うことはない……はず。

不安！

でも彼女が「決闘！　決闘！　さっさと決闘！」と言うのであれば仕方ない。

「今から。ここでやろう」

「……ここで？」

初めて彼女の顔に「？」が浮かんだ。

「あなた武器を持っていませんもの」

「ん、ああ……疑問に思ったのはそっちか。素手で戦えるから大丈夫だよ」

「そうですか。でしたらそれで構いません」

ベンチに置かれていた飾りのついた剣を引き抜いた彼女は、ビュウッと振った。……それ真剣？　真剣じゃね？　刃引きしてないヤツじゃね!?

死ぬほど痛い目には遭わないだろうなんて思った俺ェ！　見通し甘過ぎィ！

右半身を引いて上段に構えた剣の切っ先は、真っ直ぐにこちらを向いている。

「お覚悟をお願いしますもの」

「…………」

ふぅー……こうなったらやるしかないな。

俺はだらりと両腕を下げて相手を観察する。おー、こわ。いつでも突き殺してやるっていう殺気がびんびんだ。「吹雪の剣姫」という異名を持つのもわかる。

「……開始の合図を」

「こっちの準備は整ってるからいつでもいいよ。そっちが仕掛けてきていい」

「そうですか──ならば手加減はなしですもの」

踏み込んだ彼女と俺の距離はすぐさまゼロへと近づく。

シッ、という短い息とともに繰り出された彼女の突きは──俺の腕を狙う。

（腕？　ああ、そういうことか……）

ああは言ったが彼女は俺に手加減しているんだ。

なんだよ。吹雪とかいうから冷酷な戦闘スタイルかと思ったけど──ほらいるじゃん、戦闘時は鬼だけど小動物に優しいヤツ。つまり俺は小動物。

（優しいなぁ……どいつもこいつも）

ジノブランド先生も、オリザちゃんも、リットも。

強いフリをしている人は、強いフリをしなければいけないからそうしているだけなんだ。その足下には優しい根っこが生えてる。

「よっと」

「！」

ひらりと横に跳んだだけで俺は彼女の突きをかわした。この程度なら「生命の躍動（ライトインパクト）」を使うまでもない。

まだまだ13歳の筋力なんだよな。この感じだとエクストラボーナスも持ってないな。

虚空を刺したリエルスローズちゃんは、すぐさま横にいる俺へと剣を薙ぐ。だけどそれはあまりに悪手。

ガキィンッ、と音が鳴ったのは、彼女の剣を俺が手にした石が受け止めたからだ。ちなみに石は今拾った。

突きに特化した華奢な剣はあっけなく折れた。先っぽ3分の1ほどがひゅんひゅんと空を飛んで地面に突き刺さる。

「なっ……!?」

「あっけにとられていていいのか？　決闘中なんだぞ」

「!!」

俺の声にハッとすると、彼女は後方に跳んで距離を置く。

「剣も折れたし、決闘は中断しない？　そうしたら俺はネコを捕まえるのをがんばるから」

「まだですもの」

彼女は最初と同じように右半身を引いたが、剣は腰だめに持った。

「これは使いたくなかったですが……」

エクストラスキルだ——俺は直感した。

「突閃！」

身体をひねって繰り出される突きだが、その刀身は白く輝くように光を持つ。

5メートルは離れている距離で、当たるわけもない突きだ。

「剣術」でも「刀剣術」でもないエクストラスキル。だが剣系統のものならば、同様に飛んでくると考えるのがふつう——。

「衝撃吸収（ショックアブソーバー）」

　俺の胸元まで飛んできた衝撃波を、拾った石で正面から受け止める。ゴキン、というイヤな音とともにとんでもない震動が手のひらに伝わる。「衝撃吸収」使ってこれかよ！　広がる「スラッシュ」系統とは違い、一点集中の衝撃波だ。真正面から受けるのは愚かであった……。

　だがその間に俺は彼女との距離を詰めた。とっておきの一撃をまさか受け止められると思っていなかった彼女は唖然（あぜん）としており、俺は剣を持つ彼女の手に、右手を置いた。

「——俺がその気だったら君の目をつぶすことも、膝を正面から蹴って折ることもできた。この意味、わかるな？」

「あ……」

　いてぇ……左手がめっちゃ痛い。折れてなきゃいいけど、打撲（だぼく）か内出血はほぼ確実。もう二度と刺突剣の攻撃は正面から受けないよ！

「う、ああ……あぁ…………」

　ぺたん、とその場に彼女は座ってしまった。

　やべ……やり過ぎたか？　少なくとも脅（おど）し文句まで言わなくても良かったか？

「——え!?」

　だが俺が予想もしないことが起きた。呆然（ぼうぜん）としていた彼女の目に、光が戻った瞬間——彼女は手にしていたレイピアを自分の首に突き立てようとしたのだ。

「わ、バカ!?　なにしてんだよ！」

「離して！」

とっさにその手をつかんだものの、俺の手のひらが切れた。ていうかめちゃくちゃ切れ味いいなこの剣!?

もみあうこと数秒、無理矢理彼女の手から剣を剝ぎ取ると遠くへと投げ捨てた。

「はっ、はぁっ、はぁっ……な、なに考えてんだ!?」

「…………」

「ちょっとなんとか言えよ!?　今俺が止めなかったらマジで死ぬつもりだったのか!?」

「……わたしは、グランブルク家の娘。負けるようなことがあれば死ぬべきですもの……」

「どりゃっ」

「いだっ!?」

彼女の頭にチョップを叩き込んだ。叩き込んでやりましたとも。切れてないほうの手で。でもこっちはさっきのエクストラスキルを受け止めた左手だった。いてぇ！

「あのなあ！　いちいち勝負の勝った負けたで死んでどうするんだよ!?　そんな窮屈なことやってたら卒業までに最後のひとり以外全員死ぬわ！　蠱毒かっつーの！」

「蠱毒……？」

「そこはどうでもいい！　正座！」

「え……」

「正座ァッ！」

「は、はいっ」

地べたに彼女を正座させ、俺は説く。

決闘なんてものは「参った」と言えば終わるものである以上、そもそも命のやりとりを想定していない。ましてや勝負事に負けたことで死んでいたらなんの意味もなく、なんのために生きているのか、人生の目的はなんなのか、勝負に勝つだけではないだろうと。人生の目的を達成するためには負けることが必要なこともある。

「はき違えちゃいけないのは、剣くらいで生き死にするほど人間の命は安くないってことだ」

ぽかん、としていたよね。リエルスローズ嬢。

つーかなんなんだよ貴族ってのは……これ明らかに親の教育がおかしいってヤツだよな？

「わたしは……間違っていたのでしょうか」

「知らん」

「えっ!?」

「簡単に他人に答えを聞くな。クセになってるんだよ、他人に聞くのが。だからなんの疑いもなく死のうとするんだろ。自分で考えろ」

「で、でも……そんなことしたことがないからわかりませんもの」

むう。それもそうだよな。与えられた「問題」と「解答」だけで教育されてきた子に、いきなり「自分で考えろ」って言ってもわかるわけない。なんの前触れもなく「この会社を整理しろ」と言われるくらいの難題である。

「まあ……相談くらいには乗ってやるから」

「ほんとうですか!?」

「お、おう。相談だぞ。答えを教えるんじゃないんだぞ」

「ええ、それでも――うれしいですもの」

それからリエルスローズ嬢は俺の手に視線を当て、ハッとした。

「あの、その手はわたしの剣で!?」

「こんなんかすり傷――」

「治療を！　治療をさせてください！」

何度断っても彼女は強引に俺を引っ張っていく。ああ……そうだった。この子、途中から話が通じなくなるんだったよ……。

風がそよいでいる。枝にとまった小鳥が鳴いている。あの鳥の名前なんていうのかな？　緑色で、広げた羽には赤色が差していて、とてもきれい。鳴き声は、ウフフ、ころころと鈴を転がしたような優しい音色なんだよ？　鳥の鳴き声ってとても心が安まるのね。ウフフ。

「――レックさん――」

「ウフフ。小鳥さん、どこから来たのかな？」

「レックさん！」

「ああっ、飛んでいっちゃった……」

「レックさん!!」

振り返るとそこには、正気を取り戻したリエルスローズ嬢がいた。

着ている洋服は緋色のワンピースで、相当によい仕立ての物だ。流行なんてのは俺にはよくわからないけどどことなくクラシカルな装いである。

はい。わたくしソーンマルクス＝レックは緋剣寮前のベンチにおります。

「遅れまして申し訳ありません……着衣が乱れておりましたので着替えが必要でして」

「あ、大丈夫大丈夫。血も止まったし」

「いけません！」

手のひらが軽く切れていただけなので、いい感じに血は止まっていた。だけど彼女は俺の手をつかむと消毒液の入ったビンのフタを大急ぎで開けて、はい、こぼすよね。そんなに急いでたらね。そして俺の手に、

「いってぇぇぇぇぇ!?」

「あぁぁあっ!?　大丈夫ですか!?」

「ガーゼガーゼ！」

「はい！」

「いてぇぇぇぇ！　ぎゅうぎゅう拭かないでぇ!?」

すったもんだしつつ消毒が終わり、傷薬の軟膏を塗られた。俺の手は手袋みたいにガーゼが包帯でぐるぐる巻きである。

「……あのさぁ、リエルスローズ嬢。もしかして」

「は、はい。実は鍛錬でケガをすることがほとんどありませんので、治療は苦手ですもの」

それはすごいけど、だったら「治療を」とか言わないで欲しいんですがそれは。

「ともかく、ありがとう。それじゃ俺は帰るよ」

「あ、あのっ。次は――次はいつ会えますか？」

「ああ。ネコのこと？」

「そうではなくて――」

と言いかけて、彼女は、

「――そ、そうです、ネコちゃんの、ことですもの……」

と耳を赤くしながら言う。

次か。やっぱりテスト明けだよなぁ……とか俺が返答を考えていると、

「それに！」

「は、はい」

急に大声出すんだもんな、びっくりするわ。

「相談だってさせてくださるんではありませんの!?」

「あ、そ、そうですね」

「それだけじゃ……わたしがもらってばかりですもの。あなたはわたしに決闘で勝ちましたもの。なにかを望む権利がありますもの」

「へ？　いや、いいよ、ネコのことは俺が悪かったし……」

「よくありませんもの！」

ぐぐいと詰め寄られた。

これはアレですか。また話が通じない感じですか。

「そうだ。リエルスローズ嬢にひとつ聞きたいことがあったんだ……難しいかもだけど」

「なんですの！」

すくっ、と背筋を伸ばしたリエルスローズ嬢の姿は猫の尻尾みたいだ。

俺は彼女に、統一テストの過去問がないかどうか聞いてみた。


「ふんふんふんふーん、ふんふんふんふーん♪　ふんふんふんふんふーんふんふん♪」

俺がなんの鼻歌を歌っているかわかるだろうか？　ベートーベンの「第九」である。

「……なにソーマ。ご機嫌すぎて気持ち悪い」

「気持ち悪い言うなや同居人」

俺はリットの軽口に反論しながらも笑顔は崩れなかった。

なんと、緋剣クラスにはあったんである。過去数十年にわたる試験範囲、それに過去のテスト内容が！　過去問だぞ、過去問。出題は口述だっていうのに文章で残ってるんだぞ。

——緋剣クラスの全員に閲覧が許可されているもので、寮の資産として残していますもの。

過去問は寮生が毎年少しずつ残していったものみたいだ。そうだよなあ、そういうふうに助け合わなきゃなあ。一方的に1年生の授業を取り上げて酒を飲んでいるフルチン先輩に聞かせてやりたかったわ。

ちなみにどうやらウチ以外は全クラスにあるんだとか。

ハンデが！　ハンデがありすぎる！

なので遠慮なく見せていただく。ただし女子しかいない緋剣寮に入ることはできないし、一気に全部借りることもできないので、毎晩すこしずつである。なにこれ夜這い？

「じゃ、出かけてくる」

「……は？　もう夜の9時だよ？　筆写終わってないよ？」

「わかってる。じゃあ」

「わかってないよね⁉」

すまん、リット。だがお前にもメリットはあるはずだ。夜。たったひとりの部屋。そりゃぁお盛んな男の子がやることは決まってますよね？（ただし寝ているスヴェンはいる）

そそくさと寮を出ていった俺ではあるが、夜間に寮の外に出たのはそういえば初めてだったなと気がついた。

「ん……なんかめっちゃ暗い——⁉」

街灯の類はなく、建物から漏れ出る光、それに今日は月がないので星明かりしか光源がないような状況だ。

カチャーン……カチャーン……カチャーン……と金属がこすれるような音が響いてくる。鬼火のような青白い炎がゆらり揺れながらこっちにやってくる……！

「――――――――？！？！――――？！？！？！」

声を上げそうになった俺の口元を、背後から分厚い手が覆う。

「……叫ぶんじゃねえ、声を上げたらバレっだろーが」

ぎょっとした俺が見上げたそこには、

「フルチンせんぱ――むぐっ」

「てめぇぶち殺すぞ。黙れっつってんだろ」

本気を出せばこの程度の拘束はほどけるのだが、そこにいた寮長の言葉にも確かにと思うところがあって俺はウンウンとうなずいた。

「な、なんなんですか、あの鬼火」

「鬼火ィ？　ありゃカンテラだろ。マジックアイテムのテストだかなんだかで支給されてるらしいが……それより隠れるぞ」

俺とフルチン先輩は建物の陰に隠れた。カチャーン……カチャーン……が近づいてくる。

お、おぉぉ……なんだありゃ。さまようよ○い？　全身鎧を身につけた何者かが歩いている。ただしその姿勢は悪く、腰でも痛めたみたいに前屈みだ。手には青白い炎を灯したカンテラと、反対の手には杖……やっぱり腰痛かな？

顔もフルフェイス兜なので見えない。ただ肩からナナメにタスキが掛かっていて、そこには「警備員」と書かれてあった。

「…………」

「真顔になってんぞ、ガリ勉。俺も初めて見たときにはそんな顔になったけどな」

「なんなんですか、アレ？」

「見ての通り警備して回ってんだよ。夜間に出歩いてよその寮の女に夜這いかけようなんていう不埒な輩を排除しようっていう警備員どもだ。——やるじゃねえかガリ勉。お前、どこの女に夜這いすんだ？」

いやなにちょっと待って。なんでこのフルチン先輩は「同志」みたいな顔で俺に笑顔を向けてきますか？

「俺は今日は黄槍だ。お前もヘタ打ってパクられんじゃねえぞ。パクられたら1週間独房生活だからな」

「罰が厳しすぎない!?」

フルチン先輩はなんかいい笑顔で去っていった。

「ていうかあの人……黄槍に手を出してるんだ」

黄槍クラスは見た目で選ばれる美男美女クラスである。うらやま……じゃなかった、あの人は勝手に俺たちの武技授業を奪った前科があるけど、俺を今救ってくれた。

ここで1週間独房生活になったりしたら……マジで危なかった。

「か、感謝はするけどまだ完全に許したわけじゃないんだからねっ！」

黄槍クラスのお姉様を紹介してくれたら完全に許してしまいそうな俺である。

建物の陰をこそこそ進んでいく。身体能力的に圧倒的にフルチン先輩より上の俺だが、それでも前回彼に1時間ほど逃げられてしまったのは、彼が学園内を知り尽くしているからだった。彼はこうして夜這いするために学園内を研究し尽くしたのだろう……その努力、クラス改善のほうに傾けて欲しかったぜ……。

「あ」

俺が緋剣寮の裏口にやってくると、「吹雪の剣姫」こと、にゃあにゃちゃん、じゃなかった、リエルスローズ嬢がいた。お、おお……パジャマにカーディガンを羽織っている姿は幼いながら美少女がやると破壊力半端ねぇな。

俺の姿を認めると、絶対零度の視線を向けてくる。ひぃっ。タマヒュンである。だけどクセになっちゃう……！

「こ、こっちに」

「ん？」

「実は同室の者に『気分が悪いから外の空気を吸ってくる』と言ったんです。そうしたらついていこうとしてくれたので……ここにいたら来てしまうかもしれないですもの」

なるほど。俺たちは緋剣寮からちょっと離れた場所のベンチへとやってきた。

「これが昨年の統一テストの過去問。借りられるのは一晩が限界で……」

「十分十分。これくらいならすぐ写せるよ。ありがとう」

過去問なので各教科ペラ1枚程度だ。口述問題なので問題文が長くならないのがいいな。

「できれば去年以前の……5年分くらい欲しいんだけど大丈夫かな」

「1年分ずつでしたらできますもの」

「ありがとう！　めっちゃ助かるよ」

これで試験対策はばっちりだな。時間がないのが難点だけどなんとかするしかない。土日も授業やろうといったらみんな嫌がるだろうか……テスト前だけ！　ってお願いしよう。

「試験範囲については昨年と同じらしいですもの」

「そうなの？　……ていうかなんでもう知ってるの？」

「はい、緋剣クラスはいちばん最初に情報が入ってきますから」

リエルスローズ嬢が話してくれたところによると、緋剣クラスは「情報収集」「諜報活動」といった授業が設定されているらしい。先生もその実演のために情報を探してくるようだ。

女の子しかいないクラス……諜報活動……とくると、これはあの、アレですか、色仕掛け的なヤツですか、って思っちゃうんだけど間違いなくそうだよね。

リエルスローズ嬢の色仕掛け……5年後くらいに是非ともお願いしたいところ。

「ありがとうリエルスローズ嬢。これでテストは乗り切るよ」

「あ……」

「ん？」

立ち上がった俺に、彼女はなにかを言いかける。

「どうした？」

「あの……えっとその……リエルスローズ嬢という言い方は……」

「あれ？　貴族の女の子にはそういう言い方でいいんじゃなかったっけ？」

「こ、ここは学園ですもの。貴族も平民もなく、レックさんには呼んで欲しいんですもの」

これはうれしいことを言ってくれる。そうかそうか、リエルスローズ嬢――じゃなかった、ええと君も、第3王子と同じようなことを思ってくれているんだね。

「じゃあ、君も『レックさん』じゃなくてソーマって呼んでよ。ソーンマルクスじゃ長いから、親しい連中はみんなソーマだよ」

「し、親しい……!?」

ぱちぱちぱちと高速で瞬きした彼女は、

「わかりましたもの！　そう呼んであげますもの！」

「じゃあリエルスローズ嬢は……なんだろ？」

「親しい者はリエリィと呼びますもの」

「オッケー。じゃあリエリィだな」

「ソ、ソーマ……さん」

女の子に愛称で呼んでもらうのって何歳になっても、なんかもにょもにょするもんだな。いや何歳になっても、は言い過ぎか。俺の身体は13歳のぴちぴちだから身体に心がちょっと引きずられているのかもしれない。

　そんなくだらないことを考えながら俺は、大戦果を抱えて黒鋼寮に戻ったのだった。

「リット～。帰ったぞ」

「バカなの!?　寮内の誰かの部屋に行くのかと思ったら外に出てくし！　それで捕まったら1週間独房生活だよ!?」

「らしいな……つか、よく知ってんな、お前も。でもこれを手に入れたんだ――今夜は教科書じゃなくてこっちを写そう。で、明日以降の授業は全部こっちの対策やってく」

「なにこれ……って」

　リットの顔が青ざめる。

「ソーマ、泥棒はヤバイよ！」

「盗んでねーよ！　ちゃんと借りた」

「無断で借りるのを泥棒って言うんだよ！」

「お前の俺への評価ってそんなに低いの!?　犯罪者レベル!?　ちゃんと借りたって！」

「誰に」

「……リ、リエリィ」

「リエリィ……？　クラスは？」

「緋剣」

　ひゅう～っ、とリットが口笛を吹いた。

「すごいね。どうやって緋剣の子を口説いたの？」

「まあそれはいいだろ。俺からしたらフルチン先輩が黄槍クラスに夜這いかけてることのほうが驚きだよ」

ぎょっとして振り返ったリットの顔は劇画調になっていた。

「マジで」

「マジだ」

「……わからないな、あんな男のどこがいいんだろ」

「それを言ってくれるな。女心なんて俺たち男にはわからないもんだ」

「いやいや女なんて単純なもん——ってそんなこと話してる場合じゃなかった。写そう」

「いいぞ、リット。調子が出てきたな！」

「イレギュラーな案件は報酬２倍だからね」

「１・５倍！」

「分量少ないんだから値切るなっつーの。断ったっていいんだよ？」

「２倍でよろしくお願いします」

「うむ、よきにはからえ」

満足げにリットはうなずいた。やはりこの子にはお金が有効のようだ。

統一テストまで残りの日数は少ない。過去問を分析して大急ぎで統一テスト向けの授業をしていく。最初からそれをやっとけばよかったんじゃないかという向きもあるんだけど、でもクラスメイト全員がどの程度のレベルかわからないと困るし、基礎の基礎は一通りやっておかないとね。付け焼き刃だって持ち手がなければ使い物にならないってわけだ。

授業に参加してくれるのはトッチョとその取り巻き以外の全員で、脱落者はいない。

「ま、アンタの教え方がわかりやすいからね。初めて神話の授業で笑ったよ、アタシは。なんだっけ、命を司る神ウォードエートはロリコン？　アンタそれ、間違っても教会で話すんじゃないよ。異端審問されるから」

と、オリザちゃんからありがたいご忠告をいただくほどである。

「ねえ、ソーマ。碧盾の偵察はしなくていいの？」

休憩時間中にリットが聞いてきた。

「……偵察？」

「順当に行けば最初に抜くのは碧盾クラスだろ？　あそこの授業は崩壊寸前とか言ってるのもいるし、気にならない？」

「んー……」

俺は「他人は他人、うちはうち」という主義ではあるのだが、

「そこまでリットが言うなら見に行こうか」

「そこまでは言ってないからね？」

お約束のツッコミをくれた。

だがそれでも俺についてきてくれるリットはいいヤツである。

碧盾の授業が行われているのは同じ講義棟の6階らしい。俺たち黒鋼はエレベーターを使えないのでてくてくと階段を上がっていく。

「……ん？　リット、なんか聞こえないか？」

6階の廊下には誰もいなかったけど、耳を澄ますと大きな声が聞こえてきた。

どうやら授業が行われている部屋からのようで、俺とリットはそーっと忍び寄る。

ドアについているのぞき窓からひょこっと中を見た。

「その程度の問題も答えられないの!?　今すぐその場に立って己の恥を弁えなさい！」

うおっふ。

思わず息が漏れちまった。思ってもみないような光景が広がっていたんだもんよ。

教室自体がとにかくデカイ。黒鋼クラスの2倍はあろうかという広さである。さすが人数100超え。さらにはみんなそろいの緑色をしたブローチをつけているのだけど、それ以外に濃紺のブレザーまで統一されている。そこまでは制服じゃなかったはずだし、2年生以上もそんな縛りはなかったはずなんだが。

で、「立たされている」生徒がすでに30人くらい。その誰しもがしょんぼりと自信なさげで、女の子に至っては泣きそうである。

「あなたたちの学年は『栄光の世代』だとウワサになっているというのに、碧盾のあなたたちときたらふがいないったらないわ！　いいですこと!?　ワタクシが学生だったころは――」

わめき散らしているのが……担任、なんだろうか？　とんがったメガネをかけた色白で小太りのおばさんである。茶色っぽい赤髪は丸めて頭の上にお団子となっている。

白いブレザー姿がまぶしいほどに痛々しい。

「うわぁ……板書もしてないのかよ」

ほんのいくつかの単語が書かれているきりである。「遵法精神」「騎士道」「階級」なんてのが目につくけど、正直これではなんの授業なのかさっぱりわからん。

ふつう、黒板見たらどんな授業してたかわかるもんなんだけどな……。

「ひってぇおばさんだね」

そう言うと、リットが眉根を寄せて俺にささやく。

「グーピー先生は学生のころは碧盾クラスだったみたいで、玉の輿狙って上位クラスに声をかけてったけど全部振られたってのを根に持ってるんだって」

「……リットくん、そういう情報をどこから仕入れてくるんだい？」

ていうかグーピーっていうのか。変な名前。

「権謀術数　渦巻く貴族社会で、情報は武器だよ、ソーマ？」

「是非ともいろいろと教えていただきたく」

「ふうむ、同室のよしみで多少は値引きしてやろう」

金取るんかい。

それにしても……俺は改めて室内を見やってため息を吐く。

ひどい……。自分のコンプレックスを解消するために教師をやってるのかと言いたくなる。ていうか実際、そうなんだろうな。

「あなたたち！　その程度の学力でいいと思っているのですかッ!?　決めました、こうしましょう。次の統一テストで点数の悪かった順に5人、黒鋼クラスに移ってもらいます」

……は？

「ちょうどいいでしょう、あっちは人が辞めていくから欠員が出ますからね！　この程度の問題も解けないようでしたら騎士になる資格はありません。黒鋼クラスがお似合いですよ」

いやいやいや、待て待て待て。

お前なに勝手にウチのクラスに移すとか言っちゃってんの？　ていうかサラッと黒鋼ディスってんじゃねーよ！

「……ソーマ、一応言っておくけど中に入ってケンカ売ったりしたらダメだからね？」

「止めてくれるなリット」

「ダメだって、ほんとにっ。授業ののぞき見だってヘタしたら懲罰(ちょうばつ)ものだよ？」

確かにそうかもしれない。俺がここでブチ切れたってなんの意味もない。

だけど、だけどさ。

「あなた！　なにをメソメソしているのですか！　黒鋼クラスに移りたいの!?」

前のほうで授業を受けていた、真面目(まじめ)っぽい女の子がいた。丸いメガネをかけて髪の毛は三つ編みなんていう、見た目のあんまりパッとしない女の子だ。立たされている中でも数少ない女の子でもある。

その子は、グーピー先生に目をつけられた。近づいてきた先生がバシンと机を叩くと身体を震わせる。

「そんなにヤワな精神じゃ、黒鋼クラスがちょうどいいのではなくて？　あなたはテストを待たずとも送り込んであげましょうか」

「……うっ、う、ううっ」

「騎士を目指す者がこんなにも簡単に泣いてしまうなんて！」

そしてついに、ぽたぽたと涙をこぼした。

「……あの女の子の実家はさ、グーピー先生の実家とライバルだったんだよ。でもあの子のお母さんがうまくやって伯爵家に入り込んだから……」

「……目をつけられているってわけか？」

「うん……たぶん」

俺はこのとき怒りよりも先に、気づいたことがあって頭がすぅっと冷えた。

もしも俺たちがテストでいい点数をたたき出して上位に食い込んだとして、最下位になる可能性がいちばん高いのは碧盾だ。

だけどそうしたら碧盾の生徒が10％辞めさせられることになるじゃないか。

俺の代わりに他の誰かが辞めさせられるなんてのも、ゴメンだ。絶対にゴメンだ。

「……ああ、チクショウ」

俺は本気でこの学園に腹が立った。

テストの点数が悪かったってそれだけで、13歳の子に責任を取らせるのか？

教師はどうすんだよ。おとがめなしか？

そんなシステムのどこになんの意味があるんだよ。

「ソーマ……ソーマッ!!」

リットが叫んだけど、遅かった。

すでに俺はドアノブをつかんで扉を開いていた。

「まったくあなたときたら、母親譲りで男子生徒に媚びることしか知らないのではなくて!? だからこんなに簡単な問題も――んなっ!?」

ねちっこく三つ編みの子をいびっていたグーピー先生が俺に気がつき、目を丸くする。

「あ、あなた、黒鋼クラス……」

「グーピー先生。俺がどうしてここに来たかわかりますか」

驚いたのは先生だけじゃない。生徒たちみんながあっけにとられて俺を見ている。三つ編みちゃんも涙に濡れた目を瞬かせていた。

「宣戦布告です」

俺は、はっきりと、一言一句聞き漏らしが起きるはずもない言葉で告げる。

「黒鋼クラスの授業は、俺がひとりでやっています。つまりグーピー先生と同じです。でも黒鋼クラスは次の統一テストで上位を狙っているし、碧盾クラスに負けることはありません」

「な、な、な……」

突然の俺の宣告に顔を赤くし、青くする先生。

「これがどういうことかわかりますか？　教師としての能力においても俺が、先生に勝っているということになります」

「そんなッ、バカなこと、あるわけがないでしょうがッ!!」

甲高(かんだか)くて窓ガラスでも割れるんじゃないかと思えたほどの声。

すでに先生の顔はピンク色に茹(ゆ)で上がっている。

「あるわけがない？　そうでしょうか。俺は自信がありますよ」

「いい加減にしなさいッ!!　ああ、そう、あなたがソーンマルクス＝レック？　平民風情(ふぜい)がッ、ジノブランドになにを吹き込まれたのよッ!!」

「ジノブランド先生は関係ありません。むしろ先生は俺を見捨てていますから――だけどグーピー先生は認めるわけですね？　もしもテストの点数で負けたら、それは教師としての腕が俺より劣ると」

「そんなこと起こりえないわ！」

「じゃあ勝負といきましょう。黒鋼クラスが勝つか、碧盾クラスが勝つか。黒鋼クラスが勝ったら先生は潔(いさぎよ)く、別の人にクラスを譲(ゆず)ってください。もしも碧盾クラスが勝てば――」

俺は、ぽん、と自分の首を叩いた。

「俺が退学、で。そう望んでいる人はいっぱいいるんでしょう?」

とんがったメガネの奥で、先生の目が開かれる。

その後——ふくよかな頬(ほお)を歪ませてぐふぐふ笑う。ヤバイ。なんだその顔。R—15指定のホラーみたいになってる。

「そう? そうねえ、それはいいわねぇ。あなたを正面からたたきのめして退学にしたらそれはワタクシの手柄、と……」

「つまり俺の提案に乗ったということですね? このクラスにいる全員と、あそこにいる黒鋼クラスの生徒が証人ですよ」

俺が背後を親指でクイッとやると、リットは黒鋼パーカーのフードを目深(まぶか)にかぶって両手でバッテンを作っていた。ハハハ、恥ずかしがり屋さんめ。しっかと巻き込んでやったわ。

「それでいいと言っているのよ! あぁー、すばらしいわ。統一テストがこんなに面白いものになるだなんて……あなたたち! 黒鋼クラスになんて負けるはずがないけど、当日は病気になってでも這(は)ってでも来てテストを受けるのよ! 欠席は絶対に許しませんからね!!」

のろのろと生徒たちがうなずく。

欠席はゼロ点だから意味はわかるけどさぁ……ほんっと自分のことしか考えてないのな。

いまだに唖然(あぜん)としている三つ編みちゃんに、俺は小さくうなずいて見せた。そして甲高(かんだか)い声で檄(げき)を飛ばしているグーピー先生に背を向けて、教室を後にした。

もちろんリットにはめちゃくちゃ怒られた。

＊　リエルスローズ＝アクシア＝グランブルク　＊

「……ソーンマルクス＝レックが自ら退学を志願した？」

ひっそりと眉根を寄せてそちらを見たリエリィの視線を受けて、同じ緋剣クラスの女子生徒はこくこくとあわててうなずいた。

彼女たちがあわてたことには理由がある。今の今まで、他の貴族の話題をして盛り上がっていたというのにリエリィはまったくと言っていいほど反応しなかったのだ。それが、ふと出てきた平民の話題に「吹雪の剣姫」が反応したのだから。

「は、はい、リエルスローズ様。私の父からの情報ですがほぼ間違いありません。学園の教員会にて碧盾クラスのグーピー＝シールディア＝カンベルク先生が声高に宣言したそうです。黒鋼クラスと碧盾クラスで勝負をすることになり、負けたらソーンマルクス＝レックが退学すると自ら申し出た、と」

「それでしたら同じ情報を私も手に入れましたわ」

別の女子生徒が口を挟む。

「碧盾クラスの生徒たちの間ではその話が出ない日はないようです。負けたらソーンマルクス＝レックは退学すると、はっきり申し出たと。代わりに碧盾クラスが負けたらカンベルク先生に担任を替われと提案したとか……いったいなにが目的なんでしょうね？」

「累計レベルがあまりに低すぎて、絶望して退学をしたいのでしょう。その下準備では？」

「なるほど。辞める機会を探している、と？　愚かですね。どのみち黒鋼クラスは最下位。そうなれば成績を引き上げる存在である彼は放っといても辞めさせられるというのに」

「彼は平民ですからそのあたりの機微がわからないのでしょう」

ふふふ、とか、ほほほ、といった籠もった笑い声が聞こえてくる。

彼女たちに悪気はなく、緋剣クラスらしく「情報を仕入れ、交換する」というのを素で行っているに過ぎない。

「っ!?」

だが彼女たちのひとりが、リエリィの表情が険しいことに気がついた。

「……そのウワサは、面白くありませんもの」

「あ、あ、あ……」

「も、申し訳ありませんリエルスローズ様！」

冷徹にして最強の乙女。

そんな印象を抱いている少女たちはあわてて頭を下げると蜘蛛の子を散らすようにリエリィから離れていった。

いつも、こうだ。

彼女の知名度を利用しようと寄ってくる生徒はあまりにも多いが、彼女の眼力、空気によって逃げていく。

ただひとり——今話題に上がっていたソーンマルクス＝レックだけは違った。

彼は「剣の誓い」を持ち出されても、それどころか決闘になっても怯まなかった。リエリィが他の女子生徒と同じであるかのように扱うのだ。自決しようとしたリエリィを、自分がケガすることも忘れて助けた。

だからだ。だから、彼に惹かれる。彼のことが気になる。あんなふうに——貴族の教えにおいては「はしたない」とされるような言い回しで彼と次に会う約束までしてしまった。

いつもなら散っていく女子生徒にもどかしい思いを覚えるのだが、今日は違った。純粋に心配になった——彼のことが。

「ソーマさん……」

＊　キルトフリューグ＝ソーディア＝ラーゲンベルク　＊

ただの教室移動だというのに、きゃあきゃあと周囲でさえずる女子生徒たちがすぐに群がってくる。その学年は様々で、クラスも様々だ。だけれども彼女たちが不必要に近づかないよう中心にいるキールのことは、白騎のクラスメイトたちが守っている。

最低でも伯爵家、という白騎のメンバーは宝石のようにキールを扱っている。大事に扱われることに慣れてきたキールにとって、それは日常のようなものではあったが、やはり飽き足らないものだった。

なにを話しかけても全肯定。「さすが」「すばらしい」「着眼点が違う」と持ち上げられることはあっても反論などはない。

（きっとソーマくんなら自分の意見を言ってくれますよね……）

だけれどソーマのような反応をクラスメイトに求めることはどだい無理である。彼らは貴族社会に染まりきった家の、染まりきった子どもたちだからだ。

そのとき周囲のきゃあきゃあが、2倍になった。

2倍というのは音量も2倍なら人数も2倍なので実質的なインパクトは4倍である。

「やあ、キール」

「お兄様！」

渡り廊下（ろうか）を向こうから歩いてきたのは白騎総代（ホワイト・デリゲート）であるジュエルザード第3王子だった。向こうもきゃあきゃあを引き連れている。

キールの「お兄様」という言葉できゃあきゃあはさらに高まりキィイアァアに変わり、2名ほど脱落（失神）した。

「ちょっとキールに話があったんだけど……この状況じゃ無理そうかな」

ジュエルザードが苦笑いすると、キールの周囲にいた白騎クラスメイト、同じくジュエルザードの周囲にいた白騎クラスメイトは無言で視線を交わすとうなずき合い、両手をがばりと広げてきゃあきゃあを押し戻していく。

「殿下、５分はもたせます」

　ジュエルザード側の白騎の女子生徒が秘書のように言うと、彼女もまたきゃあきゃあを押し戻す任務(ミッション)へと向かった。

　これでキールとジュエルザードの周囲にはエアポケットのように空間ができた。こっそりとした会話ならばなんとかできるだろう。

「……が、学園ではいつもこうなのですか？」

「そうだよ。いずれ慣れる」

　ジュエルザードの苦笑は続いていたが、不意に表情を引き締めた。

「君からの手紙に書かれていた黒鋼クラスの生徒……入学試験の首席の彼だけど。彼が自分の退学をかけて碧盾クラスのカンベルク先生に勝負を挑んだのは聞いているかい」

「な――なんですって!?」

「やはり知らなかったか……。キール、お前が彼の才を買っているのはわかるが、ただでさえ目立つ彼がこんな悪目立ちをすることは非常によろしくない。一体どうしてなんだ。碧盾クラスに勝負を仕掛けてなんの意味がある」

「私には……わかりません。でもソーマくんにはなにか理由があるのだと思います」

「理由があろうとなかろうと、クラス同士を対立させることはよろしくない」

　ジュエルザードの目には、黒鋼クラスと碧盾クラスを対立させる状況だと見えていた。

　表面的にはそう見えても仕方がないことだった。

「彼は騎士に向いていない。いくら知性があってもスキルレベルが低すぎるのであれば」

「お兄様。そんなことはありません。ソーマくんはすぐにスキルもレベルアップします」

「なぜだい？　どうしてお前がそこまで彼を気にかける」

心底わからない、という目でジュエルザードが聞いてきた。その質問に他意はなかった。それほどにわからなかったのだ——試験の成績が良かっただけの生徒を可愛い弟分であるキールが気にかけているという事実が。

「彼が、私のライバルだからです」

それだけになんのためらいもなく、なんの含みもなく——むしろうれしそうに言い切ったキールに、ジュエルザードは驚いた。

「殿下！　そろそろ決壊しそうです！」

「……わかった。キール、この話はまた今度」

ジュエルザードは複雑そうな顔ながら、それでも微笑んで去っていった。

ソーマが起こした火種は、少しずつ学園へと広がっていた。

＊　ソーンマルクス＝レック　＊

統一テストの試験範囲が発表されたのはその日の朝、ホームルーム……のような時間だった。

いつもならばふらっとジノブランド先生がやってきてぼそぼそとなにか言ったと思うとすぐに

教室を出ていくだけなのだが、その日は巻紙を持っていたのだ。

　巻紙には統一テストの範囲が書かれており、その巻紙は教室の壁に掲示された。他になにもない殺風景な壁にぽつねんと貼られた紙はどことなく寂しげであり、貼ったときに曲がったのか、ちょっとナナメなのもよりいっそうのわびしさを誘っていた。

　ま、それはともかく——俺には心配事があった。

　太っちょくんのことだ。ヤツは、いまだに授業に参加していない。実家に帰ったのかと思いきや寮にいるらしい。実家に帰っていると「休学」扱いなのでテストの頭数に入らないのだが、寮に残っている以上は頭数に入ってしまう。

　しかし部屋に籠もっていてやることなんてあるのか？　ヒマ過ぎない？　もうかれこれ２週間くらいになるんだけど……ずっと部屋の中ってマズイよな。よほど破壊力のあるエロ本でも拾ったんだろうか。

「師匠。師匠」

「あ、ああ……ごめんごめん。ちょっと考え事してた」

　今はスヴェンとともにいつもの朝練である。スヴェンはいまだに自分のスキルレベルを確認していない。「統一テストが終わったら確認します」と言っていたが、どうやらレベル確認を自分の「ご褒美」として勉強もがんばろうという考えらしい。

　こいつ、結構健気だよな……。マズイ。スヴェンの頭の上に垂れ下がったイヌミミとケツにはイヌシッポを幻視してしまったぞ。なお尻尾はちぎれんばかりに振られている模様。

「せいっ!!」

「うん。いい振りだな。これはかなりレベルアップしてるんじゃない？」

「うぇへへそうですかいやだなぁもう師匠ぇへへへへ」

なにこのスヴェン気持ち悪い。声はぐねぐねなのに顔が無表情なのがなおさら恐ろしい。

「じゃあもうちょっとやったら授業の準備すっか——ん？」

俺たちは寮の裏手にあるちょっとした森の中にいたのだけれど、遠くで乾いたものが叩きつけられるようなそんな音が聞こえてきた。スヴェンも聞こえたらしく、俺と視線をかわす。こんな朝っぱらから誰だ？　この森の奥にはなにもないはずだから、高い確率で黒鋼寮の生徒がいるんじゃないかと思うんだけど。

「鍛錬……でしょうか」

「ちょっと見にいってみようか。もし同好の士ならいっしょに朝練してもいいし」

「修業仲間ですね」

にやり、と笑って見せるんだけど目が笑ってないんだよお前は。不気味だっつーの。

秘密訓練とかだったら悪いので、近くに行って確認してから声を掛けることにする。あまり音を立てないようにそろそろと近づいていく——なんの音が鳴ってたんだろ。

「どれ、一体誰が——」

のぞきこんだ俺とスヴェンだったが、驚きに凍りついた。

「フゥッ、フッ、フゥッ……」

上半身をあらわにした少年が、汗だくになりながら長い長い鉄の棒を振り回しては大木に叩きつけていたのだ。

「せぇぇぇい！」

突きが決まるとビシィィィイッと音がして大木が削られる。俺が両手を広げても抱えきれない――3人いれば抱えられるだろうか、というほどの巨木である。その表面はひどく削られており、生木の発する青臭いにおいが漂っていた。

「はぁ、はぁっ、はぁ……」

ばたん、と背後に大の字に倒れたのは――誰あろう、太っちょくんだった。

太っちょくん、改め、やや太っちょくんだ。

「痩せてるゥッ!?」

トッチョ＝シールディア＝ラングブルクくんの大半を占めるアイデンティティである「肥満」が解消されつつあり、そのせいで俺の認識が崩壊の瀬戸際になり思わず声が出てしまった。

声に気がついたやや太っちょくんががばりと起き上がりこっちを見る。木陰からのぞきこんでいた俺とスヴェンはあわてて隠れたがばっちり視線は合った。

俺、両手で口を塞いだが、スヴェンがジト目でこっちを見てくる。

スヴェンよ、師を責めてはならない。師だって間違う。師だってびっくりしちゃう。

「……出てこいよ、ガリ――」

ガリ勉、と言いかけたんだろうトッチョは、なぜかそこで言葉を切った。

「バレてしまったのなら仕方がないな」

スヴェンのジト目に負けず、俺はなるべく大物ぶって出ていってみた。まあ、大物ぶる必要なんてないんだけど。

「……なにしに来たんだよ。笑いに来たのか？」

「いや、そこまでヒマじゃないよ。こんな朝から訓練してるのは誰かなって」

「別に訓練とかそんなんじゃねえし」

息切らしながら鉄の棒を振り回すことが「訓練じゃない」のなら一体どれほど過酷な内容が「訓練」なんですかね。

「なあ、俺とスヴェンは毎日朝練やってるんだけど、お前もいっしょにやる？」

「はぁあああ!?」

「えぇえええ!?」

トッチョとスヴェンのふたりが同時にびっくりして俺を見る。え、なに？　お前らなんでそんなに息が合ってるの？

「なにが惨めでお前らなんかといっしょに訓練しなきゃいけねえんだよ！」

「だって武技の訓練は相手がいてなんぼだろ？　相手がいないとただの素振りになるし、相手がいればいろんな想定で訓練できる。さらに【防御術】のスキルもアップできるというオマケまでついてくる」

あと【槍術】に関する知識も蓄えられる。ぐふふふふ。

「……お前、なに考えてやがる」

うぐッ!?　槍術の名家ラングブルク家の秘伝を盗んでやろうという作戦がバレたか!?

「ザケんじゃねえよ。やってられっか」

トッチョは放り出していた上着を拾い上げると、俺たちに背を向けて去っていった。

「あらら……勧誘失敗か」

「師匠。どういうおつもりですか」

またスヴェンがジト目でこっちを見てきた。

そ、そんなに俺は悪だくみをしているような顔だったろうか？　顔に出やすいのか？

「師匠の一番弟子は俺じゃないんですかぁっ！」

「あ、そっち？」

スヴェンは平常運転だった。そもそも弟子にしたつもりがほとんどないんだが、それを言うと泣き出しそう（無表情）なので言わないでおいた。

「槍術の使い手がいれば俺たちの実戦経験が積めるじゃないか。めっちゃ大事なことだぞ」

ぽん、とスヴェンは手を叩いた。

「是非、ヤツを我らが軍門に降らせましょう」

「言い方ァ！」

統一テストの試験範囲が発表されたせいか、1年生の間に漂っていた空気――「ようやく騎士学園に入れた誇らしさ」みたいなほんわかした空気がピリッとしたものへと変わる。

試験範囲は学内の掲示板にも貼り出されてあって、2年生以上はチラッと見るだけで通り過ぎるのだけど、1年生がたまに見上げていたりする。

お、おおぉ……あの黄色いリボンは黄槍クラスの女の子だ。ふたりしてめちゃくちゃ可愛い。アイドルっていうかモデル寄りだなあ。

「あたし算術のテスト自信ないなあ……」

「なに言ってるのよ。私よりずっとできるくせにー」

「えー、そんなことないよー」

きゃいきゃいしているそれだけでもう可愛い。

ここのところ男前に磨きが掛かっているオリザちゃんにも見習って欲しいところである。

「おい、ソーマ」

「ひぃっ！」

背後からそのオリザちゃんに話しかけられて俺はのけぞった。

「？　なんだよ、その反応は……」

「オ、オ、オリザ姐さんじゃぁありやせんか。どうしやした」

「なんだよ、その言葉遣いは……」

呆れたようにこっちを見てくるオリザちゃんだったが、

「！　ねえ、あれって……」

「黒鋼じゃん。怖」

黄槍クラスの女の子たちがそそくさと逃げていく。待って！　L〇NE交換しよ？

クッ、逃げちまった……フルチン先輩はどうやって黄槍クラスにアプローチしてるんだ！

「おいソーマ。アタシを散々無視してくれんじゃないか。どういうつもりだい？」

「あっ、そろそろ授業始まる時間か」

「そうじゃない――いや、それもあるんだけどさ……ルチカがアンタと話したいんだって」

トッチョの妹のルチカが俺になんの話だろう？　勉強のわからないところの質問か？

とりあえずオリザちゃんに連れられていくと、教室の前にルチカがいた。オリザちゃんとともに3人で、隣の部屋――資料室みたいだけど中はカラっぽの部屋へと入った。

「あ、あにょ、お忙しいところすみませんっ。そのぅ……お兄ちゃんのことなんですけど」

ルチカは困ったような顔で俺を上目遣いで見ながら、話し出した。

「私たちは8人兄妹の末っ子の双子なんです」

「8人？　多いね――いや、そうでもないのか？」

俺はオリザちゃんをちらりと見る。彼女の家も大人数兄妹だったはずだ。

「ウチとは違うんだよ。ルチカのところは当主が色ぼけであちこちで子どもを作りまくってさ、兄妹が多くても同じ母親から生まれたのはルチカにとってはトッチョだけなんだ」

母親が違えば家の中でも派閥が生まれる。

正妻と側室――と言えば聞こえがいいが、どこか「離れに住む愛人」のような扱いにもなっており子どもたちはそんな家庭の中で育ったらしい。

「……それでもラングブルクは槍さえ強ければ立場を認められるんです。お兄ちゃんは才能があって、それで学園に通うことをお父様から認められました」

「学園に通うのを認められた……っつっても、むしろ学園に通うのはいいことだろ？　認められるってなに？」

「あのなソーマ。お前ら平民はタダで入学できるけど、貴族は『寄付金』が要るんだよ」

「ん？　でも黒鋼クラスは寄付金がなくて困ってるって話じゃん」

貴族の親から寄付があるなら俺が私財を投じることもなかったじゃないか。

「アタシもそれを聞くまでは知らなかったけど……どこかに消えてんだろうな。ピンハネさ。あんまり多額だとバレるけど、低位貴族の寄付金なんてたかがしれてるし」

「はああああ!?」

なんだよそれ、犯罪じゃん！　貴族の金を盗んでるようなもんだろ、どうなってんだよ!?

腐るにもほどがある！

「……ラングブルク家は元々、そうお金がある家ではないんです。お父様はあちこち遊び歩きますし。そんなラングブルク家で、お兄ちゃんが学園に通うっていうのはすごいんです。お兄ちゃんは、まだエクストラスキルを使えないことをものすごく悔しがっていましたけど」

「だったらなおさらアイツ、授業サボってるのはよくないじゃん」

「お兄ちゃんにとってそれだけ、槍は大事なものだったんです……」

「……俺に負けて自信喪失しちゃったってこと？」

「ソーマさんに勝てるようになるまでは授業に来ないのかな、って……」

　朝練していたのを見つけたときにも思ったけど、ルチカの言うことが正しいのなら、トッチョって割と根性あるんだな。見直した。ルチカを突き飛ばしたのは許さないけど
「い、いいえっ、私なんていいんです。お兄ちゃんのオマケで通わせてもらっているだけですし……ほんとうなら私は学園には来られないはずだったんです。それをお兄ちゃんが『ルチカが行かないなら俺も行かない』って」

「だったらなおさら暴力振るうのっておかしくね？」

「それは……お兄ちゃんは難しい人なので。だから、私がお兄ちゃんのできない勉強でカバーしてあげないとって思っていて……」

　なんていい子なんだ。

　よくよく聞いてみると、トッチョは法律や神話、算術といった小難しい授業は大の苦手で——というか授業のほとんどがダメということになるんだが——ゆくゆく必要になったとき困るだろうからルチカは勉強をがんばっているということだ。

「アレか。実はシスコンか」

　逆にルチカはブラコンまである。

「えぇっ!?　お、お兄ちゃんはそんな人じゃないと思いましゅっ」

「いやいやアレはなかなかどうして——」

「あのねえ、なぁにのんびりしてんのよ。理由はどうあれこのままテストに来なかったら困るのはアンタよ」

「それはそうなんだけどさー……そうだよなー……太っちょとその取り巻きたちと、あわせて5人がテストを欠席だなんてなったらかなり痛いんだよなー……」

「アイツらはアレでも全員貴族家の男子だからね。他の4人はともかくトッチョは絶対に出てこないとアタシは思うよ。面子(めんつ)をつぶされた相手は倍返しするまで恨み続ける、なんてのは貴族の常識さ」

ん？

「全員貴族家の男子……貴族の常識……」

「どうした？」

「そうだったのか！　ありがとうオリザちゃん！　これはちょっとイケるかもしれない」

俺はあるアイディアを思いついていた。

5人のうちせめて4人には、授業を参加させる作戦――その名も、

「『永田町(ながたちょう)の常識は世間の非常識』作戦だ！」

「ナガタチョ……なに？」

オリザちゃんとルチカはきょとんとしていた。かーっ、ネタが古かったかー。

アイディアを得た俺が黒鋼寮まで走っていくと、ちょうどトッチョ以外の4人が寮の前の空

きスペースでだらだらくつろいでいるところだった。ふと気になって立ち聞きしてみる。

「――つか、どうする？　このまま授業サボってていいのか？」

「あのガリ勉が退学になったら戻ればいいじゃんって話しただろう」

「でも実家は知らないからいいっつってもさ、ウチのクラスにも貴族家は結構いるぞ。そいつらの口から俺たちのことが伝わったら……まずいんじゃ？」

「だったらお前それトッチョさんに言えよ。トッチョさんが出てないのに俺たちだけ出るわけにはいかないだろ」

「トッチョさんだって男爵家なんだし俺たちといっしょだろ？　気にしなくてよくない？」

「だからそれをトッチョさんに言えって」

「言うわけないだろ。怖いもん」

ふむふむ。なるほどね、彼らは彼らなりに迷いがあるんだな。折しも統一テストの試験範囲も発表されて周囲がざわつきだして、それで不安になってきたのかもしれない。

機は熟した。「永田町の常識は世間の非常識」作戦を実行すべきときである。

「やあやあ」

俺がわざと声を上げて近づくと、彼らはぎょっとして振り向いた。

「ガ、ガリ勉……」

「なにしに来たんだよ。俺たちお前の授業なんかには出ないぞ」

「や、出ないと決まったわけじゃ――」

「だからそれトッチョさんに言えんのかよ」

またやいのやいの言い出す。

「落ち着いてよ。別に俺だって君たちに無理強いしたいわけじゃないんだ。ただ――ひょっとしたら君たち、あのこと知らないんじゃないかなって思ってさ」

「……あのこと？　ってなんだよ」

「うんうん。学園内には平民よりも貴族家の出身者のほうが多いよな」

「そりゃそうだろ。だからなんだよ」

「うんうん。でも貴族家の間じゃ、あの話は広まってないんだな。平民同士だと情報のやりとりをよくやるからすぐ伝わってくるんだ。貴族と違って見栄を張る必要もないし」

「だから！『あのこと』だの『あの話』だのってのはなんなんだよ!?」

俺はことさらもったいぶって、小さくため息なんかついてみたりして、言った。

「テスト結果が親に送られてるって話」

これは意外だったのだろう、4人はピシリと固まった。

「い、いや、それはないだろ……学園のテスト結果は学園内の指導のためにだけ使われるって俺は聞いたし」

「そ、そうだよ。いい加減なこと言うなよ」

抗弁する彼らに俺は言う。

「建前上は、ね」

「!?」

そう、建前上はそうなっている。学園でのテスト結果は学園内でだけ処理される。全寮制だし（例外はあるけど）彼らは夏休みまでは実家に帰らない。

だけどその「建前」なんてのが嘘っぱちだということを俺たちはすでに知っている。なーにが「貴族も平民も同じ生徒。扱いは同じ」だ。「すべてのクラスが必要」だ。めっちゃ格差あるじゃねーか——と。

「俺はこう聞いたんだ。学園を卒業したら騎士になる、つまり貴族社会でもそこそこの箔がつくというのは周知の事実だろ？　そんな場所で行われたテストは、当然、生徒の親だって知りたいと思うわけだ……彼らだって寄付金を払ってるんだから」

「それは……そうだろうけど」

「よく見てみな。学園内でトップを取らなきゃいけない白騎や蒼竜クラスならともかく、黄槍や緋剣、碧盾の生徒たちだって必死で勉強してるだろ？　親に怒られたくはないもんな」

「マジかよ。アイツら知ってたのか？　親にテスト結果が送られること！」

ウソだけどな。でもこれくらいのウソならば許されるだろう。

勉強をやらせないウソじゃなく、やらせるためのウソなんだから。

「少なくとも俺はそう聞いたってだけだけどね。そう考えてみると当てはまることが多いって思ったんだ。じゃ、授業があるからそろそろ行くよ——」

歩き出した俺の背後で、彼らがひそひそと話している気配がうかがえる。ちょっとした諍いまで始まっている。

「ソーンマルクス！　ちょっと待て！」

テストは受けておくべきでは、と心配していた男子が声を掛けてくる。

「……い、今から勉強して間に合うか？」

その言葉を待っていた！

俺はにたりと口元を歪ませたが——それをなんとかこらえて平静を装って振り返る。

「もちろん。むしろ今日からが本番だ。過去の試験問題からピックアップした、予想問題に徹底的に取り組む。これだけできれば最低限の点数は絶対取れるってヤツ」

不安そうだった彼の瞳に、希望の光がちらりと見える。

「俺は授業に出る」

「お、俺も」

「おい！　いいのかよ!?　トッチョさんに言うぞ！」

「そうだぞ！」

「言いたきゃ言え。お前ら、０点のテスト結果を見た親がなんて言うか考えてみろ」

反対していたふたりは、顔を見合わせた。

「そ、そこまで言うなら俺も出てやる」

「しょうがねえな……」

なにがしょうがないんだか、と俺は噴き出しそうになりながらも——４人とともに教室へと向かった。

これでトッチョ以外の全員が授業に出てくれることになった。

そして再来週明けから始まる統一テストのために「土日も試験対策しない？」と切り出すと、全員が賛成したのだった。

＊　トッチョ＝シールディア＝ラングブルク　＊

「クソッ！　なんなんだよアイツはッ！　なにがいっしょに訓練だッ！」

この学園に入り、最初の武技の授業が行われたときに、彼、トッチョは悟った。

――このクラスに、俺の敵はいない、と。

彼は槍術で名を上げたラングブルク家の子であり、物心ついたときには槍を握っていた。

そんな彼の天稟は「一本槍（ザ・ランサー）」であり、その天稟の効果ははっきりわかっていないものの、ラングブルク家槍術の開祖と同じであることから将来を嘱望（しょくぼう）されていた。

事実、武技の授業では同レベルのクラスメイトはいない――はずだった。

しかしあの授業はあくまでも「騎士の使う剣」を学ぶものだ。

反復に次ぐ反復と実戦に次ぐ実戦でスキルレベルを上げまくったソーマはもちろん、女子ながらも「剣」ではなく「蹴（け）り」でスキルレベル１００を突破しているオリザという強者（つわもの）についてもトッチョは見落としていた。

トッチョはラングブルク家でこそ「将来性ナンバーワンの子」だったが、それはやはり「井の中の蛙」だったのだ。

「なんなんだ、アイツは……」

肩で息を吐いてトッチョは座り込んだ。この森には他に誰もいない——彼は息を整えるべくじっとしていた。

そうしていると思い返すのはソーマとの決闘だ。あんな低レベルが相手になるわけもなかった。だが、あの動きは——まったく見えなかった。もう1度だろうと10度だろうと相手をしても勝てる見込みはまったくない。

「なんであんな野郎に、ルチカは……」

双子の妹にして、同じ母を持つ唯一の兄妹ルチカ。

父や家の者が自分に向ける目線は明らかに天稟をうらやみ、褒めるものだったが、ルチカは違う。純粋に自分の本質を見て、接してくれるただひとりの存在だった。

だからこそ、武術にはとんと弱いルチカを自分は保護しなければならないと思った。自分が学園に通うことになれば残された彼女がどんな扱いをされるかわからないから「いっしょに通わせるように」とワガママを言った。

なのにルチカは——ソーマに勉強を教わっていた。

自分が決闘をして負けるよりも前に、ルチカはソーマの力を見抜いていたのか？

「……大体なんであんなに勉強してんだよ。勉強できなくったって女は嫁いで終わりだろ」

嫁いで終わり、なんてことはまずないのだが、それでも男に比べて女はさほど勉強しなくていいという風潮はあった。

トッチョは、ルチカが自分のために勉強をがんばっているだなんてことはまったく知らなかったのだ。ルチカが勉強を教えてくれたおかげで入学試験に受かったことも、トッチョはよくわかっていない。

ソーマはトッチョが「気になる女子でもいるの？」とか言ってきたが、トッチョが気にしているのはなんだかんだでルチカのことだ。ルチカが女子の集団にちゃんと溶け込んでいるかが気になるし、ルチカの敵がいれば排除してやりたい。シスコンである。

のろのろと起き上がると空きっ腹に気がついて森を離れる。身だしなみを整えて――これでも男爵家で育った以上、身だしなみには気を遣う――学園レストランへと向かった。

ランチには早い時間で中にほとんど生徒はいない。それでもクラスごとにくっきりと座る位置は分かれており、トッチョは黒鋼の席――誰もいないが、いちばん奥へと向かった。

給仕に食事を頼んだところで、話しかけられた。

「やあ、ここにいるとは思わなかったよ」

「……どうも」

話しかけてきたのは碧盾クラス3年の、従兄（いとこ）だった。ラングブルク家から子爵家に嫁いだ叔母（おば）が産んだ子である。年に1回か2回会うかという程度の相手であり、それも時候の挨拶（あいさつ）を交わすくらいだ。そんな彼がここで話しかけてくるとは？

「叔父さんは元気か？　だいぶ君には期待をかけているみたいじゃないか」

相手はにこやかにそんな会話を振りつつテーブルの対面に座る。他のクラスの生徒と同じテーブルを囲むのは珍しいことではないが、黒鋼クラスまでやってくるもの好きはいない。

「なにか用っすか」

駆け引きなどできないトッチョは直球で聞いた。聞かれた従兄もあまりに直球過ぎて目をぱちぱちしてから苦笑した。

「いや、まあ……そうだな、君には違和感があるだろうな。私がこうして学園で話しかけてくるとは。せっかくだから親族として忠告しておきたいと思ってね」

「……忠告？」

思いがけない言葉を聞いて、トッチョは首をかしげる。

「統一テストを欠席したまえ。他に何人か引き込んで、黒鋼クラスの平均点を下げ、できうる限り確実に黒鋼クラスが最下位になるように動くんだ」

「……は？　なんであんたがそんなことを？」

「ソーンマルクス＝レック。彼がいると困る方々が多いんだ。彼ひとりの点数でなにかが変わるわけではないが、こうして私にも動くよう要請がくる以上、安心できない方々がおられるということだろう。……難しいか？　ならば話をシンプルにしよう。お前がテストを欠席すれば、大金貨1枚やる。他にひとり欠席者を増やすごとに金貨3枚やる」

「!?」

思わずトッチョは腰を浮かせた。

大金貨1枚とは、日本円換算で100万円、金貨1枚で20万円程度の価値を持つ。取り巻き全員とトッチョがテストを欠席すれば200万円近くの金をやると言っているのである。

裕福だとはけして言えないトッチョにとって、とてつもない金額だった。

「そ、そんなの、もらえねえよ……」

「もらっておけ。むしろもらわないで『貸し』にしようなんて思うなよ。お前が面倒だと思われて目をつけられると私も困るんだ。話はそれだけだ——ああ、もちろんテストに出席するなんてバカなことは考えるなよ？　それこそ身の破滅だ。こうして話が来た以上はお前もこっち側の人間になったってことだからな」

従兄はそれだけ言うと、さっさと立ち上がって去っていった。

「おいおい、黒鋼クラスに行ってなにしてたんだよ？」

「ああ……出来の悪い身内がいてさ。ちょっとした話をしてきたんだ」

「おっ。例の金儲け（かねもう）けの話か？」

「金だけじゃねえよ。これで俺はもっと上の方とつながりが持てたかもしれないぞ。……それよりこの話はグーピーのババァには言うなよ。一枚噛（か）ませろとか言われたら面倒だ」

「わかってるって。それにしても今年の1年は騒がしいな」

そんなふうにして話す3年生のテーブルがあった。

その背後で、聞き耳を立てている存在がいたことには彼らは気づかなかった。

＊　ソーンマルクス＝レック　＊

あのさソーマ、とリットが切り出したのは金曜の夜だった。

明日の土日授業のために準備していた俺に話しかけてきたのだ。ああ、スヴェンなら俺の隣（のベッド）で寝てる。

「碧盾クラスにケンカを売った件なんだけどさ」

「うっ、まだなにか怒ってらっしゃる……？」

確かに「証人」に巻き込んだのは俺だけど！

「もう怒ってないって。それよりソーマはさ、クラスの人にはこのこと話してないよね？」

「うん」

「なんで」

「や、だって関係ないじゃん？」

「……ボクは？」

「ひとりは寂しかったので、つい」

つい、じゃないよ！　と怒られるかと思って身構えたけど、リットはハァ～とため息を吐いただけだった。

「まあ、それはともかくさ……妨害があるとは思わないの？　黒鋼が碧盾にケンカを売ったら、向こうだって本気でつぶしに掛かってくるでしょ」

「いやいや、テストで点数競争するのにつぶすもなにもないだろ。あっはっは、リットは面白いこと言うなぁ」

「…………」

「……リットさんや」

「…………」

「リットさぁん！　ないよね!?　本気でつぶすとかないよね!?」

「あるんだよなぁ……」

「あるの!?」

「まあ、直接的に襲撃する、なんてことはないだろうけど、あとで咎められないギリギリのことはあるかもよ？　たとえば――」

リットは次々に思いつく範囲の妨害の例を挙げた。

それは、あり得そう……と、俺にも納得できる範囲のことだった。

いわゆる「試験そのものの妨害」である。

ていうかすごいねリット。君、嫌がらせの才能あるよ？　――とか思っていたらすごい顔でにらまれた。この子結構勘が鋭いよね？

「あ、えっとさ、リット！　それなら対策できるよ」

「……マジで？」

「大マジだよ。むしろ今言ってくれてありがとうだよリット。対策するわ。あと……一応念のために聞くけど、『直接的に襲撃する』はほんとにないよな？　それは対応しきれない」

「さすがにないと思うよ——よほど追い詰められたバカ貴族はやらかすもんだけど、向こうは『絶対勝てる』と考えてるだろうから、嫌がらせして『絶対』の可能性を高めることくらいでしょ。むしろ実力行使で証拠を残すことのほうがリスキーだと思う」

「オッケー！」

俺は大急ぎで、残りの授業でなにをすべきか見直しをし、俺の授業を盗み見されない工夫を考えた。妨害対策してるってバレたらそれがいちばん困るもんな。


「よし、それじゃ今日は全員このハチマキを巻くぞ！」

と俺は黒いハチマキを配った。

うん、全員がきょとんとしているな。

「これは、テスト勉強の能率を飛躍的に高めるといわれている伝統のハチマキだ。主にニホンという地方のジュクという場所で使われていた」

「ニホン？」

「ジュク？」

うん、全員がきょとんとしたままだな。

「俺は学園の入試勉強をするときはいつもハチマキをしていたんだ」

率先(そっせん)して巻いてみせると、ルチカがすぐに巻いた。女子数人がそれに続いて、男子たちも「マジかよ」という顔をしながらもハチマキを巻いた。

「はぁ～……これで満足か？」

オリザちゃんがため息とともにハチマキを身につけると、うーむ、絶望的に似合わないな。

しかしそのオリザちゃんのおかげで残りのクラスメイトもハチマキを巻いていく。いやほんとお前ら俺よりオリザちゃんの言うこと聞くわけ？　聞くよね……俺もオリザちゃんの言うこと聞いちゃいそうだわ……。でも蹴(け)りは勘弁な！

で、「絶対ボクはつけないからな」と事前に宣言してくれちゃっていたリットも周囲を見回し「マジで？」という顔をしてから俺へと視線を向けてくる。

うん、と俺はうなずいた。マジよ？

頭をかきむしってしばらく突っ伏してから、リットもハチマキを巻いた。よく似合ってるぞ、リット。うぷぷぷぷ。

スヴェン？　教室に入った時点ですでに巻いてたぞ。「師匠(ししょう)からプレゼントをいただけるとは」って感極まってた。尻尾(しっぽ)（幻視）振ってた。

「よし、それじゃ土日はみっちりやるぞー！」

俺が声を張り上げると、「おー」という控えめな声が返ってきた。

わかっている、こういうノリについてくるのはなかなかしんどいよな。

でもな、この「おー」はだんだん大きくなっていくんだ。

「『神話』やるぞー！」

「おーっ」

その2時間後。

「『算術』いくぞー！」

「おーっ！」

日が暮れそうな時間帯。

「最後『法律』やるぞー！」

「うおおおおおお！」

やけっぱちになっていくのである。

そうなるとしめたものだ。暗記の反復も、脳は動いていないが身体に覚えさせる勢いでどんどんやっていく。


そんなこんなで残りの日々はあっという間に過ぎて――。

「これで……俺の授業はすべて終わりだッ」

俺の喉までガラガラになっていた。

黒ハチマキを配ってから一週間――直前の日曜日の夕方である。

あとはしっかりご飯を食べて、ゆっくり眠ること。寝不足は絶対にダメである。

「ソーマ……俺、俺はッ」

「もうないんだ、抜き打ちで法律を暗唱させられることもないんだ……」

「うおおおおっ」

男どもが俺に群がって泣いている。軽い新興宗教の誕生である。

「お姉様ッ」

「よしよし、今から泣いてるなんてバカだね。明日が本番だってのに」

「お姉様ぁ――」

……でもどうして女子は全員オリザちゃんに群がっているんですかね？　これはアレだよね、俺の周りに男が集まりすぎて女子には近寄りがたいから仕方なくオリザちゃんなんだよね？そうだよね!?

だけどまぁ……やれるだけはやった。

いよいよ明日が、試験当日。明日1日だけの一発勝負。

結局――トッチョは1日も俺の授業には参加しなかった。


5月の朝、という感じである。空気は暖かくて太陽はきらきらしている。

前世で会社を整理していたときより働いてるんじゃないかって思えるくらいだった俺は、テスト前で緊張して眠れないなんてこともなく非常に気持ちよく目覚めた。

若さってすばらしい。

こっちの1年は四季がはっきりしている——むしろ夏が長期化している日本よりも四季がはっきりしているのでこの春の気持ちよさは格別だなあ。

今日は朝練をナシにしているのでスヴェンがそわそわもじもじしている。……こいつに限っては朝練させておいたほうがよかったかもしれない。

食堂はいつもより混んでいて——よくよく考えると俺とスヴェンはこの時間に食堂に来ることがないので混んでいるとは知らなかった——料理のなくなっている皿も多かった。

「ソーマさ、ほんっと緊張感ないよね。トッチョ欠席で0点のハンデがあるってのに」

ちびっこリットが立ち上がりながら言った。もう食べ終わったらしい——パンケーキにヨーグルト？　こいつはまた女子力高いもの食べてんなー。

「……その点は心配してないよ」

ぼそりと言うと、スヴェンが「？」という顔でこっちを見てきた。「素振りしますか」じゃないよ。しないよ。

講義棟までの道も、いつもとは違った空気が流れていた。歩きながらノートを読むなんてのは「マナー違反（貴族的な意味で）」なのでみんな脇目も振らず教室を目指している。テスト開始ギリギリまで勉強しようという考えなのだろう。

「うぃ～……やっべぇ、昨日の酒が強烈過ぎてマジで抜けてねぇ」

「バッカおめぇ飲み過ぎらっつうの」

「おめぇもろれつ回ってねぇぞ」

それに引き替え、酒臭い息で歩いている黒パーカーの生徒……黒鋼クラスの上級生の皆さん、さすがです。最下位クラスから10％を辞めさせる話は1年生だけなので彼らには関係ないのだ。目障りな生徒は1年のうちにしっかり辞めさせるということだ。先輩たち、今はいいけど後々覚悟してくてね？　ワタクシ高学年も改革する気がありますことよ。

「おはよー！」

「……おはようございます」

「……おはよ」

教室へやってきた俺が声を掛けるとちらちらと挨拶が返ってきたものの、ほとんどのクラスメイトは必死な顔でノートに食らいついていた。

勉強することの必要性を説き、伝え、ときに脅し、駆り立てた俺からすると、ちょっとやりすぎた気がしないでもないが、高得点を取ることに関しては悪いことなどない。

きっと俺は良いことをした。俺は善人だ。そういうことにしておこう。

「じゃ、ボクも最後の暗記をしておこうかな」

「………………」

リットとスヴェンも自席に着くとノートと格闘を始めた。特にスヴェンのヤツがヤバイ。すっと背筋を伸ばしたと思うと上半身だけをノートの上へと倒し、長い髪がノートに垂れるのも気にせずジイイとノートの文章を凝視している。

そのページが終わると身体を起こし、ファサッと髪の毛を背後に飛ばしつつ次のページ。その繰り返しである。あ、リットがスヴェンからちょっと距離を取った。

「で？　ソーンマルクス大先生はウチらが何位取れると思ってるんだ？」

オリザちゃんとルチカがやってきた。

「やってみなきゃわからないさ。何位になるかは他のクラスの点数にも左右されるしね」

「そりゃそーだけど……ってかアンタ、余裕だね？　ナガタチョーなんたら作戦で4人戻ってきたから余裕なのか？」

「ソ、ソーマさん、ごめんなさい……お兄ちゃんは最後まで来てなくて」

ルチカが恐縮しまくってるけど、そんなに気に病まなくていいよ。

と、ルチカちゃんが素っ頓狂(すっとんきょう)な声を上げたのでクラス中がびくりとして彼女に注目する。

「あっ！」

彼女は一点を見つめている。

それは教室の入口だ。

「ようやく来たか」

俺はそちらを見なくともわかっていた。

「……んだよ、こっち見てんじゃねーよ」

トッチョが教室に入ってきたのだ。

第四章　ここから始める第一歩、黒鋼クラスの快進撃

＊　テスト当日の大人たち　＊

　統一テストが行われる日、各クラスの担任たちは一室に集められる。それは彼らにとっても統一テストが重要であることを意味している。クラスの平均得点と順位は教師にとっての通信簿なのである。

　つまり彼らが集められているのは、「不正をさせない」ためというのがひとつ、もうひとつは「重要であることを再確認させる」ためだ。

　この日を特別扱いすることで、改めて自分たちの評価がテストにかかっていることを知らしめているのだ。

「いやはや、グーピー先生はうまくやりましたな」

「いやですわ。ワタクシはただ授業を一所懸命やっていただけですわ」

「ご謙遜を！　我ら貴族にとって目の上のたんこぶだった平民を、一方的に退学にしたのであ

ればよからぬウワサも立ちましょうが、向こうから退学を賭けた勝負だと言わせたのですから
たいしたものです」
「オホホホ」
すでに教員の間では1年生の統一テストが大きな話題になっていた。
記録的高得点で王都試験を突破した――平民。ソーンマルクス＝レック。
よりによって、三大公家の御曹司であるキルトフリューグ＝ソーディア＝ラーゲンベルクが
入学するというこの年にやってきたものだから、貴族の威信にかけてもキールをトップにしな
ければならない教員たちにとってソーマは頭痛の種だった。
しかも、彼が王都試験トップであったことは知られており、統一テストのクラス点数が悪か
ったからと彼を退学にしたら貴族に対する不満が噴き出すのは間違いない。
その点、グーピーは――本人はまったくそんなつもりはなかったのだが――うまいことソー
マに退学への道筋をつけた点を評価されている。
「いろいろとワタクシも動いています。今日も万全ですとも……オホホホ。申し訳ありません
がちょっとエチケットルームへ」
話しかけていた2年碧盾クラスの担任が横にどくと、グーピーは係員に付き添われながらト
イレへと向かう。
「フン。男爵風情が……」
2年碧盾クラスの担任もまた男爵家の男だ。最初からグーピーは相手にしていない。

「ワタクシの手柄が認められれば、もっと高位の血筋の方々とお近づきに……」

そんな夢を見ているのである。

一方で控え室に残っていた2年碧盾クラスの担任は、

「バカな女だ。この件ではすでにいろいろな方が動いているというのに、勝手をして」

苦々しくそう言うと、その場を離れていった。

控え室の隅で、イスに座っていたのがジノブランドである。

（あの女、いったいなにをした？　ふつうにやれば碧盾クラスの勝ちで決まりだろう。なのに、まだなにかをしたっていうのか）

あっけらかんとした顔で自分の教員室へ入ってきたソーマをジノブランドは思い返す。

あんな生徒、黒鋼クラスにいたためしがない。黒鋼クラスの生徒は入学早々、心を折られ、あとはふてくされるか卑屈になって学園生活を過ごしていく。

ソーマは異質だった。そして冷たく対応しているジノブランドにも歩み寄ろうとした。

（……ソーマ、お前なにを考えてる。ほんとに勝てる気なのか、碧盾クラスに。向こうはなにか仕掛けてくるつもりだぞ……）

いてもたってもいられずジノブランドが立ち上がると、その3メートル横にいて控え室内を見張っていた係員が、ジノブランドに鋭い視線を向ける。

ジノブランドはその視線にたじろいて、力なく座り込んだ。

（クソッ……俺は、なにをやってるんだ……）

膝の上で拳を、握りしめた。

講義棟が静まり返っている。そこへ、統一された灰色の服を着た男女がやってくる。彼らが持っているのは一抱えもあるほどの木枠がついた金属プレートと、紙の束である。

各人がそれぞれのフロアへと散っていく。

そのうちの、痩せぎすの男がやってきたのは1年黒鋼クラスだった。

ドアを開けて入っていくと、張り詰めていた空気がますます硬質になっていく——というのが例年の1年生なのだが、違った。

「なんだよそりゃ!?　あり得ねえだろ、ソーマ！」

「ほんとだって！」

わはははは、と、大笑いとまではいかないが、さざ波のような声が聞こえている。

痩せぎすの男は目を瞬かせたが、ここが目的地で間違いないはずだ。

「あの、テストなのですが？」

「あ、もう来ちゃいましたか。すみません！」

黒髪の少年が頭をかきながら席へと戻っていく。

なにをしていたのだろう。黒板を見ると、「人生でいちばん恥ずかしかったこと」なんていう言葉が書いてあり、教壇にはクジのようなものが散らばっている。まさか、テスト直前にクジを引いて「人生でいちばん恥ずかしかったこと」を話していたのか？

男が戸惑っていると、生徒たち全員がこちらを見ていた。あわてて黒板を消すと、今日の試験のスケジュールを書き、なにも書かれていない解答用紙を配っていく。

「本日の統一テストは係員が問題を読み上げる形式で行われる。我々は学園とは関係ない場所で雇われており、試験に関する質問は受け付けられない。これは他のクラスもすべて同じ条件だ。各教科とも試験時間は1時間で、試験の開始と終了は鐘の音によって告知される。終了の鐘が鳴り始めたら速やかにペンをおくこと。ペンをおかない場合は不正とみなす。1時間はこの『時刻みの鋼板』によっても目安を知ることができるがあくまでも開始と終了は鐘の音によって決まる」

痩せぎすの男は木枠のついた金属プレートを指差した。それはどこか写真立てのようにも見えるが、写真の代わりに入っているのは鈍色の金属板だ。「おおっ」と声がするので男がそちらを見ると、先ほどの黒髪少年がなんだか興奮している。「時刻みの鋼板」はこのテストくらいでしか使われないので、それが珍しかったのだろうか。

（ふん、せいぜい珍しがっておけ。お前がこれを見るのは今日が最初で最後だ）

痩せぎすの男は一通りの説明が終わると教壇横のイスに座った。

彼は確かに、学園外から雇われた係員だ。だが係員を依頼している斡旋商会はほぼ決まっており、それは教員たちにとっても常識だった。斡旋商会に裏金が回ることもよくあった。

たとえば、鐘が鳴っているのにペンをおかなかった生徒を見逃して欲しい。

たとえば、一度しか読まない問題文を、「言い間違えた」などでもう一度読んで欲しい。

たとえば、ちょっとした紙のやりとりを生徒がしていても見なかったことにして欲しい。

などなど、点数を上げるためのお願いをしている人間がいるのだ。


同時刻、白騎(ホワイト)クラス。

黒鋼クラスと同じくらいの広さながら内装はまったく違う。教室には絨毯(じゅうたん)が敷き詰められ透明度の高いガラスからは陽光が燦々(さんさん)と降り注いでいる。

カーテンや壁紙も流行に合わせた豪華な造りで、これらは毎年取り替えられる。

教壇を中心に生徒の机は放射状に配置されており、ティーカップを置くサイドテーブルまでついている――テストのときにはさすがに提供されないようだが。

「高貴なる皆様。もし仮に問題を聞き取りづらいことがありましたら遠慮(えんりょ)なくお申し付けくださいませ。間違いなく私の発音に問題がありますので、その場合は係員の不手際ということで再度問題を申し上げます」

係員はなんの臆面もなく言った。他のクラスにはない「超優遇」である。

聞いたキールがひっそりと眉根(まゆね)を寄せながら手を挙げる。

「係員殿、申し訳ないが我らを特別扱いすることはありませんよう、お願いします」

「はっ……？　そ、その、どういうことでしょうか」

「他のクラスと同様、ルール通り、問題を読み上げるのは1回だけとしていただきたいのです。

――皆様、それでよろしいでしょうか？」

キールに、他の生徒たちが反論するわけもない。

「もちろんですとも」

「問題を聞き逃して2度読むよう頼むなどという真似は、白騎クラスに似つかわしくない」

「自らそれを申し出るキルトフリューグ様のご立派なことよ」

キールは言った。

「我ら白騎クラスは、各クラスと同じ条件の下でテストを受け、そして1位になるのです」

その言葉の裏に、黒鋼クラスの少年を強烈に意識していることはクラスにいる誰も知らないことだった。


鐘が、鳴った。

講義棟のてっぺんに取り付けられている鐘は、マジックアイテムであるらしく、その音色は講義棟のどこにいても聞こえるようになっている。

大きすぎず、小さすぎない。

乾いた金属の音は、今日ばかりは厳粛さをもって聞こえてきた。

上層の、貴顕が集まる教室で聞いても。

中層の、女子ばかりいる教室で聞いても。

最下層の、粗末ともいえる教室で聞いても。

それは同じ鐘の音色だった。

「王立学園騎士養成校、統一テストを開始します。最初の科目は『神話』です。第1問——」

黒鋼クラスを割り当てられた痩せぎすの男は、真剣な顔でこちらを見つめている生徒たちを見て、口元が歪みかけるのをぐっとこらえた。

「神々の母であるツクマの教えである『人を愛せ。人は愛を返すであろう』という言葉に象徴される思想を元に教会はゲホゴホッ季節の挨拶を設定したがゴホゴホッ冬の挨拶定型文をゴホッ記述せよ」

とんでもない早口だった。さらに重要な部分にかぶせて咳払いをして聞きづらくなる。

「第2問——」

どうだ、聞き取れない者がいるだろう？　何人だ？　10人、20人？　あるいはもっと？

最初の1問目でつまずけば、次の問題が頭に入ってこない。それを引きずって1日が終わるなんてのもよくあることだ。

所詮は13歳の子どもたち。大人の奸智の前に、泣いてもらう——と、男は思っていた。

(え？)

だが黒鋼クラスの生徒たちは全員、さらさらさらとペンを走らせていた。むしろほとんどの生徒が必要な情報を書き終えており、次の問題の読み上げを待っている。

今までこの早口と咳のコンボで調子を崩された生徒を数多く見てきたというのに。

これはなんだ？

(——まるで、私が早口で問題を言うだろうとわかっていたかのような——)

コン、コン、と机を叩く音がしてハッとした。

黒髪の少年だ。早く次の問題を読めと言われた気がして、男は焦った――ほんとうならば自分が、生徒たちを焦らせる立場だというのに。

「だ、第2問」

背中に汗をかきながら男は問題を読み上げていく。

＊　ソーンマルクス＝レック　＊

やっぱそうきたか。

「早口」に、「聞き取りづらい発音」なんてのはこちらも想定していた嫌がらせだ。

もちろん試験を想定した演習でそれくらいはやったし、結局のところ問題のパターンはある程度固定化しているので最悪聞こえなくても問題の見当はつく。

試験中にそばまで来て集中力を乱すとか、訛りのひどい試験官に文章を読ませるとか、それくらいまで想定していたのだ。むしろ「お優しいことで」と言いたいくらいである。

（よしよし……問題も想定通りだ）

さらさらさらとペンの走る音が聞こえている。

すでに問題文の読み上げは終わっており、解答するターンだ。

（あのマジックアイテム……）

教壇に置かれてある「時間の目安になる」という時計は、いわば砂時計のようなものだ。木枠にはめられた金属板はスタートと同時に金色に発光し、徐々に上から消えていく。

全部消えたら終わり、ということだろう。

だが――あれにも仕掛けがあるなと俺はにらんでいた。「まだ時間はある」と油断させておいて、試験終了の鐘が鳴る――という妨害工作ができるんだ。

試験官が「1時間はこの『時刻み(ときざ)の鋼板』によっても目安を知ることができるがあくまでも開始と終了は鐘の音によって決まる」なんてわざわざ言ったくらいだから仕掛けがあると考えておくのが正解だろう。

つーか、試験当日までマジで妨害してくんだな。ここまで腐ってるといっそ清々しいぜ。絶対に許さない。キールくんにチクろうかな（小市民的発想）。

（あとは気になるのが……）

後ろを振り返りたいんだが、それをぐっとこらえる。

トッチョである。

クラスのほとんどが「トッチョは欠席か」と思っていたけど、俺は来るんじゃないかなって思ってた。

だってさ、決闘で俺に負けて、そのまま自室で腐ってるのかと思いきや、ひとりで秘密のトレーニングしてるんだもんな。根性があるヤツなんだよ。でも、俺に会いたくないという子供っぽさもある。まあ13歳だし。

だからテストのタイミングで出てくるんじゃないかなって思ってた。俺を困らせるにはテストをサボればいいってのはわかってただろうけど、でも、そんな手段で俺から一本取っても喜ばないヤツなんだ。秘密トレーニングするくらいだし。

(でも……なんだろうな。ちょっと変な顔してたよな？　一瞬、思い詰めたような……そんな顔が見えた気がしたけど)

気のせいだろうか？

「おっ」

乾いた鐘の音が響き渡る。テスト終了の合図だ。

ほらな、「時刻みの鋼板」はまだ金色の光を1／3くらい残してる。ていうかわかりやすすぎるくらいに動揺しないでくれ、試験官。不正してんのバレバレじゃん。

「──どうだった？」

「──結構わかった！　ていうか全部とりあえず書けた！」

「──だよな。俺も全部書いた」

あちこちからクラスメイトの声が聞こえてくる。よしよし。問題文読み上げ形式のテストは、とにかく記述式の答えになることが多い。解答内容が単語だけだと問題文のほうが長くなっちゃうから時間配分おかしくなるしな。過去問も実際そうだったし。

だからみんなに言ったのは「とにかくなにか書け」だった。なにかしら、単語を入れてそれっぽく解答するトレーニングをしたのだ。

「試験対策だけしても本物の知識にはならない」なんてのは、ちゃんと勉強する時間が取れるようになってから言っていい言葉だ。

俺はびっしり正答（おそらく）で埋めた解答用紙を提出しつつ、後ろの席を見る。

「おいおいトッチョさん、来たのかよ～」

「トッチョさん来るとは思わなかった」

と4人の取り巻きが近づいていく――のだが、

「か、鐘がなるの早すぎだろ!?　あのマジックアイテム、まだ光ってるだろーが！」

トッチョさん……いや、太っちょ（軽度）さん……。

「お兄ちゃん！」

するとルチカがトッチョのところに行った。

「な、なんだよ……別にアレだぞ、テストに来たのは俺はちょっと気が向いただけで……」

「バカー！」

「へっ？」

「昨日の用紙に書いて渡したでしょ!?　テストの注意事項！　試験時間は騙されるかもしれないからとにかく全力で解答するって！」

「あ、お、おう……昨日はすぐ寝てて、読んで、ねぇ……」

「もう！」

ルチカがぷんぷんしている。

「――彼女、トッチョの仲間にお願いして差し入れしてたみたいだよ？」

と俺の横にリットがやってきた。俺がテスト対策でやった内容をまとめて、トッチョに渡していたようだ。俺もあんな妹が欲しいんだが？　8人兄弟のいちばん下である俺は可愛がられながらも家の手伝いをいっぱいやらされてたぜ……。

「それにしてもソーマが想定してた問題がバンバン出てたね。君、ほんと何者なの？」

「……くくく、我の正体に気がつくとは、貴様やるな」

「いや気づいてないから聞いてるんだけど？」

ノリの悪いリットくんである。

「や、まあ、試験対策はバリバリやったからね」

前世でね。

「ふーん。だから王都試験もトップだったってことか……君がトップって正直信じてなかったけど、この試験で実力見せられたら信じざるを得ないね」

「信じてなかったんかーい」

「あ、次の試験の追い込みしなきゃ」

そそくさとノートに戻るリット。

「俺は便所行ってこよ……」

歩き出しながらふと気がつく。そういやリットって俺と絶対連れションしてくれないんだよなー。スヴェンなんてなにも言わなくてもついてくるのに。ほら。今も俺の3歩後ろを歩いてくるだろ。なんか言えよ。怖いわ。

「終わったぁぁぁぁぁぁぁああああああああああ！」

と、クラスの誰かが叫ぶと、「うおー」とか「よっしゃー」とか「お姉様ー」とか「ご褒美(ほうび)の蹴(け)りを……」とかいう声が聞こえてくる。オリザちゃんの人気に嫉妬(しっと)。

最後の試験、「法律」が終わったところである。「神話」「礼儀作法(れいぎさほう)」「算術」「技能」「法律」の5科目だが、この内容は来年また違う科目になっていくようだ。「戦術」とか「式典・紋章」とか。めんどくさそうなニオイがぷんぷんしている。

とりあえず「算術」で想定以上にレベルの高い問題が出てきたのには驚いたが、たぶん他のクラスの生徒も解けないだろうから大丈夫なはず……そう信じたい。黒鋼クラスだけハブられてそこの試験対策が行われていたとかはないと信じたい。

試験官が帰っていったのを確認したところで、俺は立ち上がる。

「よーしみんなー。それじゃこれから答え合わせするぞー」

と言うと、全員が全員、動きを止めた。

「……は？」

「ちょっと待って、幻聴が聞こえた。俺はこれから王都に繰り出してデートするんだ」

「ソーマのヤツ、唯一マシだった頭がついにおかしくなったか」

あちこちからそんなトボけた声が聞こえてくる。どさくさに紛(まぎ)れて逃げようとしたクラスメイトもいたのでその襟首をつかんで引き戻した。

「記憶が残っているうちに、今日の試験の内容をまとめるんだよ」

うぇぇぇぇぇという悲鳴にも似た声が……いや、悲鳴が上がる。

「過去問を残すんだよ！　来年の新入生にもツライ思いをさせるのか!?」

と言うと、「うっ……」という声とともに静まった。

来年の新入生のため。よし、この殺し文句は利くな。覚えておこう。

って思ってたけど、太っちょくんはすでに教室にいなかった。あんにゃろう……。

それから1時間近くかけてほぼ１００％、間違いのない試験問題と模範解答を作り上げた。

算術の問題はやはり解けなかった生徒がほとんどらしい。これぱっかりはしょうがないよな
……小学生の算数をやっていたところに因数分解が出てきた感じだもんよ。

俺が「解散」を告げると、みんな逃げるように部屋を出ていった。これこれ、あからさまに過ぎますぞ。

すでに校舎に残っている生徒はほとんどいなかった。女子たちは女子たちだけで打ち上げをするらしい。なんていうかうらやましい。すでに俺の周囲には誰もいないんだが。スヴェン？

アイツなら模擬剣を持って森へと走っていった。野人かな？

そんな俺が過去問を書き記したノートを持って校舎を出ると、リットの姿を見つけた。

いた！　俺の心の友よ！

「リット～」

声を掛けるとリットもこっちを見た。どうせ同じ部屋に戻るのだからいっしょに……と思っていると、リットはぎょっとした顔をした。

ん？　リットさん？　どうして早足で逃げていく？

「――ソーマさん」

「うわお!?」

背後から話しかけられた俺は少々飛び上がった。

そちらを見るとおっそろしいくらいに愛想の欠片もない少女、リエルスローズ嬢――リエリィが立っていたのだ。

「ど、どうしたの」

「……ここは人目がありますもの。こちらへ」

俺はリエリィに促され、校舎の陰にやってきた。

なんだか、彼女の表情が強張っている……イヤな予感がした。

「手短に申し上げますもの。私のクラスメイトからの情報ですが、今、第4決闘場に多くの人が集まっていて、そこで決闘が行われているようです」

「決闘……？」

「黒鋼クラスの1年生がそこで、公開リンチを受けています」

公開リンチ!?

どういうこと……だ？

心臓がバクバクいう。なにが起きてるんだよ。今日は統一テストをやってそれで終わりだろ？　試験対策だってうまくいった。みんな、答え合わせをしたら「結構できてる」って喜んでた。そのせいで「試験が終わったってのにまだ試験やってるみたいだ」とか言われたけど、それでも俺たちはうまくやった。うまくやりとげたんだ。それなのに、なにが。

「私は事務棟――決闘に関して問い合わせをします――ただ立ち回り的に緋剣(スカーレット)は――ソーマさん。ソーマさん？」

「ハッ。ご、ごめん……それでいったい誰がリンチに遭(あ)ってるんだ？」

「それは、聞いていません……」

「わかった……決闘場だよな。そこへ行く」

「いえ、教員とともに向かったほうがいいと思いますもの。貴族階級の生徒だけがいるようで、平民は強制的に排除されているようです」

「ダメだ。俺が行かなきゃ」

走り出そうとした俺の手首を、リエリィがつかんだ。

「あなたは――平民です」

「わかってるよ。イヤってほどに」

その手を振り払って、俺は走り出した。

＊　リエルスローズ＝アクシア＝グランブルク　＊

リエリィは走り去るソーマの姿に目を瞠った。とんでもない瞬発力で風のように走っていくその姿は、到底リエリィが追いつけるようなものではなかった。

「私が……勝てるはずもありませんもの」

累計レベルでは圧倒的に自分が上だが——ふと、リエリィはレベル測定のときにトーガン先生に食い下がっていたことを思い出す。測定器が「故障」だとかなんとか言っていた。

もしかしたらほんとうに、ソーマのレベルはもっとずっと高いのでは——。

「——そんなことより、事務棟に行かなければ」

決闘を悪用したリンチは、悪辣な貴族がよく使う手段だった。相手の弱みを握り、圧倒的に有利な条件で決闘を行い、徹底的に痛めつける。本来、決闘には教員の立ち会いが必要なので、教員ならば止められるはずだ。今はソーマを追うよりも教員を呼んだほうがいい。

リエリィが事務棟にやってくると、

「頼みます！　あのままじゃ死んじまうよ！」

「おかしいだろ!?　どうして誰も様子を見にも行かないんだよ！」

カウンターで騒いでいる４人の生徒がいた。黒のパーカーを着た彼らはリンチに遭っているという生徒の仲間だろうか。

「しかし、今、手の空いている教員はおられないようで……」

リエリィが近づいていくと、カウンターの向こうでおろおろしていた女性の事務員は、ぴくりと身体を硬直させた。

「げっ、グランブルク伯爵のとこの⁉」

「『吹雪の剣姫』だ⁉」

リエリィのウワサはすでに十分広がっているようで、黒鋼の生徒やカウンターの事務員だけでなく、事務室にいる全職員がこちらを見ていた。

「――グランブルク家の者です」

こういう言い方は好きではなかったが、今は好き嫌いをしている場合ではない。あのソーマの――自分の友人になってくれた唯一の人物の、クラスメイトがピンチなのだ。

その物言いによる効果は絶大で、にらまれた事務員は顔を青ざめると後じさり、机にぶつかるやへなへなとその場に座り込んでしまった。

「手の空いた教員を呼んでください。決闘場が私闘に使われている可能性があります」

「あ、あ、あ……」

事務員はしかし、まともに反応ができない。

黒鋼の生徒たちもどうやら「吹雪の剣姫」が自分たちと同じ用件で来ているとわかったようだが、気圧されたようになにも言えないでいる。

「……リエルスローズお嬢様。大変申し訳ありませんが、教員たちから、この件に関しては動くなと言われております」

すると奥から、事務室の長らしい年老いた男がやってきた。

リエリィがにらみつけると、わずかにたじろいだもののそれ以上引かないという態度だ。

おそらく、高位の貴族から圧力を受けている——即座にリエリィは考えた。

「……それなら私が動きますもの」

「リエルスローズお嬢様、お止めなさい。これ以上の事態の混乱は——」

「動くと言ったのですもの！」

リエリィはきびすを返すと事務棟を飛び出した。その後ろを4人の生徒もついてくる。

彼女は疾風のように駈けていく。決闘場を目指して。

＊　トッチョ＝シールディア＝ラングブルク　＊

第4決闘場には異様な空気が満ちていた。壁際でその「決闘」を見守る生徒はすべて貴族の子女だ。クラスはバラバラで、碧盾がいちばん多く、緋剣や黄槍、蒼竜もわずかにいた。

そして学年もバラバラである。彼らに共通点などなさそうだがそれでも口元には少年少女が浮かべるにはふさわしくない、いやらしい笑みが浮かんでいた。

「それだけか？　ラングブルク家の槍術なんてたいしたことはなかったな。ハッハハハ！」

碧盾クラスの3年生が笑うと、それに応えるように見物客たちからも笑いが漏れた。

「ハッ、ハァッ、ハァ、ハァ……」

地面に膝をつき、汗だくで息を切らしているのはトッチョだった。

制服は砂埃にまみれ、ところどころ破けて血が滲んでいる。

「えげつねえなあ。血のつながった従弟にここまでできるかね？」

「血がつながってるだけにムカついてるらしいぜ。なんせアイツんとこ子爵家だけど、男爵家のラングブルクのほうが名前が売れてるって」

トッチョの「決闘」の相手である3年生は、学園レストランで話しかけてきたトッチョの従兄だった。統一テストに出席するなと言われたトッチョは、その言葉を無視して出席した。情報はすぐに彼の耳に入り、テスト終了後にこうして呼び出された――。

「おい、トッチョ。簡単に『参った』とか言うのではないぞ？　生半可な覚悟で私の忠告を無視したわけではあるまい？」

地面に落ちた槍へと、トッチョの手が伸びる。

「まさかとは思うが、反撃するのか？」

「っ！」

その手が、止まる。

「いいとも、かかってこい――だがその代償はわかっているんだろうな？　平民くらい、子爵家の力でどうとでもできる。気づかぬ間に家族を拉致することだってな？」

トッチョがテストを受けることで得をするのはソーマ以外にあり得ない。だからこそ、この従兄は、トッチョがソーマのためにテストを受けたのだと考えていた。

当たらずといえども遠からずだ。トッチョに言わせれば「あんなヤツのためじゃねえ！」だ。だが、ここで従兄に反撃し、ソーマにとばっちりがいくのは望んだ結末ではない。

「……外道が」

「ふはっ。おいみんな、聞いたか？　外道だとさ。平民に肩入れをする男爵家の者が、純然たる貴族であるこの私に！　外道だと言った！」

踏み込んできた従兄がトッチョの顔面に蹴りを入れる。なんの加減もない蹴りだ。

背後に倒れたトッチョは、ぺっ、と血液混じりのつばを吐く。前歯が一本転がった。

「この期に及んで口答えとは余裕だな、トッチョ。私は言ったのだぞ、お前に、テストを受けるなと。それがどうしたことだ？　カバンにはテスト対策のノートまで入っている」

決闘場の隅にいた従兄の仲間が、トッチョのカバンを地面にぶちまける。

「お？『試験妨害対策』？　こいつら、こんなもんまでやってるのかよ！」

「こっちは『必ず覚えておくべき7つの法律』だってよ。はぁ～。テストのために必死だねえ、黒鋼クラスは。そこまでしないと点数も取れないんだろうな」

「黒鋼ごときがまともに勉強しようとしてんじゃねえよ」

少年たちがノートを、テスト対策の紙を踏みにじる。

それはルチカが毎日毎日トッチョのために届けてくれたものだった。授業に一切参加していなかったトッチョが、テストには来てくれると信じて書いてくれたノートだ。

「止めろッ！　――ぐぶっ」

「誰が起き上がっていいと言った？」

立ち上がろうとしたトッチョの腹に、従兄の蹴りがめり込んだ。

「これはな、貴族としてのルールを破ったお前に対する罰なのだ。お前が怒っていい権利などひとつもない。わかるか？　だから私は剣を使わない。槍術の名家であるお前が槍を持っているのに、私は武器を使わずお前を制圧する。すぐにもこの話は広まるだろう」

クソ……クソ……クソッタレ……。

トッチョの視界が悔し涙に歪む。ソーマに負けて以来、森の奥で槍の特訓に没頭した。そのおかげでかなりの手応えを得ていた。悔しさをバネに【槍術】のレベルが大幅に上がっているのを感じた。

テストが終われば、ソーマにリベンジマッチを挑むつもりだった。

ソーマ以外に負けるわけにはいかなかった。

なのにこの従兄は、そんなトッチョの、残ったわずかなプライドさえも踏みにじる。

「泣いていろ！」

蹴りが、

「己のバカさ加減を悔いろ！」

蹴りが、

「一生地べたに這(は)いつくばれ！」

蹴りが、トッチョに襲いかかる。

視界がぐらぐらして痛みも遠のく。身体を丸めるトッチョを従兄は何度も何度も蹴り、

「——は？」

その足を、止める手があった。

いつの間にやってきたのかわからないほどの速度で彼は飛び込んでくると、従兄の足首をつかんだのだ。

その力はとてつもなく強く、まるで巨大な木に絡め取られたかのようだった。

「……それが、騎士になろうっていうヤツがやることか」

トッチョの前に身体を割り込ませながら、言った。

「たったひとりでも不正に抗った者を、よってたかっていじめるのが騎士なのか!!」

ソーンマルクス＝レックが、言った。

＊　ソーンマルクス＝レック　＊

ヤバイ、正直なところ、この怒りを抑えられる自信がない。

もしかしたら正当な事情で行われている決闘かもしれない——なんて思ってちょっとだけ様子をうかがったのだけど、貴族の少年たちが話している内容を聞いてすぐにわかった。

トッチョは、テストを受けるなと言われていたんだ。

黒鋼クラスの点数を下げるため。

俺を、退学に追い込むため。

それを無視して試験に出た——高位の貴族の要望を蹴った。

だから見せしめのようになぶられている。しかも、俺や俺の家族を襲うと脅迫されて。

「……は、ははっ！　平民はこれだから困る。これは決闘だ！　何人たりとも邪魔することは許されない！」

従兄が言うと、ギャラリーたちもそうだそうだと同調し、「引っ込め」だの「決闘を汚した以上、退学だな」などと言ってくる。

「俺が決闘を止めたって？　そうかい、お前らにはこれが決闘に見えてるんだな？　この一部始終を全部、外部に公開してもいいと、そう胸を張って言えるんだな!?」

すると野次のテンションが下がった——さすがにそれはマズイと思っているのか？

その間に俺はトッチョに話しかける。

「いいよ、もう。本気でやってやれよ。俺のことは気にしなくていいから」

「……バ、バカ言ってろ……誰がお前を気にしてるって？　ガリ勉野郎」

「もういいっつってんだよ。見せてやれよ、トッ、トッチョ！　お前の力を！」

地べたに横たわっていたトッチョが目を見開いた。

「……お前の【槍術】レベルはもう100超えてるぞ。使えよ、アレを」

トッチョのおでこに表示させたレベルを見たら、【槍術】102・45となっていた。

「ああ……そう、だな」

よろよろと立ち上がろうとするトッチョに、俺は手を貸してやる。

トッチョはしっかりと、右手に槍を持った。

「ボロボロのお前が槍を持ったところでまったく怖くはないぞ！　ハッハハハハ！」

「──なら、決闘は続行でいいな？」

「なに……？」

「決闘は続行だと言ったんだ」

「……構わんぞ。負け犬を蹴るのもそろそろ飽きてきたところだ。一気に勝負をつける」

すでに満身創痍（まんしんそうい）のトッチョだったが、それでも槍を持ったことに危険を感じたのか、従兄は腰に吊っていた剣を抜いた。

「せえええええい！」

踏み込んで来る従兄に対して──トッチョはあくまで自然体で槍を持っていた。

従兄の動きは、一般的な少年レベルのそれだった。さほど熱心に武技に打ち込んでいるようなものではない。

「──見てろ、ソーマ」

トッチョは一歩踏み出した。

「『正突（ピアース）』!!」

身体をひねるようにして突き出された槍は、従兄の胸元に吸い込まれていく。

「ぶ……ほぉぉぉぉぉぉっ!?」

従兄は身体ごと吹っ飛ばされるや、5メートルほど宙を飛んで地面に落ちた。

ぴいんと伸びたトッチョの槍はある種の美しさを感じさせた。それは人間が長年の修業の末に至る槍の構えだ。スキルレベルとかいうこの世界のシステムが、長年の修業などすっ飛ばして人間にその境地を与える。

「は、はは……できた、できたぜっ……『正突(ピアース)』……これで俺も一人前の……」

背後に倒れた従兄は泡(あわ)を噴いて気絶し、トッチョもまた地面に倒れ伏すと気を失った。

「トッチョ＝シールディア＝ラングブルクの勝利だ！　異存はないだろうな!?」

そこで俺は宣言する。明らかに、先に従兄のほうが気絶しているのだ。こういうものはさっさと宣言するに限る。

「——ふざけるな！　お前が決闘を邪魔した！」

「そうだ！　これは無効だ！」

「その前にあの小僧を処分するべきだ！」

おー、おー、おー……。

皆さんどうやら興奮なさっているようで。

そうかそうか。

そんなに俺が憎いかよ？

「どうしてそこまで俺を目の敵(かたき)にするのかはわからないけどさー……お前らさ？　自分たちが

一方的に平民から搾取（さくしゅ）できると思ってんの？」

「当然だ！　平民は貴族に貢献するためにいるのだ！」

はー。マジで曲がった貴族思想に染まっちゃってるってわけか。

いっそ清々しいぞ、お前ら。

そりゃさ、大人に染められた、とか、子どもの考え方なんて大人に左右される、とかあるかもしれないさ。でもな、

「じゃ、その平民代表の俺が――今からお前ら貴族たちにありがたい教えをやろう」

それを「楽しい」と思っちまってるこいつらには、キツイお叱（しか）りが必要なんじゃないか？

「かかってこい。ここにいる全員、俺が教育してやる」

沈黙が訪れた。

貴族の子どもたちはきょとんとしたあと、

「わははははっは！　聞いたか？」

「アイツ、累計レベル12の雑魚（ざこ）だろ！　なにイキッてるんだ!?」

「怖いでちゅねー。ボクが怒ると怖いでちゅねー」

嘲笑（ちょうしょう）の渦（うず）が起こる。

「じゃ、こっちから行くぞ」

俺は「生命の躍動（ライトインパクト）」を使って身体能力を向上、いちばん近くにいる貴族の少年――15歳くらいだろうか？　彼に肉薄する。

「あっはははは――は？」

「教えその1、油断大敵」

「ぶごほっ!?」

振り抜いた右の拳が、彼の腹にめり込んだ。あー、これはこれは……まったく鍛えていませんわ。いけませんね。こんなんじゃまともに剣も振れないだろ。

その場にくずおれ、げーげー吐き出した少年を見て一気に空気が変わる。

「あ、アイツ!? いきなり襲いやがった！」

「ていうかなんだあの動き……」

「武器出せ、武器！」

最初に剣を構えた少年へ目がけて俺は走る。今度はスキルなしの自力によるダッシュだ。それでもかろうじて彼には目で追えるといった程度のようで、

「ぜええええい！」

俺目がけて剣を振り下ろすのだが、あまりに遅い。

「教えその2、見え見えのフェイントに引っかかるな」

「がばっ!?」

この少年にも腹パンを決めると、その場にげーげー吐き出した。

「なんだよありゃ!? アレが累計レベル12か!?」

「落ち着けば戦えるだろ！ そんなに速くねえ！ それに向こうは素手――」

俺を「素手」と言った少年へと接近する。

「うわああ！」

突き出された剣を、その「素手」で受け止める。

「え？」

「教えその3、切り札はそう簡単に見せはしない」

またも腹パンを決めるとその場にくずおれる。

素手で受け止めたのにはトリックがある。【空中機動】レベル100で手に入るエクストラスキル「空間把握(ホークアイ)」によって正確な剣の位置を確認し、それを指と指で受け止める——つまるところ真剣白刃取り(しんけんしらはど)の応用である。

本来なら「空間把握(ホークアイ)」は空中を跳んでいるときに自分の位置を把握(はあく)するためのもののようだが、使ってみると近接戦闘でも使い勝手がよかった。

「ひっ、ひぃぃっ！　バ、バケモノ……剣を素手で受け止めたぞ!?」

「俺は逃げる！　やってられるか!!」

「——この授業で途中退室は、認めていない」

決闘場は四方を高い壁に囲まれており、出入り口は一箇所(かしょ)だ。

当然、そこから逃げる以外に方法はない。

「生命の躍動(ライトインパクト)」を使って距離を詰めると、出入り口を背負って立つ。

「どんどん来い。貴族なんだろ？」

すでに俺を見る目には恐怖や驚愕の色が浮かんでいる。

だけどな、そう簡単には終わらせんぞ。

お前らは笑ってたよな？　たったひとり、不正に抗って戦った男を。「一本槍」なんていうバカ正直な男にしか与えられないような天稟を手にしたトッチョを。

「平民から搾取するんだろ？　――やってみろやァッ!!」

俺の怒声に、びびって後じさる。女の子たちは泣き出した。

＊　リエルスローズ＝アクシア＝グランブルク　＊

第４決闘場に向かって走っていくリエリィにとって幸運がひとつあった。それは途中で、白ブレザーの集団に遭遇したことだった。

集団の中心にいるのは――まるで少女かと思うほどに整った容姿の公爵家令息、キルトフリユーグ＝ソーディア＝ラーゲンベルク。

「血筋の白騎」、「武勇の蒼竜」、「容姿の黄槍」――ならば「緋剣」はどうか？

これには意見が分かれる。

ある者は女性だけであることから「可憐の緋剣」と言う。

ある者は少数ながら精鋭が集まっていることから「結束の緋剣」と言う。

ある者は全員が剣だけを使うことから「剣舞の緋剣」と言う。

そのどれも正解であり、本質を捉え切れていない。緋剣を緋剣たらしめる側面が入っていないからである。

緋剣の少女たちの中には将来的に諜報──スパイとして活躍することを期待される者が出てくる。そのため「女性」を武器にした授業が行われるのだ。

これによって緋剣の所属者は特別なネットワークを持つことになり──彼女たち自らをこう考えるのである。「情報の緋剣」、と。

（キルトフリューグ様についての情報は──）

──「バカ」がつくほどに真面目なラーゲンベルク家の天才児。

──潔癖なまでに遵法精神が高く、いかなる不正も許さない。すでに今日のテストでの優遇を断ったとか。

──剣技のレベルも極めて高く、この学年に敵はいないという。

強くて、不正を許さない男──今この状況にもっとも必要な存在だ。

「ラーゲンベルク様」

走るのを突然止めたリエリィが、いきなりその場に片膝をついて30メートルほど先の集団に呼びかけたものだから、追ってきた男子４人もぎょっとして立ち止まる。

「何者か」

キールの取り巻きが彼をかばうように前に出る。その警戒心は少々薄い。なぜならリエリィがかなりの距離を取り、しかも「臣下の礼」を取って声を掛けたからだ。

「グランブルク伯爵家が娘、リエルスローズでございます」

「!!」

顔を上げた彼女を見た取り巻きたちが一瞬動きを止める。

彼らの中に「吹雪(ふぶき)の剣姫(けんき)」を知らぬ者はいない。さらに伯爵家であるならば場合によっては白騎クラスに入っていてもおかしくはないのだ。それは逆に、名家と言われるグランブルク家の娘であるはずのリエリィが、なぜ白騎に入れなかったのかという疑問にもつながる。

「フン、白騎に入れなかったグランブルク家か。お前のような者がキルトフリューグ様に直奏(じきそう)するなど無礼もいいところだ。控えろ」

白騎の中では「格下」と思われている伯爵家の息子が鼻を鳴らした。ふだん、白騎クラスでも肩身の狭い思いをしている彼にとって、他クラスの伯爵家など憂(う)さを晴らす相手なのだろう。だがその振る舞いはあさましく、仲間が眉(まゆ)をひそめていることに彼は気づけない。

顔を上げたリエリィが彼を見据えると、その迫力に「うっ」と少年は怯(ひる)んだ。

「ではキルトフリューグ様に伝言をお願いいたしますもの」

「なっ、は？　で、伝言？」

「直奏がかなわぬのでしたらご伝言をお願いしますもの」

伝言しろ、と言いつつ目の前にその相手がいるのだから、それはすなわち直奏となんら変わらない。リエリィからすればキールと話すことは目的を達成するための手段でしかない。こんなところで時間を浪費するわけにはいかないのだ。

「バカな！　ここにいらっしゃるのがどなたと考える!?　お前のような者が――」

「よしてください」

　ちょっと呆れたような顔でキールは言うと、取り巻きたちの間から前へと出てきた。

「どうしました、リエルスローズ嬢。あなたの叔父上からは昨年、稀覯本をお贈りいただき大変ありがたく思っております」

「――ラーゲンベルク様、用件のみ申し上げる非礼をお詫び申し上げます」

　伯爵家の娘であるリエリィが、無礼を承知でなにかを言おうとしている――その事実に気がついてキールの表情が真剣なものに変わった。

「第4決闘場で貴族による私刑が行われています。対象は1年生の男爵家です。教員はこの件について介入しないと決めたようですが、これを放置することは学園の自治においてふさわしくありません。私は止めるために行動しますもの」

　トッチョのことは伏せた。彼が黒鋼クラスであることがどう影響するかわからなかったからだ。さらにはソーマが絡んでいることも。

　だがそれを聞いた白騎の取り巻きのうち3人が明らかに顔色を変えた。

　教員にまで手が回っているのだから、高位貴族家の生徒が知っていてもおかしくないとは思っていた。だが1年生にまでも情報が回っているとは。

「わかりました。私もリエルスローズ嬢に同行します」

「いけません、キルトフリューグ様。本日のお茶会に間に合わなくなります」

顔色を変えたうちのひとりが止めに入る。

「いえ、物事の優先順位を間違えてはいけません。お茶会は延期できますが、学園の自治を発揮するチャンスを逃せば二度目はありませんよ」

「そ、それならば我ら3人が決闘場へ行きます！」

よほどキールが決闘場に向かうのはマズイと思っているのだろう——おそらく今日のお茶会とやらも彼らが仕込んだものに違いないとリエリィは考えた。テストの日にお茶会というのは、褒められたことではない。疲れているだろう相手を誘うのはマナー違反だ。

「いけません」

取り巻きに取りすがられたキールだったが、しかしきっぱりと答えた。

「み、見てください！　あそこに4人の黒鋼クラスがいます。きっと黒鋼クラス内での私刑でしょう。であれば我らが関与することではありません！」

成り行きを見守っていただけの黒鋼男子4人は、いきなり指をさされて飛び上がる。

「そうだろう、お前たち！」

「あ、そ、その……」

「見てください、あの後ろめたそうな態度を！　黒鋼クラスのことは黒鋼クラスに任せましょう！　キルトフリューグ様が関わることでお名前に傷がつきます！」

マズイ、とリエリィは思った。各クラスの問題は各クラスの内部で解決するというのは暗黙のルールだ。リエリィが声を上げようとする。

「ラーゲンベルク様、これは――」

「だからなんだというのですか。我らは同じ学園の生徒でしょう。そしてこの国を守る六大騎士団の候補生でしょう。クラスが違うからといってなにも変わりはありません。行きましょう、リエルスローズ嬢。案内してくれますね？」

バカがつくほどに真面目でルールを守る少年であるならば、ここで手を引くのではないかと思った。だが、彼は無条件で「行く」と言った。

暗黙のルールよりも、有名無実と化した「建前(たてまえ)」のルールを選択したのだ。

（この人が、「栄光の世代」の頂点……）

走り出しながらリエリィは思う。自分もまた「栄光の世代」とやらに含まれているのはまったく身分不相応だと思っていたし「栄光の世代」などと言っている生徒は自分もまたそこにいることで喜んでいるだけではないかと考えていた。

だが、キールは違うかもしれない。

彼は本物かもしれない――。

「あそこですもの！」

第4決闘場が見えてきた――とき。

ぎぃやぁあああああああ――……。

断末魔(だんまつま)のごとき絶叫が、聞こえてきた。

＊　キルトフリューグ＝ソーディア＝ラーゲンベルク　＊

幼いころから頭だけは他の子どもより数段出来がいいらしいとキールは思っていた。他の子どもが苦戦する問題もなんなく解くことができたし、大抵の内容は1度言われるだけで暗記することができた。

キールを子ども扱いせず、親から――ラーゲンベルク公爵である父親から公爵領に関する問題を相談されたこともあった。キールは自分の持っている知識を総動員してそれに応えた。もちろん、大人の基準からすれば足りない回答も多かったのだろう――だからこそキールは勉強し、父の求める水準になれるよう努力を続けた。

だから、たいていのトラブルは解決できる自信があった。

最高学年である従兄、第3王子ジュエルザードが卒業すれば、この学園を中枢で動かしていくのは自分だ。公爵家の子女は他にいないのだから。

今回のような貴族同士の私刑なんていうことも起きるに違いない。その対処の練習でもあるとキールは捉えていた。

（まずは関係者全員の名前を確認。それから主犯と被害者の間にある利害関係の調査……これは手が掛かるから、家の者に頼みましょう。まずは場を収め、負傷者を救護する）

そこまで考えていたキールだったが、決闘場から絶叫が聞こえたことで――最悪を覚悟しなければいけないかもしれないと思った。

その後は、生き物が絶えたような静けさである。

リエリィを先頭にキールが続き、その後ろに白騎クラスのクラスメイトと黒鋼クラスの４人が息も絶え絶えといった形で決闘場へと飛び込んだ。

「――――」

最初に決闘場に入ったリエリィがぴたりと立ち止まる。

立ち止まる？　なぜ？

疑問に思いながらもその後に続いたキールもまた――決闘場内の光景を見て息を呑んだ。

壁の付近にいた生徒たちは剣を手にしていたが、全員が倒れ伏している。剣を抜いていない男子生徒、それに女子生徒は壁際で頭を抱えてうずくまり、震えている。クラスや学年はまちまちのようだ。

決闘場の中央にはふたりの生徒が倒れており、ひとりが黒鋼クラス1年のトッチョ＝シールディア＝ラングブルクであること、もうひとりが上級生であることまではすぐにわかった。

だが――キールにとってあまりにも想定外だったのが、

「ソーマ……くん……？」

倒れたトッチョを抱き起こし、彼の腕を肩に背負った黒鋼クラス1年、ソーンマルクス＝レックがそこにはいた。ソーマはリエリィとキールを見ると驚いたように目を見開き、それからばつの悪そうな顔をした。

「――貴様、この騒動は何事だ！」

キールとは付き合いの長い、白騎クラスのクラスメイトが問いを投げかける。彼は侯爵家の人間でキールをのぞけば学年でも最高位にいる貴族のひとりである。彼の高圧的な物言いに、ソーマが黒い瞳を向ける――それを見たときキールは背筋が寒くなるのを感じた。

（この顔が……あの、ソーマくん？）

それほどまでに厳しい表情だったのだ。まるで13歳がするような顔ではない。

視線を向けられた侯爵家のクラスメイトがわずかにのけぞった。

「……見ての通り、弱い者イジメだよ。黒鋼クラスが他のクラスからいじめられていた。学園じゃありふれた光景だろ？」

「ふ、ふざけるな！　倒れているのは圧倒的に他のクラスの生徒ではないか！」

「どけよ。トッチョを医務室に運ぶ。この中でいちばんの重傷者はコイツだ」

ソーマが歩き出すと黒鋼クラスの４人が出てきて彼に群がる。

「トッチョ！　トッチョぉ！」

「ごめんよ、俺たち怖くて……」

「ありがとう、ソーマ。お前が行ってくれて」

「クソッ。早く運ぼう」

ぼろぼろになったトッチョを引き取りながら、４人のクラスメイトは泣いていた。

彼らが決闘場を出ていくその後ろにくっついて、ソーマも歩いていく。彼もまたケガをしているようで歩き方がおかしかった。

「……ごめんな、キールくん」

キールの横を通り過ぎるとき、小さく、ソーマが言った。

ハッとして振り返ろうとしたキールだったが、

「気を失っていない者は立て！　こちらにラーゲンベルク公爵家のキルトフリューグ様がいらっしゃる！　事情を聴取する！」

侯爵家のクラスメイトが言ったのでそちらを見ざるを得なかった。

＊　ソーンマルクス＝レック　＊

……やっちまった。これはやっちまったわ……。

俺の説明を受けたリットが唖然としている。

寮のこの部屋には同室がもうひとりいるわけで、スヴェンだけはことの顚末——トッチョを助けるためとはいえ、貴族の子どもたちをワンパンで沈めまくり、なおかつ威圧をして少々粗相をした女子生徒もいた——を聞いて、

「さすが師匠」

と満足げに親指を突き立ててくる（無表情）。

「スヴェン、これ、マジで遊びの延長とかで許されない内容なんだけど？」

とリットさん（半ギレ）。

「ていうか、ソーマが累計レベル12だって間違った情報が広まりすぎなんだよ……とにかく。合意の上での決闘ならまだしも、一方的に相手をボコボコにしたというのはマズイよ」

「だよなぁ……あ、でもそれはちょっとだけ事実と違うぞ」

「なに」

「ボコボコにしたんじゃなくてワンパンで沈めたんだ。顔とかはきれいなままだよ」

「……ソーマさぁ」

「すみませんっしたァ！」

どう？　多少は配慮したんだよ？　と言い訳しようとした俺へと絶対零度の視線を向けてきたリットに、早々に白旗を揚げた。またもや親指を突き立ててきたスヴェンの手をぱしっとリットがはたき落としている。

「向こうはソーマが卑怯な手を使って襲撃してきたって言うだろうね。そうしたら君はめでたく退学。下手したら暴行罪で捕まるかもね」

「暴行罪って懲役刑……？」

「ははっ、まさかそんなわけないじゃん」

「だ、だよな、そこまでいかないよな……よかっ」

「事故を装って殺されるに決まってる」

「ぴゅるんッ!?」

殺されるって。法治国家じゃないのかここは！

……法治国家じゃなかったな……超法規的存在の貴族様がいる世界だったな……。

「ソーマさぁ……わかってるの？　ボクだってこんな状態でどうしていいかわからないよ。せめて決闘場に乗り込む前に相談してくれたら――」

「――それじゃ、間に合わなかった」

トッチョはトッチョで、自分を通そうとしていた。

それで再起不能になるかもしれないってのに。

「未来はヤベーって思うけど、それでも俺は後悔してないよ」

トッチョの取り巻きたちは泣きながら俺に感謝していた。ルチカは真っ青な顔で昏々と眠るトッチョに抱きついていた。なにか……手を打つ余裕なんてなかった。

「で、でもさ、トッチョの取り巻きくんたちも実家に掛け合ってみるって言ってたけど？」

「はー。ダメダメ。貧乏男爵家がなに言ったって焼け石に水だよ」

デスヨネー……。

＊　ジノブランド＝ガーライル　＊

試験終了の鐘の音を聞いて、張り詰めたような緊張が緩んだのは試験会場である教室だけでなく、教員たちの控え室もまたそうだった。

（ふう……終わった、か）

なにをしたわけでもない。

ただじっとイスに座って待っているだけではあったが、それでもジノブランドはソーマの行く末がどうなるのかを心配していた。

教室に行って生徒たちの様子を見ようか――と考えたところで、そんなことをしても逆に迷惑がられるだけだろうと気がついて苦笑する。

（自分で彼らを遠ざけておいて、今さら「どうだった？」なんて聞けないよな……）

重い息を吐き出したジノブランドのところへ、別の学年の担任がやってきた。

「どうも、先生。見立てでは黒鋼クラスは何点くらいになりそうですかな？」

この初老で、恰幅のよい男が話しかけてきてもあまり目立たない。というのも鐘が鳴ったので教員も部屋を出てもよく、あわただしくも緊張の緩んだ空気、それに会話が教室には満ちていたからだ。

「……さあ、知りませんよ。俺が言われていたのは生徒になにもするなというそれだけでしたからね……」

答えると、途端に男の瞳が冷たいものに変わった。

「だからお前はダメなのだ。欲しいものがあるのだろうが？　だったら高貴な方々が喜ぶように動け。そんなこともできず、ひとりで新薬を作ろうなどと考えおって。バカめが」

吐き捨てるように言うと、男は去っていった。

（――クソッ）

なにも言い返せなかった。言い返すだけのものを自分はなにひとつ持っていなかった。

ジノブランドには、病にかかった妹がいる。その病気を治すのに必要な治療薬は、今のところで「あらゆる病気を治す」と言われる秘薬「アムブロシア」しかないと言われている。

「アムブロシア」は極めて希少で、高濃度の障気を持ったダンジョンの最深部に湧き出ると言われている。実際にこの国にも所有者が2、3人ほどいるようだが、それを手に入れることは金を積んでどうにかなることではなかった。

薬師であり、錬金術をかじっていたジノブランドにとって「新薬製造」は当然の結論だった。問題は、完全に行き詰まっただけで。

高い金を出して希少な素材を購入もしたし、眉唾だと思っても「万能薬」などと言われて流通している薬を買ったりもした。そのせいで金がなくなり、学園の教員になった。「黒鋼クラスの生徒になにも教えないこと」という条件も呑んで、追加の報酬を得た。

だがそれらを注ぎ込んでも新薬の姿も形も見えてこないのが今だった。

（結果が出ない……それなのに俺は、新入生たちを売った）

絶望と後悔だけが心に満ちた。そんなジノブランドの心に、針で開けたような穴が空いている。穴からはかすかな光が漏れ出ており――それこそがソーマだった。

（もしあのとき、ソーンマルクスに賛同し、彼らにきちんと授業をすることになったら……いや、バカな仮定だ。過去は変わらないのだ……）

よろよろと立ち上がったジノブランドは、控え室にはすでに誰もいなくなっていることに気がついた。結構な時間が過ぎていたらしい。

廊下も静まり返っており、建物を出ると事務棟へと向かう。すると——事務棟の1階では事務員たちがざわついていた。

「——医務官の手が足りないって話じゃないんですか？」

「——いや、外傷はほとんどないようだよ。ただ心の傷が……」

「——あんなにケガ人が運ばれてきたの、初めてですよねえ」

「——今年の1年は凶悪だな……黒鋼クラスでしたか」

今年の1年？　黒鋼クラス？

「あっ、ジ、ジノブランド先生……」

「今の、なんの話でしょうか？」

「えっと、その、せ、先生には関係ないことでして」

「俺のクラスでしょう？　関係ないことは——」

そこへ奥から、年老いた男——リエリィが1時間ほど前にここで対峙した男がやってきた。

「ジノブランド先生、どうぞこちらへ」

落ち着いた物腰を見てわずかに冷静さを取り戻し、ジノブランドは男——事務総長に導かれるまま事務員用の休憩スペースへとやってくる。

ジノブランドはことの顛末を聞いた。

トッチョ＝シールディア＝ラングブルクと上級生が決闘を行っていること。

事務員は介入するなと学園の上層部に言われていること。

ソーンマルクス＝レックが決闘に介入し、多くのケガ人が出たこと。

「ソーンマルクスが……!?　ヤツは無事なのですか！」

「無事ですとも」

あっさりと返ってきた「無事」という言葉にホッとしつつ、ジノブランドはわけがわからなくなる。ソーマは無事なのに「多くのケガ人」がいるという。

「……おそらくソーンマルクス＝レックはなんらかのマジックアイテムを使い、上級生を昏倒させていったのでしょう。ケガを負い、脅かされた生徒たちはひどく恐怖を感じており、おそらく彼らのご両親もお怒りになりましょう。ジノブランド先生も彼には近づきませんよう」

わけがわからない。

ソーマがいったいなにをしたのか。そんなマジックアイテムなど存在するのか。

本人からの言葉を聞きたいとジノブランドは思い立ち上がった。そして背を向けて歩き出した彼へと事務総長は告げる。

「ここで動いて、上の方々の不興を買うなど無意味でしょう」

一瞬足を止めたがジノブランドは歩き出した。

早足になって、しまいには駆け出さんばかりになった。

（うるさい。この行動になんの意味もないことなんて俺がいちばんわかっている……！）

その足は黒鋼寮へと向かっていた。

寮の前には古びたベンチがあり、そこには3人の生徒が座っている。名前は確か――マール、バッツ、シッカクという名前だったはずだとジノブランドは思い出す。

顔の丸いマールがジノブランドに気がつくと、ふたりをせき立てるように寮へと送り出す。そのマールはジノブランドをキッとにらみつけた。

「はぁ、はぁ、はぁ……お前はマール、だったよな？　ソーンマルクスはいるか」

「……ソーマになんの用ですか○」

「話がしたい。中に入るぞ」

「だ、ダメです！○」

両手を広げて黒鋼寮の入口前に立ちふさがるマールに、ジノブランドは驚き――そして胸が苦しくなった。彼の姿は、肉食獣から己の仔を守る草食獣のようだった。ジノブランドという教師に対して権威と恐怖を感じながらも精一杯の勇気を振り絞って立っている。

（ああ……俺は、それほどまでに彼らに拒絶されていたんだ）

きっと彼は、ジノブランドがソーマを罰するためにやってきたのだと考えている。

ジノブランドを恐れながらもソーマを守りたいと思うほどに、生徒同士は結束している。

すると――ぞろぞろと寮内から生徒が出てきた。

男爵家のオリザが気の強そうな女子生徒をふたり連れて、なぜか男子寮から。

トッチョの取り巻きである4人の生徒と、バッツにシッカク。

それ以外にも数人の——体格のいい男子生徒が。

「先生。回れ右して帰んな。アタシたちは今、めちゃくちゃに忙しいんだよ」

「……ソーンマルクスのことで、俺にもなにかできることがある」

「たった今言ったとおり、回れ右して犬小屋に帰るってことがアンタにできる最善さ」

予想はできていたが、実際に耳にするとここまで心に堪えるものだとは思わなかった。

（……俺が、彼らにしてきたことは、こういうことだったんだな……）

期待に胸を躍らせ学園の門をくぐった者は多かったろう。黒鋼クラスに割り当てられ、ガッカリしたもののそれでも「がんばれば」なんとかなると思った者もいただろう。

そんな彼らの、最後の希望を砕いたのは——担任教師である自分ではないか。

「早く行けよ。手荒なことはしたくないし、アンタを蹴っても楽しくもない」

「わかった」

すんなりとジノブランドがうなずいたことに、オリザは少し驚いたようだった。

「……すまなかった。今さら謝罪ができるものではない。だが……すまなかった」

「っ！」

その瞬間、ジノブランドの視界が回転した。衝撃が側頭部に走ったのは感じられたが、なにが起きたのか——武術はさっぱりで研究畑をずっと歩んできた彼にはわからなかった。

オリザに蹴り飛ばされ、地面を転げたのだと気がついたのは少し経ってからだった。

「つざけてんじゃねえぞ!!」

「オリザ様!?×」

「アンタが守らねえからソーマが全部背負い込んだんじゃねえか！　今さら謝罪とか寝ぼけたこと言ってっと――」

「誰か手ぇ貸せ！　オリザ様を止めろ！□」

顔が、地面に触れたのなんていつ以来だろう。ぐらぐらする頭に活(かつ)を入れて、ジノブランドはなんとか立ち上がろうとし、両手を膝に当ててなんとか倒れるのをこらえる。

マールとバッツ、シッカクがオリザを押さえ込もうとしてオリザに殴(なぐ)られている。

オリザは――瞳に怒りを滲(にじ)ませながら、それと同時に涙もまた滲ませていた。

「アタシはなァッ！　悔しいんだよ！　悔しくて悔しくてたまらねえんだよ！　全部ソーマにおんぶに抱っこだ！　なんかあったら守ってやるつもりが知らねぇ間にアイツに背負わせてた！　クソッタレ！　クソッタレェエエエエエエエ！」

「先生、帰ってくれ！　お願いだから!!×」

吠えるオリザに背を向けて、ジノブランドはよろよろと歩き出す。

「クソッタレだ、ほんとうに……」

彼の歩んだ足跡にはこぼれ落ちた滴(しずく)で染みができていた。

＊　リエルスローズ＝アクシア＝グランブルク　＊

伯爵家に生まれたリエリィは馬車になんて飽きるほど乗っていたが、さすがにこれほど贅を凝らした馬車に乗るのは初めてのことだった。

それほどまでに、伯爵家と公爵家の財力に差があるのか――とそう実感した。

「急な招待で申し訳ありません」

「……いえ」

馬車の車内にいるのはキール、リエリィに、公爵家の人間だった。リエリィの見たところ、その総白髪の男性は公爵家の家令らしい。召使いのボスであるバトラーは執事とも言われる存在で、邸内の把握はもちろん、公爵の仕事を手伝うことも大いにある。キールへの接し方も気軽いものであり、単なる召使いとはまったく違う。

そしてそんな人物がここにいることで彼女もまた緊張していた。

「ほっほっ。しかしグランブルク家のお嬢様はこれほどお美しいとは……お祖父様もたいそうお可愛がることでしょうね」

「はい。お祖父様には厳しくも愛のあるご指導をいただいておりますもの」

リエリィのグランブルク家は、彼女の祖父が大功を立てたことで伯爵へと位が上がった。

「リエルスローズ嬢、今回のことについて私からお願いがあるのです」

そこへキールが切り出した――「今回のこと」とはソーマのことだろう。

しかしバトラーがいる場所で話すということは、それだけキールが本気でこの問題に取り組んでいるのだろうと察せられる。

そこまで認識した上で、リエリィはしっかりとうなずいた。

「……あの決闘場にいた貴族家のうち、およそ半分は黙らせることができました。問題は残り半分ですが、これがいくら手を回してもなびきません。確実に、我がラーゲンベルク家の敵対派閥に組み入れられていると思われます」

「それは――おかしいですもの」

「なぜそう思われます？」

「ソーマさんが目障りなのは他ならぬあなた様、キルトフリューグ様を学年トップに押し上げるためですもの。でしたらあなた様の敵対派閥がソーマさんを追放することは無意味」

「…………」

ちらり、とキールがバトラーと視線を交わす。バトラーが満足そうな笑みを浮かべる。

「さすが、こういった事情にはお強いですね。私も最初はそう考えましたが……結論はやはり、ラーゲンベルク家の敵対派閥だろうと思われます」

「理由をうかがっても？」

「はい。彼らはむしろ私を恐れてはいないんです」

「………？」

「私を乗り越えてトップになれる、とそう思っているんです。しかしソーマくんだけは明らかに未知数。しかも『累計レベル12』ならば勉強だけに専念する可能性がある。そうなれば座学ではトップを取れないかもしれない――と考えたようです」

その話を聞いたリエリィは目を瞬かせてから、ハッとした。

「――つまり、敵はこの学年にいる、と……？　ソーマさんだけを排除すれば、あなたに勝って学年トップになれる――それほどの器だと!?」

「お察しのとおりですがそれは今、関係ありません。私はソーマくんを本気で助けたいだけなのです。そのためにあなたの協力が必要です――」

＊　ソーンマルクス＝レック　＊

あー、憂鬱だ。めちゃくちゃ憂鬱だ。

テストが行われてから3日後には結果が発表されるのだけれども、その間、俺は「部屋に閉じこもって出るな」とリットをはじめみんなに言われてそれに従っている。

あれから丸2日経っている。

明日はテスト結果の発表日だ。

スヴェンはちらちらとこちらを見ていたけれども、しょんぼりしながら外へと出ていった。

ふーむ……どこに行ったのかな？　わからないなー（彼の手には模擬剣があった）。

俺さ、スヴェンと約束してたじゃんか。

テストが終わったらアイツの累計レベルを確認してやる、って。

でもアイツのほうから言ってこないのよ。「確認してください」って。たぶんアイツなりに遠慮してるんだろうなーって思うじゃん？　だから俺が聞いたんだ。

――スヴェン、レベル見てやるよ。

って。そしたらアイツ、

――師匠のことが終わってからにします。

だって。めっちゃ知りたそうなのを我慢してさ……スヴェンが気を遣ってるんだよ……。

「……悔しいなぁ……」

やっちまったもんはしょうがないし、後悔はしてないんだけど――もっとやりようはあったんじゃないかってそんな気がしてる。いや、それが後悔ってことか？

貴族を相手にするってそれくらいめんどくさいことなんだよな……。

今、俺が寮から外に出たら襲撃されるとかリットが真顔で言うんだ。そのリットはなんか情報集めるだか裏工作だかのために出てて帰ってこない。アイツもマジで何者なんだ？

「――はい、開いてるよ」

そのときノックが聞こえたので応えると、ドアが開いてミイラ男が……じゃなかった、包帯でぐるぐる巻きになったトッチョが入ってきた。

「……よう」

「なんだ。もう歩けるのか？　丈夫だなー」

「……………入るぞ」

「いいよ。俺しかいないけど。ってかルチカは？」

のっそりと入ってきたトッチョはリットのイスを引き寄せると、顔をしかめながら座る。まだあちこち痛むようだ。

「ルチカは、さすがにこれ以上男子寮にいちゃマズイだろってことで女子寮に戻った」

甲斐甲斐しく手当てしてたもんな。医務室の先生を一瞬で青ざめさせたあの大ケガだ。

「……ソーマ。悪かった」

「なんだよ急に……調子狂うな」

「決闘場のこともそうだし、俺の治療も」

魔法的ななにかが含まれている治療薬は別料金で、しかもびびるくらいに高価なものだったけれども俺はそれを頼み、治療してもらった。

おかげで夏まで俺の財布はもたなさそうだ。ピンチ！　いやそれ以前に退学しそう。

「治療薬の代金は貸しだからな？　言っただろ、投資だって。ちゃんと出世して返せよ」

「……わぁってるよ」

ふてくされたようにトッチョは言うが、こいつはこれくらいがいい。調子が出てきたな。

「で、ソーマはどうすんだよ」

「どうするって？」

「やっぱり……退学か？　寮長が『ガリ勉小僧の退学を祝って乾杯』とか言って酒飲んでたぞ」

あのフルチン先輩め……。

「でも寮長も……なんかさみしそうだった。なんだかんだお前みたいな……変なヤツが入ってきて喜んでたんじゃねーの」

「そうかな」

「そうだよ」

あのフルチン先輩がねぇ。まあ、そう思ってくれるならちょっとはがんばった甲斐があった——いや、俺あんまりここで実績残してないよな？　むしろ女子に夜這いをかける仲間だと思われてただけじゃないのか？

俺はそれからトッチョと、ぽつりぽつりと、特に盛り上がるでもなく会話を続けた。トッチョは槍の話をしているときがいちばんテンションが上がるようで「アレがあればお前に勝てるのに」とか言っていた。ほーん？　たかだかエクストラスキルで俺に勝てるとでも？

手合わせしてやりたいけど……もう、ダメっぽいなぁ。

はぁぁぁぁぁ。


夜も更けてから戻ってきたリットの表情は浮かなくて、彼の活動はあまりうまくいってないようだった。無理だけはしないで欲しいけど。

スヴェン？　自主トレが終わってスッキリした顔で寝てる。こいつくらいふだんどおりだとありがたいんだけどな。なんかみんな、俺を腫れ物扱いしてる感じでちょっとさみしい。

あとちょっとしかいられないならもっといっしょにいようよ！　仲間じゃん！

平日は夜遅く、休日も返上して勉強した仲間じゃん！

……あ、これ恨まれてますわ。むしろ嫌われてる可能性すらありますわ。

「寝よ」

日付も変わった深夜、ひとりで眠れなかった俺だったけど——そりゃそうだ、一日中家にいて疲れもなんもないんだから——さすがに寝るべきだと思って目を閉じた。

エピローグ 結果発表はにぎやかに

「え？　ここまでしなきゃダメ？」

「ダメ。君、自分がどれだけマズイ状況にいるのかいまだに認識が甘いんじゃないの？」


翌朝のリットと俺のやりとりである。

朝食を食べ終わり、テスト結果の発表は朝10時だというので俺はそれを見にいく気満々だった。掲示板に貼り出されるみたいなんだ——合格発表かよって感じだけど。

すると最初は「ボクが見てくるから部屋にいて」と言っていたリットも「最後かもしれないから絶対行く。行くったら行く」と俺が折れないところを見ると、

「これ穿くなら許可する」

と、どこから調達したのかスカートを突き出したのだ。まさかの女装。

「これ穿いて、フードかぶって金髪のウィッグつけたらさすがに大丈夫……だと思う」

そこまでやってなお断言できないのか！　俺ってもしかして指名手配じゃきかないレベルで追われているんじゃ。

「イヤならいいよ、部屋で待ってて。それがいちばん安全だし」

「……わ、わかったよ。穿く、穿きますよ……」

「師匠（ししょう）……」

気遣わしげにこっちを見てくるスヴェン。お前だけはいつだって俺の味方だよな……。

「俺もいっしょに穿きましょうか。ふたりで穿けば怖くない」

違った。いつもどおり頭が悪いだけだった。

着替えて1階に降りていくと、ロビーには1年男子が集結していた。上級生の皆さんはもちろん出てこない。もはや試験なんてどうでもいいというスタンスは揺るがない。

と——思っていたら、

「ソーンマルクスはどうしたんだよ」

ソファにいたのは寮長ことフルチン先輩だ。

もしかして俺のことを気にしてくれていたんだろうか。

「んん？　なんでこの寮に女子がいるんだ？　……おいおい、ちょっと可愛（かわい）いじゃねえか。俺の部屋に来いよ」

いきなり俺を見てナンパしだした。やっぱり頭の中ピンク色だな。「やっぱ寮長カッケェ」とかソファの後ろで言ってるトッチョもたいがい頭がおかしい。

「いいんですか、部屋に行っても」

と俺がフードとウィッグを外すと、全員ぎょっとした顔とともに「ひぃっ」とか「げぇっ」とかいう声を上げた。

「ソ、ソーンマルクスだったのかよ……確かに女装ってのはおもしれぇ選択だな。まぁ俺もいっちょついていってやるわ」

「へ？　寮長――じゃなかった、フルチン先輩が？」

「言い直すんじゃねぇよ！　寮長で合ってる！」

またまた、ご冗談を。「寮長」よりも「フルチン先輩」のほうが格式が高いでしょう。

「……ま、なんだ。お前らがどんだけ勉強したのか気になってよ。黒鋼（ブラック）が最下位以外だった順位は見たことねぇし、もし最下位だったとしてもお前の悔しい顔を見て楽しい」

やっぱりこの人はろくでもねぇな。

俺たちはぞろぞろと黒鋼寮を出ていくと、寮の前で女子たちと合流した。さすがは女子と言うべきか、一目で見抜いたよね、俺がソーマだって。

「や、ふつうに歩き方が男っぽい。ちょっとは気を遣えよ」

とはオリザちゃんのありがたいお言葉である。おほほ、歩き方も気をつけますことよ。しゃなりしゃなり。

掲示板のある広場へと向かうと遠目にも生徒が集まっているのが見えた。そこは2階に渡り廊下（ろうか）がある場所で、そちらにもすでに生徒が集まっていた。

貴族の子がやっぱり多いので話し言葉は丁寧（ていねい）だが、この中のどいつが俺のことを目の敵（かたき）にしていたのかと思うと怖い――というかげんなりする。アンタたちから見たら俺なんて「レベル12」のか弱い一般市民でしょ？　そっとしておいてくれませんかねぇ……。

「君。黒鋼クラスなの？」

気づくとみんなからちょっと離れていた俺は、肩を叩かれて飛び上がりそうになった。

そこにいたのはわざとらしく白い歯を見せつつ笑みを浮かべている――黄色のリボンをチョーカー代わりにしている黄槍クラスの上級生らしい。

うっほー、美形だな。男性アイドルグループでセンターにいそうなレベルだぞ。原宿歩かせたら30秒で有名な芸能事務所にスカウトされそう。

「金髪に黒い目、なんてエキゾチックなんだ。君みたいな逸材が黒鋼クラスとはもったいない……黄槍においでよ。俺がなんとかしてあげる」

ぱちこーん、とウインクまでしてきた。

……こいつら頭沸いてんじゃねえかな。エキゾチックジャパンかよ。まず俺男だし。お前がなんとかしてクラス変えるなんて無理だし。俺男だし。そもそもそういうことできるのってキールくんレベルの公爵家とかだろ？　あと俺男だし。

「よお、色男。俺んとこの下級生に手を出そうとはずいぶん肝が据わってるじゃねえか」

そこへずずいと間に入ってきたのは誰あろうフルチン先輩だ！　さすがフルチン先輩！　こういうときは頼りになるよフルチン先輩！

俺が心の中で連呼しているとちらりとこっちを横目で見てきた（それはそれは残念そうな目で）。なぜだ。心を読まれたか。

「ッ、貴様！　このお嬢さんにも手を出そうというのか！」

「バァカ。俺とこいつは夜にしっぽり密会する仲だぜ」

へー。寮から抜け出してさまようよ○いを回避することを「密会」っていうんだー。

「あでっ!?」

誤解を招きまくるフルチン先輩のケツに膝蹴りを入れ、俺は掲示板へと向かう。

「なにやってたの？」

「エキゾチックジャパン」

リットはわけわからんって感じの顔をしたが、俺も知ったことではないしこれ以上俺の女装黒歴史にエピソードを盛らんで欲しい。

俺はきょろきょろと周囲を見回したが、キールくんとリエリィの姿はなかった。リエリィはともかく、キールくんは白騎の白ブレザーだから目立つはずなんだが、ここにいる白騎がすごく少ない。しかもひとりふたりという感じでばらけていて、たぶんだけど、掲示板に貼り出される内容をメモしてくる係なんだろう。

そこへ、ざわつきが一気に大きくなる。

来た。

遠くから、学園の事務員が大きな貼り紙を数人がかりで抱えて持ってくる。

「き、来たよ、ソーマ」

「お、おう」

リットが俺の袖をくいくいくいくい引っ張ってくる。こらこらこらこらそんなに引っ張るなあわてるなまだまだあわてるような時間じゃなななななな。

「師匠、落ち着いて」

まさかスヴェンに言われるとは思わなかったけど、スヴェンの、13歳にしては大きな手で背中をさすられスーハー深呼吸する。

「いよいよだな」

「ドキドキしますっ」

「………」

オリザちゃん、ルチカ、トッチョも俺のすぐ近くで成績表が運ばれてくるのを見つめる。

マルバツシカクの3人衆もオリザちゃんから半径2メートルの距離に陣取って、いつでも蹴りを受け入れる準備を整えていた――ってお前らこんなときまでなにやってんの？

「掲示板から離れてください。成績表が通ります。……はい、ではこれより成績表の掲出を行います。まずはクラス別順位の発表、次に個人成績の掲出となります。それらはすべて1年生から順に行われます」

きたー！　1年生からだって！

やべぇ、めっちゃ心臓がバクバクいってる。

こんなふうに緊張するのって人生でも初めてかもしれない。銀行に債権放棄（さいけんほうき）をお願いしに行ったときだってこんなに緊張しなかったぜ……イヤな汗が出てきた。

「ソーンマルクス＝レックはいないか」

「!?」

声に、ドキンとして俺たち全員が振り返った。

「へ？　ト、トーガン先生？」

そこにいたのは学年主任のトーガン先生だ。白騎クラスの担任も務めているはずである。

「いないのか？　寮にいるのかね」

「あ、俺です」

「いや、女子ではなくソーンマルクス＝レック……ソーンマルクスくんかね？　君、どうしてスカートなんぞを穿いている？」

「……その、深い事情がありまして」

「まあ、構わん。君を呼んでくるよう言われているのでついてきなさい」

「え、えっ!?　今からあの、成績の発表が……」

「掲示は1週間に渡って行われるから後で見なさい。急いで」

え〜〜〜!?　あと5分もあれば見られるのにィッ!?

脚立に上る事務員をちらちら振り返っていると、トーガン先生は俺の手をつかんだ。

「急いで、と言ったんだ」

「ちょっ、うわ!?」

「ソーマ！」

リットたちも俺を止めようとしたが、相手は学年主任だ。さすがに無理。俺は見たくて見たくてたまらなかった成績表から遠ざけられていく。

「ト、トーガン先生！　歩きます、ちゃんと歩きますから！　ていうかいったいどこに行くんですか、こんな朝から……」

言いながら俺は、いやーな予感に襲われる。なんたって学年主任が出張ってくるほどだ。これはもうアレですか。クビの宣告ですか。

「学園長がお呼びだ」

ほらぁぁぁぁぁぁぁあ！

学園長の部屋がどこにあるのかなんて俺は知りもしなかった。だけど学園の中心部に、白騎クラスの寮と寄り添うように建っている3階建ての建物が学園長の居場所らしい。

3階建てまるごと全部学園長のものとか、いったいどんな執務してんだよ……。

わかってる。ただの見栄だよね？　さすがに貴族のあれやこれやがわかりだした俺からすれば、これが見栄の塊（かたまり）だってことくらいわかる。

入口を守る衛兵の横を素通りし、建物に入ると、入口はホールになっていた。天井からはシャンデリアが吊り下がっていて、マジックランプの明かりが煌々（こうこう）とホールを照らす。

トーガン先生は階段を上がって2階へと進む。

壁には歴代の学園長の肖像画が掲げられており、中には胸像もあった。

「――学園長、1年学年主任トーガンでございます」

廊下はやたら長かったが、いちばん手前の扉でトーガン先生がドアをノックした。

そう言えば、学園長になんて会ったことなかったな……入学式にも出ていなかった気がする。話してたのはジュエルザード第3王子だけだったし。

トーガン先生がドアを開けると——そこには「執務室」というには広すぎる部屋があった。黒鋼クラスの教室並の広さなんだが？

レースのカーテンからは太陽の光が燦々と射し込んでいて、木製のタイルでモザイク模様になっている床はぴかぴかに磨かれていた。

ずずいと奥には暖炉があって、時期的にはもちろん火は入っていないけれども、その側には応接用なのかくつろぐためなのかソファがコの字型に置かれてあった。

座っていたのはふたりだ。

ひとりは総白髪のジイさんで、アフロヘア？　と言いたくなるほど頭が大爆発である。どうかこの人が学園長ではありませんように。眉毛も長くて目が隠れ気味であり、筆の先みたいなヒゲが左右に飛び出していた。

ジイさんは貴族らしい金の掛かってそうなびらびらした服を着て、胸にはこれ見よがしな勲章が5つ。座っているのに両手でついていた杖も真っ黒で、なんか高そう。

その向かいは金髪のお兄さん——オッサン？　年齢は30代か。20代ってことはないと思うんだけど。さらりとした金髪を右から左に流している童顔は年齢をうかがわせない。

着ている服はジイさんに負けず劣らず金の掛かってそうなものだけれど、勲章はなかった。どうかこちらが学園長でありますように。

「……学園長、黒鋼クラス1年、ソーンマルクス＝レックを連れて参りました」

「ああ、ああ、トーガン、ありがとう。君もここにいなさい」

ちくしょおおお！　ジイさんのほうだったよ学園長！

ん、じゃあそっちの年齢不詳は何者だ？　副学園長？

「ソーンマルクス＝レック、こちらへ……そこだと声が届かなくてかなわん」

しわがれた声で学園長が言うので、俺はのろのろとソファへと向かった。俺知ってる。ここで勧められもせずにソファに座ると減点なんだろ？　就活かな？

「……なにをぼけっと突っ立っておる。座らんか」

座るんかーい。あと童顔オッサンの紹介はナシ？　ないのね？　はい。

「して、ソーンマルクス＝レック。お前がここに呼ばれた理由はわかるか」

「――トッチョの決闘の件でしたら、あれは完全に私刑（リンチ）でした。それに多人数対ひとりでやり合うことは向こうも了解済みで――」

コツ、コツ、と杖で床を叩かれたので俺は口をつぐんだ。つーかジイさん、めちゃくちゃ俺のことにらむんだもんよ。眉毛に隠れた目がぎょろって。

霊安室みたいな沈黙が訪れる。怖。

「質問に答えよ」

「――ここに呼ばれた理由は、見当はつきますがはっきりとはわかりません」

「よろしい」

なんか雲行きが怪しい……っていうか入学以来雲行きが怪しくない日なんてなかったわ。

「ソーンマルクス＝レック。どんな手を使って上級生を不当に襲撃した？」

「不当ではありません。ていうか10人からを相手にひとりで襲撃なんて――」

コツ、コツ。ギョロッ!!

だからこええっての！

「……正面から腹にパンチくれてやりました。俺なりの教育です」

「きょっ――」

「ぷっ」

学園長は目を剝いたが、童顔オッサンは噴き出していた。その後、「失礼」なんて澄ました顔してるけど。

「ソーンマルクス＝レック」

この人、俺をいちいちフルネームで呼ばなくちゃいけない縛りでもあるの？

「教育とは我らがなすものであり君のような平民の生徒が行うそれは単なる暴力である」

「犬だってしつけがなっていなければ叩かれますよ」

「……君は貴き血筋を犬と言ったのかね？」

「一般論であり他意はありません」

コツ、コツ。ギョロッ!!

さすがに3度目ともなると慣れてきた。

「ソーンマルクス＝レック。これは学園長判断である。まったく反省も見られず凶暴性を残したままであり今後の学園の治安上、君は不良であることは間違いない。すなわち、争乱を起こした罰として退学とす――」

「失礼します!!」

バンッ、と扉が開くと――なんとジノブランド先生が入ってきた。

え？　なになに？　トーガン先生もぽかんとしてるんだけど。

ジノブランド先生は汗だくで、今走ってきたって感じでこっちに大股でやってきた。

「……無礼千万」

学園長がギョロッとにらむと、ジノブランド先生は一瞬怯んだが、ソファのすぐ手前、トーガン先生の横で直立不動した。

「学園長。ソーンマルクスは悪くありません。彼の過ちはすなわち担任である私の監督責任。彼を退学にするのではなく、私を馘首にしてください」

「心配するな。仲良くふたりともクビにしてやろう」

「学園長ッ！」

「トーガン先生。これは君のところのだろう？」

「……はっ。ジノブランドくん、場を弁えなさい。今さらなにを言っても覆らない」

おい、おいおいおい。

俺だけじゃなくてジノブランド先生もクビになるのか!?　それはさすがにおかしいだろ。ていうか無駄死にもいいところじゃん。せっかく先生、悪役に徹してたのに。

「いや、そうでもない」

とそこへ、童顔オッサンが口を挟んだ。

「閣下。よもや今のやりとりの中にこの者の『可能性』とやらを見いだしたのですか」

学園長が「閣下」呼ばわりしている。まさかこの童顔オッサン、偉いのでは？

「ええ。彼ならば十分この学園に通う資格はある。それに担任教員も今回の話は関係ない」

「それはなりませんぞ、閣下。まるで反省していないこの生徒にそのような判断を下すとは……『初めから結論ありきであった』と言われれましょうな」

「今さらなにかを言われて動じるものではありませんよ。私の家、グランブルク家、それに4の貴族家からの推薦状もある」

え、なになに？　この童顔オッサン——ではない、この素敵なお兄様は俺のことを推薦してくださったの!?　あとグランブルク家って、えーっと……アレだ、リエリィの家だ！

マジかよ……リエリィってば俺のために骨折ってくれたのかよ……。

「4の貴族家はフェンブルク家やラングブルク家といった黒鋼クラスの生徒の家ではありませんか。しかも男爵家。反対に、彼の退学を求める抗議は15の家から来ているのですぞ」

うおおおい！　俺、嫌われすぎな！

ジノブランド先生、かわいそうな者を見る目をこちらに向けないで！

「ははは。それらはソーンマルクスくんに痛めつけられた子どもの家でしょう？　むしろその事実が雄弁に物語っている。彼らはソーンマルクスくんと正面から戦い、敗北したのだと。卑怯(ひきょう)な手を使われたのなら、決闘による再戦を望むはずです」

「むう……」

　おお！　すごいぞ閣下様！　もしやワンチャン退学なくなるんじゃない!?

「ですが、学園長の立場で考えれば、彼をお咎(とが)めなしともまいりますまい」

「……もちろんです」

「ではこうしましょう。彼にひとつ、条件をつけるのです」

「条件？」

　と、聞いたのは俺だ。なんかよくわかんないけど、とりあえず俺をめぐって「退学させろ」派と「そんなこと言うなよ」派が戦ってるんだよな。

　で、退学させないならさせないで、俺はなにかしらの落とし前をつけなきゃいけないと。

「そうだよ。シンプルなものさ、君がこの先ずっと学園で1位を取っている間は退学させないとする。2位以下に落ちたら退学だ」

「なるほど……」

　って納得できるかァァァァァァ!?　ずっと1位ってなに!?　今はいいけど、これから先どんどん勉強が専門的になっていったら俺たぶん負けるよ!?　具体的にはキールくんに!!

「あ……ってことは、今回の俺って1位だったんですか？」

「そうだよ」

「クラスは⁉　クラス順位は⁉」

俺が食いつくと、閣下は苦笑いなさった。

「自分よりクラスの順位が気になる、か……面白いじゃありませんか、ねえ、学園長？」

「……この者はクラス順位を賭けにしていましたからな」

「またそうひねくれたことを言う。これが順位表――」

と、閣下が紙切れを差し出したときだった。

ひらり、と炎が――蝶の形をした紫色の炎がやってくると紙切れを燃やしていく。

え……？　なんぞこれ？

「閣下。その紙は極秘にて他人に見せてはならないと約束したでしょう」

「……ふっ、まさかこの場で学園長の魔法を見られるとはね」

魔法……？　え、今の魔法？　学園長、魔法使えんの⁉

「ソーンマルクスくん。あとは大人の話だよ。君は掲示板を見にいきなさい――ジノブランド先生も、彼をしっかりサポートするように」

「は、はいっ」

なんだか俺はとんでもない「条件」で退学を免れたようだった――んだけど。

「あの！　ひとつだけその『条件』、追加できますか⁉」

俺は立ち上がりながら言った。

衝撃の連発ではあったが最後の学園長の魔法がいちばんショッキングでした。

そんな学園長の建物を出ると、トーガン先生とジノブランド先生は話があるとのことで——まあ怒られるんだろうね——俺だけ掲示板に行けと言われた。あと「なんでスカート穿いてるんだ？　まさか……」と言われたので否定した。「まさか」じゃないよ「まさか」じゃ。ていうかあの童顔オッサンは何者だったんだ？　たぶん、高位貴族なんだよな。聞かないほうがいいわ。関わらんほうがいいわ絶対。面倒ごとはもうゴメンですぞ（と言いながら自分から巻き込まれていくスタイル）。

「あっ、ソーマ!!」

掲示板の周辺にいた人はだいぶ減っていたけど、それでもそこそこの人が残っていた。我が黒鋼クラスのクラスメイトたちは残っていてくれて——もう、呼び出されてから30分くらい経っていたのに、残っていてくれた。

真っ先に俺に気がついたのはリットだった。

ヤツはこっちにダッシュしてくると、俺の腕をつかんで引っ張った。

「ソーマ！　呼び出されたのなんだったの!?　退学!?　あと成績！　見て！」

「わかったから落ち着けって！　退学じゃねーよ！」

「違うの!?」

「違う！」

条件はついてるけど。

「じゃ掲示板!!　掲示板ほら早く早く！」

「わ、わかってるって！　ひっぱんなよっ！」

リットにしては珍しい――これはアレだ。うまくいったか。最下位脱出！　俄然高まる期待。

これでクラス順位最下位とかだったら俺は死ぬ。

「師匠」

「ソーマ」

「ようやく来やがった」

「ソーマさん」

「呼び出しなんだった○」

「退学じゃなさそうだね×」

「またノートで稼げる□」

オリザちゃんをはじめ、口々に声を掛けてくる。

3バカトリオは覚えてろよ。

数少ない女子たちもいるし、男子もいる。トッチョの取り巻きやってる4人もいる。フルチン先輩は……いないな。うん、どうでもいいや。

緊張する。なんだか足がふわふわする。

俺の目がさまよう――あっ、黒鋼……え、6位!?　6位じゃねーかよ!?　ってそれは5年生の成績だ。そうじゃなくて1年、1年、1年。

・新学年統一テスト　クラス別順位【1年生】
　1位　白騎クラス　合計平均357・4点
　2位　黒鋼クラス　合計平均345・8点
　3位　蒼竜クラス　合計平均321・1点
　4位　緋剣クラス　合計平均319・8点
　5位　黄槍クラス　合計平均305・4点
　6位　碧盾クラス　合計平均268・9点

「ふぇぇぇぇぇぇぇぇぇぇぇぇぇぇぇぇ…………………………」

変な声が出た。変な声が出たよ！

「2位…………………？」

呆然とした俺に、

「そうだよ！　そうだよソーマ！　君、やってのけたんだよおおおおっ！」

俺の腕に抱きついてぴょんぴょんとリットが飛び跳ねる。

「ったく、最後の最後までハラハラさせやがって……決闘で退学とかなってたらシャレにならないだろーが」

オリザちゃんが相変わらずの男前を発揮して俺の頭をくしゃくしゃってやってくる。

「師匠」

だからスヴェンは無表情のサムズアップは止めろ。な？

あちこちから手が伸びてきて俺の頭をパシッて叩いたり肩をパシッて叩いたりケツをパシッて叩いたり股間を……って誰だこれ!? 止めろォ！

「ソ、ソーマ先生！ こふっ、個人順位も見てください！」

俺がエクストラスキル「生命の躍動」とエクストラボーナス「瞬発力＋1」を遺憾なく発揮し、股間を狙う手から身をかわしていると、ルチカがやってきた。

個人順位！ そうか、そっちも掲出されてるんだな……っていうかどうしてルチカは右手でトッチョの襟首をつかまえてるんだ？ なんか君たち力関係逆転してない？

「えーっと個人順位は、と……」

・新学年統一テスト　個人別順位【1年生】
1位　ソーンマルクス＝レック（黒鋼）　495点
2位　キルトフリューグ＝ソーディア＝ラーゲンベルク（白騎）　457点
3位　ルチカ＝シールディア＝ラングブルク（黒鋼）　422点
4位　ヴァントール＝ランツィア＝ハーケンベルク（蒼竜）　415点
5位　リエルスローズ＝アクシア＝グランブルク（緋剣）　414点
…………

「ちょちょちょちょちょっとぉ！　ルチカさぁん！」

「はい！」

「3位!?　3位って!?　やばくなぁい!?」

俺の口調もやばくなっていた。

「はい！　やりました！」

応えるルチカはにっこにこなんだけど目にうっすら涙を浮かべている。

それを見て俺もまたぐっと胸が詰まった。あー、ちくしょう、年を取ると涙もろくなるってほんとうだな。身体(からだ)13歳だけどもさ。

「それに引き替え……」

「うえっ」

いまだつかまれたままの襟首を引っ張られたトッチョがカエルみたいな声を上げた。

「お兄ちゃん……情けないです」

「しょ、しょうがねえだろ！」

「ん。トッチョは何位だったの？」

俺が聞くと、トッチョが「うー」だの「あー」だの言って埒(らち)が明かないのでリットが掲示板を指差した。

285位　トッチョ＝シールディア＝ラングブルク（黒鋼）　86点

ほーん……312人中285位ねぇ……。

ちなみに他のクラスメイトはというと、

15位　リット
21位　オリザちゃん
45位　マール
46位　バッツ
47位　シッカク
178位　スヴェン

という感じだった。

マルバッツシカクさぁ……と俺が思っていると、

「師匠……俺は師匠の顔に泥を塗りました」

肩を下げてスヴェンが言う。しょんぼりしているんだが顔は無表情なんだよな。

「なに言ってんだよ。お前、最初は勉強からっきしだったじゃん。それがここまで上がったんだからすごいよ」

「師匠……」

フォローした俺を、目を潤ませて（無表情）スヴェンが見てくる。

他にも50位以内に結構な人数が入り込んでおり、ほとんどが2ケタ、悪くとも100位台だった。これがクラス2位の実力やぞ！

「イカサマですわ！　黒鋼クラスが2位なんて、どんな不正を働いたんでしょう!?」

グーピー先生が掲示板を指差してわめいており、それを他の教員が押さえ込んでいた。

先生は俺がここにいたのに気がつくと、

「まぁ、あなた!!　よくもまあイカサマをしておいてのこと出てきましたわね!?」

いっそう甲高い声を上げた。

「……学園のテスト結果をイカサマだって即座に断じることができるグーピー先生は、きっとイカサマをしようとしたことがあるんでしょうね」

「なっ!?」

「俺はこのテストの正当性を信じてます。白騎クラスに負けたのが悔しいくらいだし。次に狙うは1位です」

そう言ってやると、我がクラスメイトたちは「止めろォ！」とか「もうこれ以上は勉強したくねえ」とか「お姉様ぁ！」とか口々に悲鳴を上げているがさりげなくオリザに抱きついている女子が百合百合しい。

「約束のこと覚えてますよね？　担任、替わってください」

「んまぁ！　なにをわけのわからないこと言っていますの!?　決闘を汚し、罪もない貴族の子女を卑怯にも不意打ちしたあなたこそ退学になるべきでしょうが!!」

「……もしかして、約束守らない気？」

「約束？　なんの話だかさっぱりわかりませんわ！」

このクソ女、自分が負けたら約束を反故にする気かよ。

俺が頭にきて一歩踏み出そうとしたときだ。

「来週以降、グーピー先生には碧盾クラスを外れていただくことになります」

柔らかいながらもハッキリとした声が聞こえてきた。

そこにいたのは白いブレザーの集団であり、声を発したのはその中央にいた天使――じゃなかった、キールくんだ。

「こ、これはラーゲンベルク様」

キールくんには、生徒であろうと腰を折って礼を示すグーピー先生。

「しかしですね、覚えのない担任交代などと……オホホホ、そんなもの受け入れられるわけがありませんわ」

「そうですか？　私の耳にはグーピー先生の担任交代と、ソーンマルクスくんの退学を賭けて勝負をしたと聞いていましたが」

「あり得ませんわ。ワタクシは男爵家の娘、まさかまさか平民と賭けなどとは……」

「黙りなさい!!」

矢のような鋭い声にグーピー先生は「ヒイッ」という声を上げ、俺は小便を漏らしそうになった。キールくんが、キールくんが、怖いよ!?

「……貴族たる者、己の言葉には責任を持ちなさい。『その血をもってではなく、その行いをもって自らの貴きを示せ』とは開国の祖、初代クラッテンベルク様の言葉です。今のあなたのどこに、人としての貴き振る舞いがあるのですか」

「そ、そ、それは」

「今回の成り行きは公爵家も注目しています。ゆめゆめ、己の言葉に反することのなきよう」

「あ、あ……」

がくりとその場で膝をつくグーピー先生。

それくらいキールくんの視線は厳しくて――。

俺は初めて、心の底から、貴族ってのは恐ろしい生き物なんだと実感したんだ。

グーピー先生が他の教員の手で連れ去られていく。それを見て碧盾クラスの生徒たちがざわつき、何人かは快哉の声を上げている。どんだけ嫌われてたんだよ……。なんか、ああまでなっちゃうとかわいそうにも見えるな。

ひとり、三つ編みの女の子がこっちを見ていた。俺が碧盾の授業に乱入したときに怒られてた子か。彼女は俺にぺこりと頭を下げるとどこぞへと去っていった。

「ソーマくん」

その間にも白騎の天使はこっちへやってきていた。

ちらりと掲示板を見やると苦笑いしながら、

「……さすがですね。私も勝つつもりで勉強していましたが……」

「それはこっちのセリフだよ。白騎クラスってやっぱ優秀なんだな」

キールくんは個人順位の話で、俺はクラス順位の話だ。

白騎クラスの皆さんは俺を憎々しげに見ながらも、その目に侮るようなものはもはやなくなっていた。おー、怖。彼ら本気になっちゃったか。

「ソーマくん、次回はわかりませんよ？」

「ああ。ていうかそのうちキールくんには抜かされるってわかってるし」

「？　そうなのですか？　なら、ソーマくんは退学になってしまうのでは……」

最後のほうは小さい声だったので他の人には聞こえなかったろう。

キールくん、知ってるんだな。俺が1位を取り続けなければ退学しちゃう病……じゃなかった、そういう「条件」をつけられたってこと。さすが公爵家。

「それは大丈夫」

「大丈夫――そうですか。ソーマくんが大丈夫と言うなら大丈夫なのでしょうね」

にこりと笑ったキールくんはマジ天使。

そう、大丈夫なのだ。試験でキールくんに抜かれても俺は退学しないで済む――それこそが、学園長と童顔オッサンにつけたもうひとつの「条件」だったんだ。

「座学」だけでなく「武技」も含むいずれかで「1位」ならば退学しない、ってな。

簡単にその条件を呑んでくれたよ。

「座学」はともかく「武技」なんて無理だろ、って思ってる表情がありありと見えたもんな。

くくく……まさか累計レベル12と勘違いされていたことがこんなところでプラスに働くとは！　世の中なにが起きるかわかんねーな！

「あの、キールくんさ……決闘場のこと、なんかしてくれたんだろ？　助命嘆願みたいなの」

「ああ。あれくらいはたいしたことでは……」

「ありがとう」

俺はがばりと頭を下げた。

だってさ、俺がピンチだったとき——前世で会社を整理しようと走り回ってるとき、誰も助けてくれなかった。友だちは学生でなにもできなかったし、会社の人も冷ややかな目で見て、取引先は手のひら返しでむしろこっちを責め立てた。

だから、キールくんの手助けがめちゃくちゃうれしかった。

「ソ、ソーマくん、頭を上げてください。と、友だちとしては当然のことでしょう？」

友だち、という言葉に顔を赤くしているキールくんがマジ可愛い。俺の横でリットが「ヒィユーッ……」て喉の奥から妙な息を漏らしてしまうくらいに可愛い。いいかリット。キールくんは男だ。間違えるなよ？

「こんなところでソーマくんに脱落してもらってはライバルになりませんよ」

いいのかいいのか。そんなこと言っちまって。「あのときソーマのヤツを退学にさせておくべきだった……！」とかなるかもしれないぞ？

なんてな。

軽口叩こうかと思ったけどキールくんの「ライバル」発言で白騎の皆さんが額に青筋立ててブチ切れていらっしゃるし、リットやオリザちゃんたちはじりじりと後じさって逃げようとしてるしで、さすがにこれ以上はいけない。

「グランブルク家のリエルスローズ嬢も協力してくださいました」

「うん。リエリィにもあとで感謝しておくよ」

「「……リエリィ？」」

おかしいな。緋剣クラスの「吹雪の剣姫（ふぶきのけんき）」ことリエリィと親交があることは確かにリットには黙っていた。だからこそリットが「そんな話聞いてませんけどォ!?」って顔をするのはわかる。ていうか俺のちょっと後ろにいるから見えないんだけどたぶんそういう顔をしている。

だけど、キールくんまで「は？　なに親しげに愛称で呼んでんの？」って顔なのはなぜ。

ま、まさか……キールくんの許嫁（いいなずけ）とかそういうヤツ!?

「ごめん、キールくん……リエリィとはネコを捕まえる同盟を組んだ間柄なんだ」

「え、え？　ネコ？　え？」

「だから、深読みしなくても大丈夫！」

キールくんはよくわからない、という顔をしていたが、取り巻きのひとりに「そろそろお時間が……」と話しかけられ、そのまま引き返していった。政治家の先生みたいだ。いや、政治家の息子みたいなもんだったわ。

「よし、それじゃ俺たちも帰ろうか。黒鋼寮へと！」

テストはいい結果だったし、決闘場のこともまぁなんとかなった。

今日は打ち上げ？　打ち上げだよね？

と、ノリノリで俺が振り返ると――。

「ソォォォォマァァァァァァァ」

リットがすごい顔してる!?　あとオリザちゃんや他のクラスメイトも怒ってる!?

「白騎クラスをライバル扱いすんなバカ！　どんだけ貴族に目をつけられたいんだよ!?」

とは同室者のありがたいお言葉。

「アイツらに目ぇつけられたら実家までやべーんだよ！」

とはお姉様による当然の抗議。

「『吹雪の剣姫』とどうやって仲良くなったんだよ死ね！」

とは太っちょをはじめとする男子の総意。

「師匠、剣の修業をしましょう」

とは馬鹿の平常運転。

（ああ――）

俺はなんだかうれしくなった。

冗談めかして「我が家」とか言ってみたけど、このクラスメイトとたった1ケ月過ごしただけで、なんかもうものすごく深いつながりを持てたんじゃないか――ってそんな気がしたんだ。

俺たちは、それはそれはにぎやかに――あとで怒られるくらいには――騒ぎながら黒鋼寮へと戻った。

孤高の剣士のレベルアップ！

ジュースだけで酔っ払えるのってある意味才能だよな（唐突な問題提起）。いやー、昨晩はすごかった。これが宿だったら「お楽しみでしたね」と半ギレ顔で店主に言われるレベル。や、エロイ話じゃないよ？

統一テストの結果が発表されて、それから俺たちは黒鋼寮で打ち上げをやったんだ。どこからかマールとバッツとシッカクが瓶詰めのジュースを大量に持ってきてさ。あいつらなりの、俺の授業ノートを碧盾クラスへ売ったことに対する謝罪のようだったけどな！

それはともかく、なぜかフルチン先輩が乾杯の音頭を取って打ち上げはスタートした。

こっちの世界にも「乾杯の発声は……」なんて文化があるのに驚いたんだが、それはまあともかく。

昼からもうしゃべりまくって、誰かが楽器を持ってきてかき鳴らすと歌う女子が出てきて??もうお前ら付き合っちゃえよとかお決まりの言葉が飛んでいた（俺の口から）。

「え……ソーマが村の八男坊ってマジ？」

「どこかの商会の御曹司とかじゃないの？」

「いやでもよく見たら服が貧相だよな……」

貴族階級ではないヤツらはほとんどがそこそこ以上の家庭出身だっていうのは驚いたけどな……。っておい、なにさらっと服をバカにしてんだ。なんとこの服は俺の手縫（てぬ）いだぞ。

「思えばこんなふうにみんなと話したのも初めてだな？」

金持ちの息子や娘とはいってもみんな苦労しているようだ。跡取りは長男がなるんだが、身の振り方は自分で決めなきゃいけないんだとさ。

性格のいい長男ならいいけど、悪いと最悪だ。安い給金で兄にこき使われるくらいなら、ワンチャンある騎士学校に行く——という発想は、なんというか田舎（いなか）から出てきた俺と同じじゃね？　つまり俺もハイソサエティに入る資格がある。

「ていうかソーマって、俺たちに興味あったんだ？」

「うぇ!?　いやいや、あるでしょ。同じクラスメイトでしょ」

「同じクラスメイト……」

我が同窓の輩（やから）は顔を見合わせて苦笑いする。え、なにその反応。

「クラスメイトに授業されてるんだもん、こんな反応になるって」

「そうそう。あと貴族様相手に物怖（ものお）じせず話しかけるとかあり得ないって」

「だよな。あとなんかオッサンくさいし」

最後のは余計だ！

「ま、でも……誰も退学にならなくて助かったよ。これからもよろしくな」

照れくさそうに言って、握手を求められた。

「おう！」

握りかえしながら俺は応える。

「お前ら点数悪かったんだから、宿題の量増やすわ！」

真顔&真顔&真顔。ああ、やはり教師と生徒の間に友情は芽生えないのであろうか……。

そんなこんなやって夕飯食べたあともロビーで騒いでいたらフルチン先輩に「うるせえ」とブチ切れられて解散となった次第。

他の先輩方もちょくちょく通りがかったんだけど、俺たちの点数を知っているのか、興味深そうな、鬱陶しそうな、イラ立っているような、いろんな表情だった。誰も話しかけてこなかったけど。

しゃべり疲れたし、正直精神的にもぐったりしていた俺は泥のように眠り——日の出とともに目が覚めた。これぞ若さァッ！　一晩眠ればきっちりばっちり全回復。

「……師匠」

「うおあ!?」

ベッドから下りて伸びをしていた俺に話しかけたのは、薄い布の向こうに黒い影がハッキリ見えている——まあ見えなくてもわかってるけど、スヴェンだ。

「び、びっくりするだろ……」

「…………」

なんか言えや。

とりあえず俺はスヴェンとともに部屋を出た。リットを起こしたらかわいそうだしな……て
いうかリットって、寝返り打つときに「んっ……」ってなんか女の子っぽい声出すんだよ。

あ～あ、これだから変声期前の少年ときたら。

「お前何時に起きたの？」

「寝ていません」

「なんでだよ……。興奮しすぎて眠れなかったとか？」

無言でこくりとうなずくスヴェン。え、ええ……こいつ、昨日の打ち上げではちびちび無表
情でジュース飲んでただけだったはずだが。興奮してたの？　大勢が騒いでいる中、ひとりっ
きりで放置されると興奮するの？

「朝練が待ち遠しくて」

あ、そっち（修業）ですか……。

確かにテスト期間中とかは剣を振る時間を最低限にして勉強させたもんな。

ちなみに「修業」という言葉は暑苦しいので「朝練」という言葉に言い直させている。いい
よね、朝練。眠くてかったるいんだけど、特別なトレーニングをしている気分になれる。

俺はスヴェンとともにロビーへ向かい、さすがにまだ朝食は届いていないので裏庭へと出て
柔軟体操を始めた。

身体を動かすことは科学である。スキルレベル上げもまた科学であるのと同様に。

だからスヴェンにも体操を義務づけた。安全がある程度保証されているスポーツですらケガを予防するために準備体操するんだから、武器を振り回す俺たちが準備体操をしない理由なんてないじゃん？

……まあ、武技の前頭葉先生なんかは準備体操もなしに「よーしそれじゃ走り込みからやるぞー」とか言い出すけどな。走れば身体が温まる。それで、オーケー！　みたいなことらしい。根性論ですねわかります。

「……師匠」

そんなことを考えていたら、スヴェンがぬぼっと俺の前に立った。近い近い。お前デカイんだからちょっと離れて――。

「俺を、見てください……！」

は……？

は？

なんでこのバカいきなり上半身脱ぎ出しますか!?

「止めろバカなにやってんの!?」

「見てください！　師匠!!　俺のすべてを……！」

「ぎゃああ誰か誰か助けッ……」

ギィ、とそのとき寮の扉が開かれ、

「ふー……眠いけど槍の訓練は毎日やらなきゃいけねえもんな——」

出てきたトッチョが、

「あ」

「あ」

「…………」

上半身脱いだスヴェンが、俺の両肩をつかんでいるところをバッチリ見た。

「お前ら……そういう、関係……」

「ち、違」

「俺を見ていいのは師匠だけだ」

「お前ふだん無口のくせにこういうときは饒舌なのな!?」

「このことは誰にも言わねえからよッ……騎士の情けだ」

「だから違げぇえええ！　待て、待てよトッチョォォォ！」

寮の中へと逃げるように去っていったトッチョを、俺の「瞬発力+1」と「生命の躍動」を遺憾なく発揮して取り押さえ、「止めろ！　俺にそんな趣味はねえよ！」と嫌がるトッチョを無理矢理引きずって裏庭まで連れてきた。

「誤解だ」

「お、おう……」

それから30分ほどかけてトッチョくんを説得（半物理）し、ようやく俺が一般男子（ノーマル）であることを納得させた。その間のスヴェン？　勝手にひとりで素振りしてた。この野郎……。

「んで、スヴェンはどうしていきなり脱ぎだしたんだよ」

素振りをしているヤツに声をかけると、

「………………」

トッチョに視線を送ってから、ぷいっ、と顔を逸（そ）らした。なんなんだよもう……。「俺、お邪魔みたいだな？」じゃねーよトッチョ。もう一度説得（説教）が必要そうだなお前。

「……スキル」

ぽつりと、スヴェンが口にした。

「スキル？　……スキルレベルのことか？　…………あーっ!!」

ようやくわかった。スヴェンは俺に「スキルレベル」を確認して欲しかったのか。確かにこいつ、レベルの確認は試験が終わったあとのお楽しみ、みたいに言ってたもんな……はあ。

「……ど、どうしたんだよソーマ。座り込んでうなだれて」

「このコミュニケーション能力皆無野郎をどうしたもんかなと思って……」

ちゃんとそう言えよスヴェンよぉ……「俺を見てください」じゃねえよ……。

「じゃあスヴェン、確認してみるか」

「脱ぎますか」

「なんで脱ぎたそうなわけ？　とはいえまあ、背中とか広く肌が露出されていると便利は便利なんだけどな」

「脱ぎましょう」

「だからなんで脱ぎたそうなわけ？」

スヴェンがサッサッと脱ぐ。「ほらな」とかトッチョが言ってくるのが鬱陶しい。こいつはこいつで俺にどうなって欲しいんだよ？

「あ、でも師匠……」

スヴェンはトッチョを指差した。

「……邪魔では」

「お前、ストレートに物言うにもほどがあるぞ……なに、見られたくないのか？」

「いえ、師匠のことは誰にも言うなとリットが」

「あー」

そう言えばリットが言ってたな。俺のユニークスキルは特別だから他の人にホイホイ言うんじゃねーぞって。

んー……まあ、でも、トッチョならいいか？　どうせ武技の授業でクラスをレベルアップさせていくには俺の能力を隠しきれるもんでもないしな。

「な、なんだよソーマ……こっちじろじろ見やがって。お前、俺の裸にも興味があんのか？」

「ねーよ。その話はもういいっつの。——あのなトッチョ。これから俺のユニークスキルを見せるけど他のヤツには言わないでくれな？　クラスのみんなには頃合いを見て言うから一

「は……？　お前ユニークスキル持ってんのかよ!?」

トッチョが声を上げる。一応コイツも貴族家の男だから、天稟に付属するユニークスキルがめっちゃ珍しいことは知っているんだろうな。

「まさか俺を倒したのもそれで――」

「いや、トッチョと決闘したときのは関係ない。アレは俺の単純な強さ」

「くっ」

ふふんと笑って見せるとトッチョが悔しそうな顔をした。

「よし、それじゃスヴェン見せてみろ、お前のトレーニングの成果を」

「……はい！」

スヴェンは俺に背中を向けた。

「スキルレベル、オープン」

俺の手から金色の光が出てくると、スヴェンの身体にきらきらとまとわりつく。そしてそこに文字が現れる――。

「お前のユニークスキルって、まさか……」

「スキルレベルとエクストラスキル、エクストラボーナスを表示して見ることができる」

「はあああ!?　なにその面白スキル！」

「面白言うな。ほれ、出てきたぞ」

【剣術】191・36／斬撃

俺、目を疑う。

トッチョ、目を疑う。

「お、おい……ソーマ、俺の目がおかしくなければ、191という数字が見えるんだが」

「お、おう……それたぶん間違ってねーわ」

「はあああ!? 200手前だぞ!? 入学式んときのワースト2がこの短時間でそんなに上がるわけねえだろ！」

言われてみるとそうだ。マジかよコイツ……たった1ケ月で67から191まで上げたのか？

「師匠……もしかして俺」

話が聞こえていたのだろう、おっかなびっくりという顔でスヴェンが俺を振り返る。

「ああ……おめでとうスヴェン。お前はエクストラスキルの『斬撃』どころか、エクストラボーナスの『瞬発力＋1』もあとちょっとで手に入るぞ」

「――――」

スヴェンの細い目が開かれる。

そして俺はもう一度目を疑った。

彼の目から涙が一筋、こぼれ落ちたのだ。

「……師匠……俺、俺は…………まだ、剣を振っていていいんですね……？」

ああ――こいつもこいつなりにずっと苦しんでいたんだな。上がらないスキルレベル。間違った訓練方法を教えてられたのだから当然だとしても、そんなふうに間違ったことを教えてくるヤツが近くにいた環境が、まともなはずもない。

だがスヴェンは剣だけに取り組んだ。剣、だけだ。脇目も振らずたったひとつ剣だけを。

それは『剣の隘路を歩みし者（ロング・アンド・ワインディング・ロード）』なんていう特殊な天稟のせいかもしれない。スヴェンに他のスキルが出てこないのは天稟のせいだろうと俺はにらんでいる。

だからか……眠れなかったのは、今日、レベルを確認するつもりだったからか。楽しみでしょうがない興奮と、狂おしいほどの不安を感じていたんだな……。

俺はスヴェンの肩に手を置いた。

「当たり前だろ。お前ほど剣だけにのめり込んでるヤツを、俺は知らない。それが才能でないというならなんなんだ」

「――――！」

またスヴェンの目が潤んだが、ぐっと口を閉じ、天を仰（あお）ぎ、手の甲で目元をぬぐった。

「師匠、朝練の時間です！」

「わかったわかった。――トッチョ、お前もやるんだろ？　いっしょにやろうぜ」

「あ、ああ……」

スヴェンのレベルを見て呆（ほう）けていたトッチョは、俺の誘いに結構あっけなくうなずいた。コイツのことだから断るんじゃないかと思ってたんだけど――ほんとうにスヴェンのレベルが1

９１もあるのか知りたくなったのかもしれないな。

俺はそのとき、ふと思った。

勉強で１位を取るのはだんだん難しくなる。キールくんとか頭の出来がまったく違うから、やがて追いつかれるのは目に見えている。だから武技で１位を取ろうと思っていた。

だけど――俺が天稟「試行錯誤(トライアル・アンド・エラー)」を使ってクラスのみんなをレベルアップさせていったら、やがて武技でも誰かに追いつかれるかもしれない。

「……でも、ま、そんときはそんときだな」

「師匠、どうかしましたか？」

「いやいや、なんでもない。スヴェン、今日から俺は、お前との掛かり稽古(げいこ)で刀剣術以外のスキルも使っていくわ」

「えっ……」

俺の言葉の真意を、スヴェンはわかっただろうか？

スヴェンのスキルの伸びは異常だ。このまま伸びていくのであれば、真っ先にスヴェンが武技１位を狙う俺の前に立ちはだかるだろう。

勉強ではキールくんがライバルだけど、武技ではスヴェン、お前が――。

「……わかりました」

目に決意を込めて、スヴェンがうなずいた。

さあ、楽しくなってきたぞ。

ダッシュエックス文庫

学園騎士のレベルアップ!
レベル1000超えの転生者、落ちこぼれクラスに入学。そして、

三上康明

2019年6月30日　第1刷発行

★定価はカバーに表示してあります

発行者　鈴木晴彦
発行所　株式会社　集英社
〒101−8050　東京都千代田区一ツ橋2−5−10
03(3230)6229(編集)
03(3230)6393(販売／書店専用)03(3230)6080(読者係)
印刷所　大日本印刷株式会社
編集協力　法貴仁敬(RCE)

ISBN978-4-08-631316-2 C0193